他們

幼女戰記

In omnia paratus

〔8〕

カルロ・ゼン

Carlo Zen

Kadokawa Fantastic Novels

contents

內務人民委員部製作

聯邦

總書記（非常和藹的人）

羅利亞（非常和藹的人）

【多國籍部隊】

米克爾上校（聯邦指揮官）——塔涅契卡中尉（政治軍官）

德瑞克中校（聯合王國副指揮官）——蘇中尉

義魯朵雅王國

加斯曼上將（軍政）——卡蘭德羅上校（情報）

自由共和國

戴・樂高司令官（自由共和國主席）

相關圖

帝國

【參謀本部】

傑圖亞中將〔戰務〕——烏卡中校〔戰務／鐵路〕

盧提魯德夫中將〔作戰〕——雷魯根上校

【沙羅曼達戰鬥群】

第二〇三魔導大隊

譚雅・馮・提古雷查夫中校

拜斯少校

謝列布里亞科夫中尉

格蘭茲中尉

（補充）維斯特曼中尉

阿倫斯上尉〔裝甲〕

梅貝特上尉〔砲兵〕

托斯潘中尉〔步兵〕

[chapter]

I

第壹章

某記者所見之東方戰線

A journalist's memory of The Eastern Front

雷魯根戰鬥群？……我以前曾經看過喲。

——安德魯WTN特派記者

chapter I

大戰後／於倫迪尼姆

「作戰」、「戰役」、「會戰」、「決戰」等詞句，恐怕是最能勾起人們的幻想，以為那裡正爆發著一場激戰的字眼。沒錯，那裡正在進行戰鬥行為吧。

不過，實際上在東方戰線，緩慢的出血才是侵蝕兩軍的真正主因。

在未進行主要作戰行動的遼闊戰域上的小規模衝突，才是從軍將兵們口中的「那個東方」。

就跟萊茵戰線一樣。

過去的萊茵戰線，不也是在萊茵戰線無戰事這句話背後倒著大量屍骸嗎？

歷史上不會記載，或是說甚至很少會去關注的非主要戰線。不過，那裡也仍然寫下了歷史，長眠著歷史的犧牲者。

我是安德魯。

是過去曾前往不曾被人提及的戰場上的一名戰地記者。

本想作為回憶錄執筆的，結果又寫了長篇大論的前言。說不定是有點移情太深了。

或許，我是反過來想藉由描述這件事來逃避過去的記憶嗎？

在情感上我雖然不想逃避，但經歷過那個時代的一名年輕人，回國時已完全變成一個憤世嫉俗的混帳傢伙了……所以說，這毫無疑問是灰暗的回憶吧。

不過，我是目擊者。

沒有身為一名有見識，或是富有洞察力的觀察者的自信。老實說，就連眼前發生的事情都沒辦法完全記住吧。豈止如此，當時還是個就連聯邦情勢都一知半解的門外漢。

不過，基於罕見的緣分，讓我能以WTN特派記者的身分進入聯邦、聯合王國聯合設置的多國部隊（當時聯邦與聯合王國的關係還有辦法建立這種「友好的象徵」。兩國的首腦不是互罵對方是該死的意識形態惡魔，而是互相稱讚對方是美好的戰友這件事，各位年輕讀者知道嗎？）擔任戰地記者。

年輕人能獲得這種機會的理由，反過來說就是因為我還年輕吧。

正因為我是在沒被聯邦當局盯上的記者之中也算格外無知的年輕人，所以他們才會願意讓我加入也說不定。

實際上，戰地記者大多跟我年紀相仿。印象中，假如不是相當狂信——失禮了，是「熱情的共產主義」派系的記者，年長的記者是極為罕見。

拜這所賜，讓我結識了能長年相處的夥伴，這點說不定該感謝他們。

不過這些是題外話。看來只要年紀一大，說話就怎樣都會散漫起來。是有著太多的回憶吧。

回憶，對，我想起來了。

對我來說，俗稱「蟾蜍攻勢」的一連串作戰，就跟帝國軍發起的安朵美達作戰是同一時期的事。我甚至還曾經目擊過疑似人們口中的亡靈的「雷魯根戰鬥群」。在得知這件事時，我還寫下了「相當棘手的敵人在眼前展開了」之類的苦澀報導，漂亮地被審查擋下來。

在那個時代，也由於是聯邦軍與聯合王國軍的多國部隊，所以審查官也相當辛苦吧？畢竟想讓記者報導的事情和不能被報導的事情太不一致了，這也是沒辦法的事。

讓人覺得這算是完成了一份學習如何正確閱讀報紙的優秀教材。

奉勸年輕人可以把當時的報紙跟史書擺在一起看。史書上的記述與報紙版面上寫的故事可說是天差地遠啊！

還以為是在閱讀現實中發生過的事件，卻會有種自己該不會是在看登月探索報導的感覺吧。想要挖掘真相，就只能在字裡行間中找尋——希望各位能理解我們口中的這句玩笑話也是有其道理的。

不過，隱瞞不住的事實也會在報紙上浮現出來。

我自己是在東方得知「可怕的傑圖亞」這個詞的，那位將軍，他確實是……一名會讓人打從心底恐懼的將軍。

儘管直到現在都還沒有人能闡明那位人物的一切，但如果要我作為一名當時置身在東方戰線的聯合王國人表達意見的話，其實很簡單。

我要詛咒把那傢伙，那個劇毒左遷到東方戰線的帝國軍參謀本部。

以整體最佳化的觀點來看，這說不定是帝國軍的災難。身為聯合王國的一分子，應該要慶祝才對吧；但是，我是曾置身在東方的人。倘若以局部最佳化的觀點看待這件事，就是「那位」傑圖亞將軍阻擋在我們的前方。

真的只能說是糟糕透頂。

如要我以戰地記者的身分發表意見的話，這樣確實很有看頭；也不用煩惱報導的題材。對挖掘頭條來說是最棒的情況，也就是過多的死亡成為日常這一點。

我們駐外記者儘管因為優秀的報導獲得讚賞……但這肯定是時代壞掉了吧。畢竟這可是將在遼闊的東方戰線上，與製造出屍山血河的「鐵路沿線」魔術師為敵奮戰的我等同胞，以及諸位聯邦戰友做成「特輯」，讓本國的人因為他們的激戰感到熱血激昂。

果然，那肯定是個有哪裡壞掉的時代。

正因為如此，我才想要知道。

不論是審判、譴責，就連復仇我都不放在心上。

我只是想要知道。

「有關於這次的草稿，你覺得如何，德瑞克將軍？」

「……這可是你的回憶錄。你高興愛怎麼寫都行吧？我是很感謝你基於老交情讓我過目啦。但就我個人來講……你這是要我審查內容嗎？這種事給我去拜託共匪吧。」

這篇文章可說是我的筆記的草稿。不過特意空出時間，在咖啡廳座位上仔細閱讀的老紳士卻毫無反應。

漠不關心，並且冷淡。

這讓我忍不住想抱頭呻吟。儘管料到會這樣，但該說是一如預期吧，他比預料得還要頑固。才第一道關卡就這樣，真不知道接下來該怎麼辦才好。

「還真冷淡。就不能開心聊著共同的回憶嗎？這也是老人俱樂部一般的休閒方式吧。」

「『感謝你這番相當有趣的意見』，安德魯。」

相當有趣嗎？——我稍微重振架勢。

姑且不論殖民地人，本國人單手拿起茶杯表示「這相當有趣」，意思就只會是在說「你是笨蛋嗎？」這種強烈的諷刺。

「不過，我自認為還沒有失去現役的心態。要是讓你這麼認為的話，我無法否認有點失望。你的提案就等彼此的骨氣與幹勁都衰退之後，再拿出來討論吧。」

德瑞克將軍一面說著就如同我們的約翰牛精神般的話語，一面若無其事地伸手拿起茶杯。這是打從以前就不曾改變的訊息。總而言之，就是他不想多談的意思吧。

很好——我做出覺悟。

就讓你瞧瞧專業記者跟沒辦法撬開採訪對象的嘴巴打探消息的自稱記者是差在哪裡吧。

「最近也上年紀了。很多事怎樣都有心無力啊。」

「喂喂喂，安德魯。你比我年輕吧。」

儘管是幾乎算是退役的軍人，但脊背仍像是連體內都有用上馬尾襯（註：高級西裝的毛襯，能堅挺撐起西裝的形狀）般直挺的將軍這番話，讓我不禁苦笑起來。

就算同意實際年齡是這樣沒錯，但我的腦海中也閃過了肉體年齡這個詞彙。年輕時有辦法亂來的身體，也隨著年齡增長變得脆弱了。

「既然如此，我也希望將軍能有點老人的樣子。就看在過往的情分上，一點點就好。能露出點破綻讓我瞧瞧嗎？」

老實說，我很羨慕身強體壯的將軍。

曾聽聞活過大戰的航空魔導軍官，不是因為魔導使用過度而英年早逝，就是莫名的長壽……德瑞克將軍是會長命百歲的那類吧。

只要看他哈哈大笑的快活模樣，就能一眼看出他與衰老這個詞彙無緣。

「破綻？好呀，那我就來說段珍藏已久的故事吧。那是在我還是個年輕的海陸魔導軍官，在給當時的戀人打電報時所發生的事情……」

「抱歉，將軍。我想請教你的是東方的時代。」

德瑞克將軍瞬間在朝著我不悅似的蹙起眉頭後，深深地嘆了口氣。由於他表現得極為自然，所以看起來就像是在不滿我打斷他說話吧……但他其實是怎麼想的？

事情有趣起來了……我感到些許的手感。

「……安德魯，結果還是那件事嗎？」

「嗯，沒錯。」

「是想要我說什麼？」

這個嘛——我帶著苦笑坦白。

「我想將當時的我所無法理解的事情也傳達給後世的人們知道。」

我看到了。

我聽到了。

然而，卻沒能理解。

剛好身處在同一個時代，並不等於我有辦法理解，這是可悲的現實。

「你也是相當纏人的男人啊。」

「這就叫做記者精神。」

「『精神』嗎？那就沒辦法了。」

好吧——德瑞克將軍聳了聳肩，以優雅的動作拿起三明治。奇妙的是，這種教養良好的感覺，從以前到現在都不曾改變過。

「就請讓我依靠你這句沒辦法了。希望今天務必要聽到有關哈伯革蘭閣下在東方扮演的角色，還有Mr.約翰遜的故事。」

「抱歉，這我不知道。」

真是非常抱歉——我從旁插了一句。

「那有關將軍的海陸魔導部隊曾暗中進行過情報部特種作戰的紀錄一事呢？雖是旁證，不過最近幾名研究學者所進行的調查，強烈暗示著這項活動的存在。首先，我們首次見面的地點也是在聯邦領內吧。」

「我完全聽不懂你在說什麼。如你所見，我可是會對學校感到棘手的那種人喔？學者老師究竟寫了些什麼，我可是完全摸不著頭緒。」

會相信他這番語帶困惑的發言，不是二流就是門外漢。總而言之，德瑞克將軍討厭學校這句發言，就我所知可是個天大謊言。

「如今徹底整頓軍官教育課程的第一人會討厭學校！哎呀，真想讓那些被狠狠操練的學生聽聽這句話啊。」

「這是上頭的命令，我就只是在執行任務。可不是自己高興跑去從事教育任務的啊。」

「……這跟我聽到的差很多。姑且不論這件事，言歸正傳吧。我想請教你有關在東方的特種作戰。」

「能回想一下我在當時的階級嗎？在東方遇到時，我只不過是區區的中校喔，你覺得我會知道什麼嗎？」

這是想裝傻蒙混的反應，原來如此，就彷彿是過去的他。會有許多年輕記者錯判這名精悍海陸魔導將校的意圖也是當然的吧。

不過，我是不會再重蹈覆轍的。

「區區的中校，是呀，我曾是天真到會相信這種說明的年輕記者。真讓人懷念。直到現在都還會偶爾回想起來。」

「懷念嗎？……聽一塊待過東方的人這麼說，真叫人感觸良多。」

「就感觸良多的意思上來講，果然也很懷念米克爾上校。」

儘管瞬間露出了複雜的情緒，但德瑞克將軍的鐵臉皮果然固若金湯。在帶著苦笑點頭回應我這句話後，就忽然扯開話題。

「……說了令人懷念的名字啊，你這男人也挺狡猾的。畢竟是證明我們稱呼聯邦人為戰友的時代並不是個幻想的活證人啊。」

「能趁我們還活著的時候留下一點東西嗎？」

「故事嗎？不知道的事情可說不出口喔。不過，對了，你抽菸嗎？」

「請，不用在意我。」

小雪茄的芳醇香氣飄散開來，他同時朝著我苦笑。

「……安德魯，那確實是個不可思議的時代。」

統一曆一九二七年六月八日　東方戰線——多國部隊司令部

「……唉，到了。」

我深切地喃喃低語。那怕是在萊茵戰線的採訪中闖出名聲的「ＷＴＮ傑出記者安德魯」這個頭銜，一旦來到聯邦就怎樣也覺得靠不太住。

倒不如說，沒成為妨礙才讓人驚訝。畢竟在與帝國爆發戰爭以前，共產黨的黨報可是痛罵我們的祖國是「冥頑不靈的反動主義者巢穴」。

讓這種資本主義國家的記者以打為單位的進入聯邦國內的計畫，沒有中途夭折是上帝的恩寵吧。

作為政治這頭怪物所催生出的扭曲結果，為這世上帶來了奇蹟。

昨日的敵人是今日的朋友。這個被帝國方諷刺是共佬與萊姆佬的佬聯合的不可思議同盟，以結果來說，讓曾是不共戴天之敵的共產主義國家與資本主義國家披上了與共同敵人作戰的戰友外皮。

就算是薄薄的一層假皮，這項變化也成為讓至今為止的不可能被輕易突破的契機，讓聯邦、聯合王國兩國之間的關係開始急劇改善。作為改善關係的一環，聯邦共產黨儘管附加上僅限於伴隨派遣到聯邦的聯合王國軍部隊的條件，也還是答應讓聯合王國的戰地記者團進入聯邦了。

聯邦本來可是極度限制來自外部的採訪。倘若不是奇蹟，根本不可能實現這件事吧。

這是個前所未有的好機會。自負著自己才是最佳人選的資深記者，各個都圍繞著有限的派遣名額試著展開熾烈的鬥爭。像是展示實績，強調學會聯邦官方語言的實績，或是誇耀自身的歷史學識。這些全非一朝一夕就能獲得的，是臨陣磨槍的年輕記者所難以抗衡的競爭對手。

就算是我，儘管有在萊茵戰線累積過戰地記者的經驗，但作為WTN記者的資歷還很年輕。這讓我冷靜下來客觀評估自身的實力，認為要跟前輩競爭太過勉強。

老實說，當上司告知自己雀屏中選時，我可是意外到嚴重懷疑起選拔理由。

不過，並不是上司對我的評價比其他前輩還要高的樣子——我在搭上前往聯邦的船後就瞬間理解到這件事了。

為什麼WTN是派我過來?這問題非常簡單。答案就只會是年齡,或是說經驗不足。

與其用說的,只要看就知道了。除了少數的例外,聯邦方願意放行的記者團成員全是各報社的年輕記者。

順道一提,這個業界很小。不論右派、左派,至少都略有耳聞過偏激派人員的名字。只要那少數的例外偏向某一方,就連三歲小孩都能感受到聯邦的意圖吧。光看成員名單就夠了。只要是這業界的人,毫無疑問都能瞬間理解這是個由過半的無名年輕記者,還有身為紅軍支持者的資深記者所組成的偏頗集團。

不過,得到機會的年輕記者全因此幹勁十足,認為能靠熱情彌補經驗的不足,打從踏上聯邦領土的瞬間,就果敢地開始將所見所聞傳回本社。說穿了,也就是想要名聲與實績的貪婪新手記者,在嚴重渴求頭條之餘,決定前往前線大展身手。

當然,大家都受過一定的教育,所以表面上也都很沉著……但如果完全沒有想出人頭地的功名心,也不會來到偏遠的東方吧。

即使是我,也有著想在這裡大展身手的想法。

就連在分配到的宿舍附近繞了一圈,將周遭地形牢牢記在腦海裡等等,採取這種在萊茵戰線學到的一些「安全對策」的閒暇之餘,也有確實去掌握部隊的氣氛。

整體來講的第一步，該怎麼說好哩，算是失敗連連。

他們儘管有著只要提起「故鄉的話題」就會饒舌起來的傾向，但純粹的海陸魔導師完全沒說漏任何重要的事情；如果試著去採訪舊協約聯合體系的義勇魔導部隊，聯邦共產黨的政治軍官就會果敢地試著妨礙。就試探的感覺來講，我實際體會到要讓他們洩漏對整體來說有意義的情報是件非常困難的事。

不過，光是轉發聯邦當局對倫迪尼姆發表的官方發言，也未免太吃閒飯了。這樣等空手回國時就必須要做好覺悟了。至少我的位子是不會留下來吧。

人類只要感到必要性的壓力就會急中生智。我的目標是採訪聯合王國軍對聯邦派遣部隊的指揮官——德瑞克中校。

在記憶周邊地形時，我也趁機找出了大人物常待的場所，於是就在保溫瓶裝了紅茶，裝成像是在基地內隨便閒晃的樣子，找到了目標人物。

我假裝巧遇地拿出保溫瓶向他打招呼。

「是德瑞克中校吧？沒想到會在這裡遇到你。不知道你意下如何，就作為友好的證明，喝杯茶如何？」

「謝謝。你是安德魯吧，然後？」

「什麼然後？」

「你也算是記者的一員吧？而且也不是會好心到免費向『偶然』遇見的公務員提供茶水的那種記者。」

我儘管向他歪頭表示不解，但心底可是咂了一聲嘴。採訪對象知道記者提供茶水的費用並不便宜，可是相當棘手的事。

「……有一個這種好心的記者，也意外地不錯不是嗎？」

「哈哈哈，那麼我們要來聊整天的天氣嗎？還是說，要針對聯邦、聯合王國之間崇高的兩國間合作關係，就像跳針的唱片一樣反覆說著官方聲明文呢？」

「請饒了我吧。」

不論是在聽到我求饒後的聳肩反應，還是表面上裝作自己沒有隱瞞事情的坦然態度，德瑞克中校面對媒體意外地毫無破綻。

「恕我失禮，中校在戰前有在哪裡的宣傳部門待過嗎？」

「不，我就跟你看到的一樣，是名粗魯的海陸魔導師。」

我一副拜託你饒了我吧的模樣嘆了口氣。儘管感覺有點……不對，是相當的反應過度，不過就試著發動攻勢吧。

「區區的海陸魔導軍官，啊，失禮了。」

「別在意。你是非軍人，而且還是邪惡至極的記者。有權利想說什麼就說什麼。」

「……我非常榮幸，中校。」

試著稍微攻擊的結論儘管很遺憾，但答案是對方比我棋高一著。不是生氣地罵我無禮，也不是打定主意無視，而是以笑容與諷刺回應的話就束手無策了。

我的意圖全被看穿了。

尊重報導媒體是很感謝。不過，這也表示他是個懂得我們手法的將校。要從這傢伙身上問出想知道的情報會非常困難吧。

「哎呀哎呀，安德魯，聯合王國人就算互相試探也沒有意義吧。我們就各讓一步吧。總之，先告訴我你的詳細經歷。」

「那個，採訪申請的文件應該也有附上履歷表吧？」

在倫迪尼姆的聯邦大使館申請簽證的經驗簡直就像是一場惡夢。說到那些傢伙，真想問他們難道是打算為了規範規則製作規則手冊嗎？

「經兩國同意的戰地記者為了取得採訪許可，可是寫了小山般高的文件喲？我到底還需要寫什麼啊？」

「啊，不，那種敷衍了事的文件我當然也有看過。而且還是跟偏激的聯邦人一起。」

「偏激？」

「喔，你是紅的（註：日文中有暗指「稚兒」之意）嗎？」

「我自認為已年過二十了。」

我機靈的答覆，至少足以讓中校佩服的樣子。中校沒笑我是自以為是的年輕小伙子，還滿意地點頭。

「……不好意思。最近讓人勞心費神的事微妙地多。」

「這句『勞心費神』，是對我的一點小小獎勵嗎？」

是在暗示與聯邦之間的協調很累人嗎？——抿嘴嗤笑的中校相當不好對付。要是參與聯邦與聯合王國之間合作的當事人暗示著這種新聞，不論是誰都不可能會不在意吧。

如果想聽更多的消息，就只能配合他的步調了。我知道了——我認命地點了點頭。

「就重新打招呼吧。我是WTN特派記者安德魯。曾在萊茵戰線擔任戰地記者進行採訪，隨後在前去採訪協約聯合的難民後，不知道是怎樣的因果，在上司一句『東方有獨家新聞』之下，被『踢過來』的可憐記者喲。」

「踢過來？」

「WTN其實想派遣真正的資深記者過來吧？但不可思議的是，大半的報社都只有年輕記者入境聯邦。」

真不曉得自己是來採訪還是來被採訪的，真叫人困擾……要是妥協能讓他吐出什麼的話就謝天謝地了。不是聽取對方想讓我知道的事，而是有沒有辦法挖掘出真正的新聞，這是在考驗我的本領吧。

「也是啦，誰叫聯邦人對『記者』很神經質啊。」

「……這我知道。畢竟連對待像我這樣不成熟的記者都很親切。還細心地幫我安排了『翻譯』與『嚮導』。老實說，有點干預過度了。」

「等等，安德魯。儘管你說不定不知道……但這可不是有點的程度。實際上，他們可是非常友善喔？」

「什麼？」

能聽到什麼消息呢——德瑞克中校朝著如此鼓起幹勁的我滿意地竊笑起來。不過仔細一看，也會發現到他的「眼睛」一點笑意也沒有。

「只要拜託他們，不論是茶還是糖果，甚至是除了底片與電報以外，不論是要什麼都會通融。」

是呀——我點頭同意。

「也就是聯邦軍人在報導相關人員面前做政治宣傳的時候……老實說，我也有過戰地採訪經驗，所以並沒有太大的期待。」

「也就是說？」

「只要能睡在軍用宿舍裡就算是謝天謝地了吧？德瑞克中校，我可是待過萊茵戰線的人喲？

就連前往戰壕採訪這種事，當然也有過經驗。」

那雖是個慘痛的經驗，但最好的教師往往都會是這樣吧。只要在萊茵的壕溝線與共和國軍士兵共度過一天，大半的事情都不會再讓人驚訝。

只要有著在戰壕生活中培育出來的毅力，不論要去哪裡都不會有問題。

「自從經歷過後方所說的『充滿營養的美味餐點』是醃牛肉罐頭配幾乎發霉的硬餅乾的一天後，我就習慣軍隊風格的接待方式了。」

不過在聽我說完後，德瑞克中校卻搖了搖頭。他那笑嘻嘻的嗤笑表情，是我誤會了什麼讓他覺得有趣嗎？

「安德魯，你——嗯，很老實。」

「咦？」

「僅限於在這個多國部隊展開部署的地方，聯邦軍消耗品不足的問題就會很不可思議地獲得解決。所以，只要你希望的話，真的是要什麼有什麼吧。」

「就算我要的是司康餅、紅茶，還有黃瓜三明治嗎？」

「本國優雅的聯合王國式下午茶嗎？大概拿得出來吧。」

這不免是在開玩笑的吧——我正想一笑置之，就發現德瑞克中校一臉認真地點了點頭。

「恕我失禮，這才是在戰地不可能會有的事……你是說真的嗎？」

我差點忍不住叫了出來。明明是在打仗，卻能提供記者紅茶、司康餅，甚至是三明治？

「你或許難以置信，但他們確實會提供吧。」

「這裡可是最前線耶？」

「黃瓜不免會是醃過的而非生的也說不定，但總而言之，你的要求百分之兩百會實現吧。」

「……請等一下，他們是認為這麼做有多少價值啊？」

不論場面話說得再好聽，戰地記者都是不受歡迎的外人。就只是個吃閒飯的，講白了，內心充其量是把我們當成「多餘的外人」看待。

儘管如此，倘若真的是這種待遇，要是沒有比我們遞出的一杯茶來得還要有價值的話，未免也太奇怪了。

「是政治宣傳嗎……？」

「這是初級喔？」

德瑞克中校忽然收斂起笑容，露出疲憊的神情。

「在東方，可是隨處可見與美麗女子或是符合你性癖好的友人來一場浪漫邂逅的機會，你可要小心一點啊。」

「等……等……等等？」

這是不容忽視的情況吧——我忍不住發出驚叫。

我的心臟嚇得猛然一縮，就在環顧四周，確認附近有沒有聯邦人時……才總算想起是自己是在沒有人煙的荒郊野外對話。

是有聽過流言。那種在酒宴上半開玩笑說著的八卦消息。坦白說，不是能認真相信的水準。

「這種事，在這裡，是真的嗎？」

「我也喜歡開玩笑，不過這件事我能向蘭姆酒發誓絕對是真的。倒不如說，如果容許的話，我甚至想向全員發出警告。」

「……我是有聽過傳聞，但有到這種地步？」

很嚴重——德瑞克中校簡短地喃喃回了這一句。

「我姑且是有暗中知會你們全員喔……結果被那票紅色思想的傢伙痛罵了一頓。」

真受不了——中校聳了聳肩，一臉的疲憊不堪。

怎麼看都像是打從心底感到厭煩的樣子。

「該說是要幫他們辯護吧，有件事我得說清楚，那就是共產黨也很拚命吧。」

「是他們沒有餘力的意思嗎？」

「有點不太一樣。」

該怎麼說好哩——想了一會兒後，德瑞克中校再次開口。

「他們口中的『完美的黨』是毫無一絲的餘力。『所以』才會無所不用其極。」

儘管聽不懂他的意思，卻是相當耐人尋味的一句話。恐怕是因為自己看漏了某些事情。我對手上的拼圖碎片不足感到懊悔。

「我好像說太多了。以一杯茶來說聊得有點久。想再聽下去，我得要徵收額外費用喔。」

「那麼，我下次就帶雪茄過來吧。」

「……雖是很誘人的提議，但身為海陸魔導軍官，我比較想要不傷肺的酒精老朋友。我手邊已經有蘭姆酒了，就拜託拿瓶好的蘇格蘭威士忌來吧。」

意外昂貴的要求。

能期待符合價值的回報嗎？可是，沒有投資就沒有回報也是事實。

我也只好做出覺悟了。

「好，中校。我會在下次作戰之前拿給你的。所以……」

「所以要我告訴你下次作戰的時間？這是不可能的，安德魯。你頂多就是把酒弄到手，好好幫我保留下來吧。」

真敵不過你——我就此舉雙手投降。也就是最後一搏也失敗了。真不愧是經驗老到，防禦還真是嚴密。

順道一提，這雖說是口頭保證，但依舊是答應了他的要求。既然都保證會幫他準備了，那等到作戰開始時，就算撕破嘴也不能說「我沒有酒」。畢竟沒有比一度打破約定的記者嘴上說的「請相信我」還要讓人輕蔑的事了。

只能讓本國趕緊送來了吧。

「好的，我會努力在作戰之前弄到手的。」

「這樣呀，那不好意思……就馬上拿一瓶給我吧。」

「咦？」

德瑞克中校把手輕放在愕然失色的我的肩膀上，愉快笑著。

「安德魯，其實今天，等下就要與聯邦軍進行作戰的聯合簡報會議。十七點時在大會議室。我很期待你的蘇格蘭威士忌喔。」

聽到這裡，就足以明白自己被他擺了一道。

不僅讓他盡情地帶開話題，最後還不小心答應了他的要求。要承認自己被採訪對象耍了，對一名記者來說，實在是不得不感到羞恥。

「中校，你真狠。太過分了。」

「這是學費喔，年輕人。好啦，時間可不多喔，你能證明自己不是個騙人的記者吧？」

聯邦共產黨肯定是個腹語師。令人大吃一驚的頭條新聞，標題就這麼取——〈愉快的人偶劇～戰時也不忘幽默與傳統的聯邦片刻時光〉如何？

當得知在記者會上做官方發表的首席翻譯是名「女性」時，我還驚訝聯邦很自由這件事就某方面來講說不定會是事實，甚至還差點欽佩起來。

不過，一得知那名女性的頭銜，肯定的情感，或是說可悲的一廂情願，也都在重砲直擊之下一口氣煙消雲散。會讓聯邦的「政治軍官」上台主導我們的記者會，是共產主義者不太理解報導為何物的證據吧。

在官方上，記者會是由名叫米克爾的聯邦軍上校所主持，但由於他不會說聯合王國的官方語言，所以由她擔任「翻譯」陪同的樣子。不，我知道克服語言隔閡的必要性。而且也能夠理解，這說起來算是當然的決定吧。

儘管如此，早在他們特地採用政治軍官擔任翻譯時，意圖就太過露骨了。

「時間已到，讓我們開始吧。我是擔任上校同志的翻譯的塔涅契卡中尉。」

率先開口的是那名翻譯——政治軍官。

也就是一切都要按照劇本來走。這要說的話，就是三流演員照著四流腳本演出的，一齣難以形容的雜亂劇碼吧。

塔涅契卡中尉是翻譯？還是其實是自己在發表意見？怎麼想都是後者。

「這次記者會的目的，是要針對即將進行的軍事作戰——聯邦軍暨聯合王國軍的聯合作戰，由上校同志向各位記者進行大致的說明。」

濃厚的盧斯口音混在聯合王國官方語言中。不知道是該稱讚以惡名昭彰的政治軍官來說她的發音相當漂亮，還是該提出希望使用正規翻譯的要求，這還真是讓人苦惱的二選一。

雖說她的遣詞用語還算是恭敬。

會找像我們這樣的外部記者採訪多國部隊的反擊作戰，恐怕也兼具著政治宣傳的功用吧，這種程度的事是可想而知。只不過，讓政治軍官負責解說就只會得到反效果，聯邦人為什麼就是不懂，這是個永遠的謎。

不對——我就在這裡切換思考。

畢竟WTN的特派記者就只有我一個，可不能粗心大意地把事情聽漏了。對我來說，比起聯邦軍的政治軍官，本國坐在辦公桌前的長官要來得可怕多了。

我連忙在筆記上動起筆，勉強將有點難聽懂的聯邦人的解說重點毫不遺漏地記錄下來。

「狀況就如以下所述。以人民之名，為了擊退侵略者，聯邦軍暨聯合王國軍以及戰友同胞和諸位同志，意圖進行大規模的反擊戰。」

恭敬的說明……要說的話，就是多少有意識到媒體關係吧，但我直到現在都還是難以從這種怎樣都覺得修辭太多的話語中，聽出他們想表達的意思。

這段就只是誇張的空泛說明，重點頂多就是「大家要一塊反擊」吧？

「這次作戰的目的，是要奪回人民的領土。會以擊退侵入聯邦領內的侵略者——也就是帝國軍作為主要目標吧。」

大致上就我所理解的部分，只要除掉誇張的修辭，就是個意外堅實的作戰。目標是要進行牽制，並兼作為往後作戰的橋頭堡與前進道路的開拓——這種準備性作戰的樣子。

「以上……請問有問題嗎？」

竟然有開放問答，以聯邦來說算是進步的吧。只不過，在女性面前提出像是在譴責對方般的質問，合乎禮節嗎？……儘管我甚至感到了些許的心理糾葛，但不論是好是壞，這都跟急求功名的同事無關的樣子。

有一名勇者猛然舉手了。

「我是兩洋通訊。有聽說目前帝國軍正在往南方集結的情勢。關於這點，我想請教聯邦軍的情勢判斷。」

「就如同您說的，帝國軍是有展現出侵略南方各都市的徵兆，但我們已對此做好防衛戰的準備。只要在南方防禦，在這裡實行反擊的話，也能間接地大幅壓制帝國軍的戰線吧。」

從採訪團中傳出小小聲的嘆息。是對乍聽之下很恭敬的冷淡答覆感到失望吧。畢竟我們想要知道的重點是他們有沒有辦法守住。

聯邦人看來沒什麼服務精神。那怕我們都挑釁到這種地步了，台上的政治軍官依舊是不肯透露半句。

看來是將對女性的顧慮拋開似的，下定決心的兩洋通訊的記者毅然地再次發問。

「請問對於防衛你們有多少把握？我也有耳聞到帝國軍部隊的集結快速，南方防衛線岌岌可危的消息喔？」

「有關我軍的動向，公開我們所掌握的詳細情報會有洩密上的風險，所以還請原諒我們只能公開粗略的消息——上校同志在事前這樣交代過。」

就像突然想到似的補上一句「上校同志」的轉述說詞。這個塔涅契卡中尉好歹也假裝向米克爾上校確認一下吧……看似一臉茫然的米克爾上校真的有理解到這段提問的內容嗎？

這甚至讓包含我在內的記者幾乎確認了這個恐怕只有神知道的真相。

「我想聽上校同志親口回答。不好意思，就算是粗略的消息也好，能請上校回答問題嗎？」

「抱歉，上校同志不懂聯合王國的官方語言。」

還請恕我無法答應——語調溫和卻堅決的拒答。她是不是誤會了翻譯的工作內容啊。好歹也假裝向本人確認一下吧。

這下該怎麼辦呢——正當我們煩惱起來時，有名男子迅速舉手。

「我是時事事報。那我們可以用聯邦官方語言詢問嗎？」

話一說完，就開始用應該是聯邦官方語言的話語，流利地滔滔說著某些事情的豪邁男子，打出了漂亮的一擊。

大概是沒料到會有記者懂得說聯邦語吧。政治軍官那張就像是隻被玩具槍打中的鴿子般僵住的表情，非常具有象徵性。

她總不能說聯邦軍的上校聽不懂聯邦語吧。

只是她儘管確實是猛然僵住了表情，但還是重新振作起來了。

她不客氣地走到上校面前咬起耳朵，一面裝作是在詢問事情，一面公然地說出詭辯。

「……上校同志表示，如果不是透過語言專家轉述，恐怕會產生意料之外的誤解。」

「所以？」

「不是以聯邦官方語言為母語的各位，還是以各位的母語——也就是聯合王國的官方語言進行採訪會比較確實。」

雖是個爛得毫無道理的藉口，不過卻是一句甚至散發著絕不退讓的堅定意志的答覆。唉——會場內再次充滿著嘆息。

「好，我知道了。那我改問另一個問題。」

請問——在政治軍官的敦促下，時事事報的記者開口問道：

「為什麼不許我們採訪南方戰線？」

「主要是考量到各位的安全。」

「我們可是戰地記者喔？既然身在前線，不論是待在那裡……」

甚至不讓時事事報的記者把後面的「都沒有差吧」說完，政治軍官就不由分說地打斷他的發言。

「還請理解保安措施、安全措施的必要性。儘管真的很遺憾不得不向您發出警告，但現在可是戰時。」

因此——以一張極為認真的表情，政治軍官開口說出笑話。如果是想讓我們笑死在這裡的話，她毫無疑問非常成功。

「我們共產黨雖然總是歡迎著開放性的報導，不過在戰爭的特殊狀況下，有時也會無法貫徹這項原則，還請理解這一點。」

要忍住不笑出來，還真是困難。

是想說就跟討厭紅茶的紳士一樣，這世上也有著熱愛自由報導的共產主義者嗎！

這肯定是會榮登說謊大會殿堂的發言。我們能例外地獲准入國，不就是在「戰爭」這種「特殊狀況」下的特例嗎？

或許是受到這種氛圍的鼓動，我也終究是舉手了。

「……能請教其他的問題嗎？」

是想趁機轉移話題吧。政治軍官那興高采烈地點頭答應的表情，可是充滿著擺脫麻煩事的喜悅。

「我是WTN的安德魯。可以認為我們被允許對這次的反擊戰進行採訪嗎？」

「當然，是這樣沒錯。」

「能請問會受到何種程度的限制嗎？」

聯邦軍的政治軍官在與德瑞克中校與聯邦軍方的人互看了一眼，彼此使了個眼色後，一臉疲憊地點了點頭。

是在爭執著什麼難以當眾說出口的事情嗎？

德瑞克中校一走向前就開口說道：

「就由我來說明吧。明確來講，各位的採訪會受到三項限制。」

各位能接受嗎？——聽到他這樣問，我們就先點了點頭，等他把話說下去。

「首先第一點，有關聯邦軍部隊及多國部隊的動向，還請各位不要『即時』洩露出去。畢竟我可沒愛慕虛榮到會想透過收音機與報紙向帝國人宣傳自己的動向。」

就在大夥稍微笑起，讓現場氣氛緩和得差不多的瞬間——「儘管我也非常不願意」……一面睜眼說著這種瞎話，德瑞克中校一面帶著沉痛的表情，慎重地開口說道。

「連帶地，我們要對通訊進行審查。總而言之，就是要基於保密的觀點設下安全門檻。」

「審查是由聯邦方進行嗎？」

「是由聯合王國與聯邦共同設立的通訊審查官負責。就在各位詢問之前先回答吧，我們不會以人手不足為由拖延審查。」

我們會適當地提供方便。相對地，希望各位能為了全員的安全做出妥協——一面接著這麼說，德瑞克中校一面繼續把話說下去。

「第二點，跟這件事有關……希望各位能待在司令部採訪。我知道在各位之中不乏英勇的湯米（註：英國士兵的俗稱），不過聯邦的諸位人民還有本國政府，都不希望湯米擅自闖入戰壕。」

以不太甘願的形式，我們也點頭答應了這項條件。意思也就是要限制採訪區域。只要有過戰地記者的經驗，這就算是還能理解的請求。實際上，也不是完全沒有討價還價與偷跑的餘地吧。

儘管知道許多規避的手段，但這似乎是彼此彼此。

滔滔不絕地說到這裡的德瑞克中校，突然露骨地咳了一聲。

「最後一點，照相機、錄音機之類的器材，只限於在有『聯邦軍嚮導』陪同，且他們說ＯＫ的時候才能使用。」

是早就知道我們會一臉厭惡地翻臉吧。他搶在我們毫不留情地反駁之前，先發制人地向我們發出強烈警告。

「這三點全是受到聯合王國與聯邦的當局所認可的內容……希望各位能理解這事關到你們的記者證。」

讓人驚訝「有這麼嚴重嗎」的一句話。對方以為只要斷言這可能會讓採訪許可被取消，我們就會退縮的想法，讓我們憤慨不已。德瑞克中校儘管承受到我們這種充滿無聲抗議的眼神，卻是不以為意地露出滿面微笑。

「我要說的就是這些了。那麼，『這樣還可以嗎』？」

啊，我的天呀。瞥看過去，德瑞克中校這不是在對著「政治軍官」說話嗎！

這乍看之下雖是無意間的舉動，但聯邦人有注意到嗎？

這可是相當強烈的諷刺啊。

「是的，上校同志也認為德瑞克中校說得無從挑剔。」

「很好。那麼，上校同志，我就先失禮了。」

就在最後一刻，聯合王國軍的現役將校伴隨著形式上的敬禮，朝著「政治軍官」留下「上校同志」這句空泛話語的含意。

哎呀，他對政治軍官的挖苦還真是相當陰險毒辣。

就算是透過翻譯，禮貌上也該看著「講話對手」的臉說話。至少，這是只要有過外交相關經驗的人「不論是誰都知道」的禮節。

總而言之，是在表明這有「不愉快」到讓人想如此失禮嗎？哎呀，是會在必要時展現出男子氣概的人啊。

傷腦筋的是——我就在這裡小小聲地嘆了口氣。

我還欠他一瓶蘇格蘭威士忌啊。現在就算要哀求其他報社同業的可敬友人幫忙帶一瓶過來，也只能想辦法弄到手了吧。就算費率恐怕會相當高昂，不過這種時候，沒有東西會比信義還要重要。於是我就為了勉強保全顏面，跑去向競爭對手苦苦哀求。

然後以難以置信的代價——保證會讓給他們一條獨家新聞——向兩洋通訊換到了本國產的蘇格蘭威士忌。儘管這件事實在是沒辦法向主任報告，但我也只能把這當作是必要的成本妥協，將換來的蘇格蘭威士忌提供給德瑞克中校他們。

這次的失敗，就只能在其他地方挽回了吧——懷著這種打算，我無精打采地徘徊在基地裡尋求題材。

不過，題材可不是輕易就能找到的。如此這般持續了幾天的成果，就只是在早已見慣的基地內四處閒晃吧。就算是這樣，吃飯用的題材說不定就落在某處，而且也比無所事事地悠哉度過一天來得有生產性多了。

朝著像這樣有點憂鬱的我搭話的，是心情很好地從對面走來的德瑞克中校。

「嗨，早安呀，安德魯。儘管有點遲了，不過感謝你的上好蘇格蘭威士忌。能請教你是從哪裡弄來的嗎？」

「是同事分我一瓶的。雖說是超貴的一瓶……」

哈哈大笑的德瑞克中校十分熱情，跟前陣子在記者會上展現的嚴肅態度截然不同。

這才是他平時的模樣吧，但棘手的是，不是那種會掉以輕心的採訪對象。儘管一度徹底上了他的當，但就算是這樣，總之就先問看看有什麼採訪題材吧。

「……嗯。」

「中校？」

怎麼了嗎？——在我的詢問之下，德瑞克中校依舊蹙起眉頭，坐立不安似的開始環顧四周。

這該不會是？

「警報！魔力偵測！」

讓預感獲得證實的，是基地內響起的刺耳警報聲與叫喊聲。

就像壕溝線瞬間緊張起來的感覺一樣，聯合王國軍部隊的魔導師手忙腳亂地背著裝備起飛的模樣，讓我得以確定。

「安德魯，你們也趕快撤離！」

儘管對丟下這句話後就飛奔而出的德瑞克中校感到抱歉，不過別開玩笑了。要是讓這種絕佳的機會溜走，還當什麼戰地記者啊。我當下興高采烈地朝基地內的喧囂望去。

情況看起來似乎不太妙。

「該死，你說被先制攻擊了！」

值班將校的叫喊，得到怒吼般的回答。

「對照代碼！是雷魯根戰鬥群！」

「給我應戰！讓迎擊魔導師升空！」

「敵人的規模？」

「從敵陣地來了一個中隊規模！是突發前進！是雷魯根戰鬥群的魔導部隊！」

照情況來看，是遭到先發制人嗎？

似乎是遭到包圍中的敵人反擊了。儘管這在萊茵戰線可是家常便飯，但帝國軍不論是在西方、東方都還是一樣積極主動。

「混帳東西，既然是陣地防衛，就給我有點陣地防衛的樣子好好龜著啊！」

「彈幕射擊！該死，外圍警戒在搞什麼鬼！」

「快點召集翻譯官！聯邦軍……可惡，他們在講什麼啊！」

所謂的多國部隊，在這種時候總歸來講是很脆弱的。有別於以前都是共和國軍的時候，要是聯合王國、聯邦、舊協約聯合體系、達基亞，甚至連合州國的義勇兵全都混在一起的話，混亂的規模也會跟著擴大。

雖說對方是少數的魔導部隊，但這種反應也太糟了。

被擺了一道——我對我方混亂的對應搖了搖頭，再次抬頭打量起是怎樣的傢伙襲擊過來。在聯邦空中飛舞的敵魔導部隊。敵人究竟長得怎樣呢——這大半是基於這種好奇心。

「嗯？」

霎時間，我感覺自己好像看到了什麼不可能的東西飛在空中，頓時說不出話來。

假如不是錯覺，就是有個小孩子在飛。

不對，該說是小孩子的魔導師嗎？

由於是米粒般的大小，所以也有可能是看錯距離，不過就從進行近距離纏鬥的尺寸比例來看，未免也太奇怪了。

相較於我方人員，那個帝國軍魔導師未免也太嬌小了。

我忍不住偷偷拿出照相機，將鏡頭對向那個方向。

對焦是要……苦惱著這種事情，一心想要拍下一張驚人頭條的我，卻在這時被一隻粗壯的手拍了肩膀。

「先生。」

「什麼事啊！」

現在就跟你看到的一樣，是絕佳的好機會啊。

「請把照相機收起來。」

雖然直到剛剛都沒注意到，不過看樣子，各位親切的嚮導似乎是想用笨拙的女王英文跟我聊天。那怕正在遭受敵襲，也依舊把我團團圍住，只有態度親切地說著「請」字的經驗還真是可怕。

「……不准拍那個？」

看到聯邦人默默點頭的堅決態度，我小小聲地嘆了口氣。看這情況，是沒辦法說聲「好，我知道了」就打發掉吧。

就跟我預想的一樣，他們伸出了手。

「能把底片交出來嗎？」

「……ＯＫ，會給我新的底片吧？」

「這是當然的。」

再見了，獨家新聞。

再見了，還債的題材。

啊，混帳東西。

於是乎，我那一天的獨家新聞就這樣被一把搶走，底片還在眼前被剪成碎片。

下次要是還有機會，一定要留意四周狀況，想辦法偷偷拍下來……等我如此反省時，一切都已經太遲，帝國軍在這次襲擊過後就再也沒有離開過陣地了。雷魯根戰鬥群只要能打斷我們的計畫就滿足了吧。

拜託饒了我吧。

我差不多想送些什麼「我的新聞」到本社的辦公桌上了。

儘管受到困擾的衝動驅使，不過戰爭這種事本來就無法盡如人意。面對毫無動靜的包圍戰，戰地記者是一點辦法也沒有。只能做好覺悟這會是一場討厭的持久戰了。

無事可做，閒得發慌。

畢竟，基地裡是不可能會有娛樂的。如果想跑到陣地外頭採訪，也會遭到各位親切的同行者阻止。有別於他們殷勤的態度，要是連討價還價都沒辦法的話，能做的事情也會極為有限吧。

拜這所賜，讓我別說是進行刺激的採訪，甚至還得在日常生活中尋求刺激。

結果因此催生出在分配到的餐廳迅速用完晚餐後，打著飯後優雅餐會的名義，與閒著發慌的同事進行社交的時間。

來到東方後算得上是刺激的戰鬥，就只有起初那一場。要是只有一開始熱烈，之後每天都過著無聊的規律生活的話，正因為懷著多餘的期待，才會讓人幹不下去。

畢竟是這種情況，餐桌上的話題當然是不用說。

就是現在的戰局。

好啦，你們覺得包圍戰會怎樣？——時事事報的記者一開啟話題，眾人就紛紛發表起自己的意見。該說是眾議紛紛吧，不過——敵人就只是勇敢，要是戰力差這麼大——這種意見聽起來是最為合理的。

「就連亞雷努都給燒燬了。帝國下手或許不會遲疑，但這點聯邦人也一樣吧。」

「……要是這樣的話，這場戰鬥豈不是一下子就結束了？」

對於現場瀰漫的樂觀論，我插嘴提出疑問。

「實際上，說不定還很難講。這雖是印象論，不過跟萊茵戰線相比，不覺得使用的砲彈量變少了嗎？」

就算知道這只是我個人的感覺，不過總有種敵人沒辦法靠尋常手段解決的預感。討厭的感覺，或是該說是恐怖氛圍的某種東西，從帝國軍的陣地裡散發出來。

這難道不是因為那裡存在著某種該稱為戰場魔物的東西嗎？

「萊茵歸來的人都有著相同的感想啊。」

「這也難怪啦。」

這儘管毫無道理也難以解釋，但那怕是自己的感覺也沒辦法輕視。

砲彈雨。

萊茵戰線真的是地獄。常態性地降著砲彈雨的大地，除此之外沒有別的詞句可以形容。說到萊茵戰線的砲彈聲，那可是轟然雷動。

就連那難以置信的鐵量，那怕是將地球挖得宛如月球表面一般坑坑洞洞的砲擊，都依舊無法撼動萊茵戰線。要描述潛藏在那裡的某種東西可是難乎其難，讓身為記者的我感到慚愧。在描述的瞬間，那驚人的程度就會遭到稀釋，甚至會讓人誤以為理解了無法理解的怪物。

到頭來，不知道該怎麼說才好的我，就說出無可非議的經驗談。

「他們可是就連在萊茵的彈坑裡都能活下來的帝國兵。實在不覺得這樣就能一掃而空。」

「安德魯，要賭一場嗎？」

「我是不會拿人命來賭的。在賭我方會死的賭博中贏了，可是會讓酒變得難喝的。」

「喂喂，你能說得這麼肯定嗎？」

「我可是待過萊茵戰線的人喲？」

而且，還去採訪過壕溝戰。看過那裡後，我學到了什麼是戰爭，還有唯一能確定的事情，就是沒有事情是確定的。

「你只要看過一遍在共和國軍近五十個小時的準備砲擊後，還能活蹦亂跳地展開反擊的帝國軍防衛陣地就好。」

儘管說起來很簡單，不過在看過那個景象後，就會不得不對話語的輕微程度感到愕然。

「這樣一來……等等，又是警報！」

以前遭到敵襲時也有響起的警報聲。

記者團鬆懈的氛圍瞬間就被採訪慾望與功名心的奔流淹沒，不論是誰都一手抓起自己的照相機與筆飛奔而出。只要是想拍下好畫面，搶先同事一步抵達現場就是當然的事。

要從這裡趕去前線……不過正當我們跑起來時，卻目擊到意外的光景。

「出現了！就跟預測的一樣！」

某位魔導師充滿幹勁的吶喊。無意間聽到這句大到想要漏聽都很難的吶喊，讓我們「咦？」的面面相覷起來。

「……這次表現得很好啊。」

與其說很好，倒不如說是好過頭了——這是我們直率的感想。本來應該會亂成一團，各國語言此起彼落的陣地內氛圍太有秩序了。

就算沒到跟平時一樣的程度，但這與其說是驚慌失措，倒不如該說是「活性化」的局面吧。

這樣一來……

「是打從一開始就預測到會有敵襲了嗎？」

某人的一句喃語，是我們所有人的共同意見。看來這似乎是包圍戰的基本。

拜這所賜，讓我能向本國提出不成戰場見聞報告的戰地報導，而是還算是有緊張感，真是太好了……不過這毫無疑問是最低限度的成果。

事到如今，就越發需要從德瑞克中校身上挖出些什麼消息來了——我決定要加強攻勢。就算很難在戰鬥結束後立刻行動，不過等到事情到一段落後，就準備好香菸與美酒作為慰問禮前去兵舍拜訪他……該怎麼說才好，我來得正是時候。

是想獨自一人享受小型的慶功宴吧，他的桌上擺放著酒。這位能讓採訪對象變得多話的記者的最佳好友，可說是幹得相當漂亮。

「嗨，安德魯。我就想你差不多要來了。」

德瑞克中校展現出些許但確實的自信，彷彿很美味似的喝起手上的杯中物。既然他在喝酒，就表示沒有在值班吧。是工作結束後，正在舒緩緊張感的時候吧？

時機正好——我就在他旁邊坐下，加入這場酒宴。

「今天的迎擊戰，是早就知情的嗎？」

「雖然沒有要隱瞞的意思，不過正是如此。是以萬全的準備在守株待兔。」

「真虧你們能識破。判斷敵人會衝出來的根據是什麼？」

「安德魯，這可是軍事機密喲。如果是要採訪的話，就饒了我吧。」

「這邊就請你寬容一下吧。」

面對我的死纏爛打，德瑞克中校苦笑著喝了一口酒。

「硬要說的話，就是在分析雷魯根戰鬥群與其指揮官的戰歷之後所得到的結果。」

算不上是回答的答覆。這種事就算不用我努力撬開中校的嘴，想必連恐怕是待在本國暖爐前閱讀我報導的讀者也都能輕易想像得到。

只不過，戰鬥群這個名詞讓我有點感興趣。

「話說回來，我打從之前就很在意了，那個戰鬥群究竟是怎樣的部隊啊？由於我不太清楚，所以想找個人請教一下。」

「什麼？這是常識……啊，不對，你是萊茵歸來的吧。」

那就算不知道也情有可原——德瑞克中校苦笑著。

「是帝國軍在不久前啟用的一種運用型態。是在指揮官底下召集各種部隊混合運用的便利部隊。總之就類似我們的多國部隊。」

「跟連隊和旅團不同嗎？」

面對我的疑問，德瑞克中校明確地點點頭。

「希望你能認知雙方在本質上是完全不同的。儘管在規模上沒有顯著的差異，不過內在可是截然不同。是一種與平時的編制無關，每逢任務就將步兵大隊、戰車大隊、航空魔導大隊等部隊塞在一起進行編成的臨時框架。」

「也就是說，由於是臨時編成的……所以部隊名是用指揮官的名字稱呼？」

「沒錯。就目前的情況來講，我們眼前的敵指揮官就會是帝國軍的雷魯根上校。」

「坦白講，是個不認識的名字。」

困惑是我毫無虛假的感想。畢竟不是我在自誇，我可是自負能默背出絕大部分在前線的高級軍官的名字。

不僅曾在萊茵戰線四處打聽情報，在被踢到東方來之前，都還在本社的資料室裡拚命記下最新情報的事前知識。當然，是不分敵我的。

「就算只要用本國的卡片索引查詢，說不定就能查到些什麼資料，但我真的對這個名字一點印象也沒有。他有著怎樣的經歷啊。」

「這也是沒辦法的事吧。」

「也就是說？」

「他以前是待在帝國軍參謀本部中樞裡的軍人。是除了相關人員外，讓人不怎麼感興趣的立場吧。畢竟所謂的後方勤務人員都不怎麼起眼。」

喔——我附和著德瑞克中校的話語。

「也就是軍務官僚昇上來的？該怎麼說才好，總覺得沒有那種會在野戰上積極挑戰的印象。」

「安德魯，你還是稍微改變一下想法會比較好喔。那些傢伙就算是軍務官僚，本質上也都還是參謀將校。也就是說，那小子可是相當有膽識的。那怕是位在作戰局中樞的戰略家，作為戰術家也一樣相當優秀。」

「也就是後方的專家嗎？不過我也曾聽說過，後方也有很多那種就只是定時坐在漂亮的辦公桌前的類型。」

不切實際；偏重理論，或是只懂得紙上談兵。

只要回想起在前線的聯合王國軍對那些該稱為專家的人們率直單純的髒話辱罵，就能輕易具備著某種程度的印象。

「是在批判本國嗎？抱歉，帝國人似乎不一樣。這只要看就知道了吧，儘管擺出徹底固守市區的陣仗，無法防禦的地區卻反而特意放棄……還真是鋪設了相當粗野的防衛線不是嗎？」

德瑞克中校的語氣中帶著微微的緊張感。儘管這說不定是在警戒未知的敵人，不過就算是這樣，也有種莫名具體的感受。

「很棘手嗎？」

「所謂的帝國式作戰家，不論哪一個都會是最為棘手的傢伙吧。」

「有這麼棘手嗎？……老實說，聯邦軍的官方簡報讓人有種能輕鬆取勝的感覺。」

我隱約聞到題材的味道。儘管知道共產黨很重視面子，不過太過拘泥面子，導致難以跟派遣過來的聯合王國軍部隊溝通合作，可是個相當刺激的題材。

……雖說這種新聞，不是會被審查擋住，就是會被禁止通訊吧。

不過只要以閒聊的程度在腦海中的某處留下印象，將來只要有機會就能拿出來派上用場吧。

「德瑞克中校認為會陷入苦戰嗎？老實說，光是看到敵魔導師就宛如青蛙一般蹦蹦跳來的情況，就足以讓人對將來感到不安了。」

「實際上，我方毫無疑問是處於優勢。光是直接參與包圍的部隊就有三個師團，而對方就只有一個戰鬥群。如果再加上周邊的聯邦軍，敵我之間可說是有著壓倒性的差距。」

沒錯，光是聽他這麼說，就能知道我們明顯有著壓倒性的帳面戰力吧。別說是苦戰，就算輕鬆取勝也是當然的事。

「儘管如此，他們卻毫不動搖。」

「……意思是有救援的希望？」

中校一副「沒錯，就是這個」的態度點頭。

「我們也有在警戒這件事。不過坦白講，情況還很難說吧。」

「很難說？這是什麼意思啊？」

面對我的疑問，德瑞克中校微微揚起嘴角笑起。

「我醜話說在前頭，這件事你可別說出去喔？我的意思是，這並不是希望你把祕密到處跟人講啊？」

「這我知道，中校。」

很好——德瑞克中校點了點頭，隨即開口說道。

「帝國軍應該是沒有餘力湊出增援了……要說到他們在將戰力往南方集中後，還有沒有能在這裡進行大規模解圍戰的兵力的話……」

「帝國也很吃緊？」

「倒不如說，正因為是帝國，所以才應該會很吃緊。」

對於我詢問「這是為什麼？」的眼神，德瑞克中校就像受不了似的聳了聳肩。

老實說，有種被當成小孩子看待的感覺……不過就先聽聽理由吧。

「那個，德瑞克中校，能請教你理由嗎？」

「安德魯，你忘了自己是為什麼會待在這裡的嗎？帝國實際上是以一國之力在跟全世界戰爭喔。」

「意思是他們擴張過頭了？」

「什麼嘛，既然你懂，那說起來就簡單多了。這裡就姑且不論究竟是該驚訝他們能跟全世界戰爭，還是該嘲笑他們蠢到不放棄跟全世界戰爭吧。」

聽好——德瑞克中校一臉認真地把話說下去。

「這總歸來講，就是數學的問題。」

數學嗎？——我苦笑起來。

「由於我在家鄉是個老讓教算術的約翰老師搖頭嘆氣的學童，所以希望能請你簡單說明一下。」

「這不會很難。只要考慮到人口比的問題，就會立刻明白吧。即使帝國人使出再多魔法般的手段，能當兵的人口層也一樣是有限的。」

「……也就是說，他們也瀕臨極限了。」

也就是這麼一回事吧。就算是能一個人打敗五個人的戰士，對上六個人也一樣贏不了。畢竟不論帝國軍再怎麼強悍，他們打從一開始就在外交與政治上失敗了。不過真正該驚訝的是帝國的對應策略吧。他們——尤其都到了這種地步了——仍然是想老老實實地繼續戰爭的樣子。

看來戰爭有著會讓人類的知性大幅下降的效能吧？

「搞不好就連小孩子都會派上戰場也說不定喔？」

難以啟齒說我已經看到了。

畢竟我的頭條新聞已連同底片一起被聯邦的監視人員報廢了。

順道一提，換給我的底片品質也微妙地難用。要說到在暗房好不容易顯影出來的成品，可是慘到讓人想哭。

只不過，總體戰往往就是這樣吧。聯邦就算底片劣化了，他們也仍然沒到要大規模運用少年兵的地步……應該吧。哎呀，畢竟他們不讓我們參觀這裡以外的戰線，所以這事還很難講。

儘管如此，也比讓小孩子在這種地方持槍戰鬥的帝國來得好些吧。

「恕我失禮，中校，不管再怎麼說，都把對方逼到這種地步了，也該將軍了吧。勝利之日就近在眼前吧？」

「會這麼想對吧？」

是呀——我予以同意。照常理來想，就算是帝國也毫無疑問會認輸吧。

「你果然是有常識的人。」

呃嗯——我也只能點頭附和。

「不管怎麼說，帝國人說不定全是一群腦子有問題的傢伙。你就先當作是這樣吧。」

「……那麼，我想採訪一下腦袋正常的聯合王國軍人。」

不知中校你意下如何？——在我拿起筆記本代替麥克風遞過去後，德瑞克中校就回了我一道苦笑。

「除了舊協約聯合體系的諸位義勇魔導師外，就讓你自由採訪任何人吧。倒不如說，不是打從最初就是這樣嗎？真是見外，要是不好意思的話，就由我來幫你介紹吧。你想採訪誰？」

「中校，既然你知道的話……」

「想採訪義勇部隊？就拜託你別去找失去國家的他們死纏爛打地挖舊傷疤了。魔導師的精神狀況可是會直接關係到戰鬥狀況的。安德魯，這你不也在萊茵戰線見識過了嗎？」

他都這麼說了，我也沒辦法再多說什麼。

「也是，為了讓你往別的方向找新聞……我就特別給你一個提示吧。」

「太感謝了。請問是怎樣的提示啊。」

只要是獨家新聞就好——朝著充滿幹勁的我，德瑞克中校語嚴肅地說道。

「……你知道『傑圖亞』這名帝國軍的中將嗎？」

「嗯？唔——那個，確實是有點耳熟。請稍等我一下。我記得……是帝國軍的鐵路專家吧？」

就只是個略有耳聞的人物。儘管地位不是不高，但該說他是中堅層級的將官吧，讓人不知道該怎麼形容才好。

不是那種會引人注目的類型啊——對這名字就只有這種程度的印象。

「差一點。算了，這會是個你最好要記住的名字喔。」

「咦？」

是這樣嗎？——我稍微把德瑞克中校的話當成了耳邊風。適當地說些意義深遠的話，還真是隨便的敷衍手段啊。

回憶過去，如今的我微微苦笑。

「這確實是個最好要記住的名字。」

……沒錯，當時還「年少無知」的「我」，把這句話當成了耳邊風。

[chapter]

II

第貳章

安朵美達前夕

The night before Andromeda

東方戰線是就真正意思上的總體戰。
你有被命令過睡午覺嗎？

—— 東方戰線從軍人員 ——

統一曆一九二七年五月二十六日　聯邦領內／中央戰區多國部隊基地

聯邦的空氣不分季節地催人寒意。不知是幸還是不幸，對聯合王國人來說，居住在這塊大地上的部族……「共產主義」這種迷信的崇拜者……難以說是友好。

我的名字是無名的約翰，有教養的人們有時也會伴隨親愛之情稱我約翰叔叔。

讓人困擾的是，聯邦的共匪似乎在懷疑我是間諜，但這可是個天大的誤會。我在官方上就只是個以國王陛下與祖國之名，領著聯合王國外交部的簽證被迫四處奔波的可憐職員。

當然，真相就該紳士地當成祕密吧。

我玩著這種愚蠢的思考遊戲，稍微紓解入境聯邦的緊張感。就算只是來傳話的，但我打從第一次出任務以來，還沒有這麼緊張過。

甚至是在發現到目標人物並在向他搭話後鬆了一口氣，以我來說還真是罕見。

「嗨，德瑞克中校。看到懷念的臉孔，讓我鬆了口氣喲。」

「這不是Mr.約翰遜嘛。真虧你能來到這種地方。途中沒有遭到蠻族襲擊嗎？」

「所幸目前正在陪蠻族玩著朋友遊戲啊。」

聯邦官員對待外交使節的禮儀可是傳說級的……不用我說，是在無可救藥地惡劣的意思上。況且，還是個被聯邦方祕密警察盯上的「領簽證職員」入境了，我也有做好會在別種意思上大受歡迎的心理準備。

「……看來他們不免還是有著在與帝國交戰時，要多少給點通融的智慧。」

「你說得沒錯，德瑞克中校。這我也相當驚訝喲。」

畢竟，雖說有被人找麻煩，但也還是平安旅行到最前線附近了，在戰時就只有「不可能」這一點是「不可能」的事。

「不過老實說，我可緊張了。哈伯革蘭閣下用人也很過分。把老人家丟到這種東方邊荒地帶操勞。」

「恕我失禮，還真是辛苦你了。」

德瑞克中校也一樣是為了配合本國情報部丟來的無理要求而做得很辛苦的那類人，能從他的話語之中感受到真正的共鳴。

對約翰叔叔來說，有種想送他一瓶酒慰問的心情。

「真的很辛苦喲。如果是送部隊進來也就算了，居然把我這種老人家獨自丟到邪惡的共產主義者的巢穴裡擔任聯絡人員！」

偷偷朝我使眼色的德瑞克中校用視線發出警告。但不需要擔心。這裡可是聯邦，德瑞克中校等人的駐紮設施，從裡到外都是由聯邦所安排，想必會用最新的設備款待吧。就算牆壁裡有麥克風，電話線設有錄音機，連菸灰缸裡都裝了一兩具竊聽器，也沒什麼好驚訝的。倒不如說，會去期待他們沒有裝才比較奇怪。這是在常識之前的問題吧。

聯邦共產黨的祕密警察，大致上都很勤勞且有點偏執狂的傾向。也就是邪惡至極。

「哎呀，也不禁讓人好奇起高層他們到底在打什麼主意了，你不這麼覺得嗎？」

「像這樣隨便開口好嗎？」

「就是要說給他們聽的，沒問題。」

既然藏不住，那就堂堂正正地說吧——我朝他聳了聳肩。

有別於眼前僵住精悍表情的德瑞克中校，我可是和平的紳士。隨口胡說著別人想聽的事情也沒什麼不好。

「實際上，本國對聯邦的感情可是真的喲。」

「真意外，我還以為本國有很多保守派。」

「就跟以前一樣啦。儘管如此，也還是會由衷稱讚共產主義的進步性，對共產黨的睿智讚不絕口。也是，特別對共產黨的農業政策替農村所帶來的進步性影響，甚至給予了『不是我們的腦袋所能理解的』評語喲。」

「也就是說？」

「依舊是覺得共產主義『相當有趣』啊。」

如果是聯合王國人的話，這毫無疑問是會讓人蹙眉的最佳讚賞。姑且不論殖民地人，只要是本國人的話就能輕易聽出話中的含意。無比的諷刺，猛烈到甚至會害人嗆到。

我拍著疑似在憋笑的德瑞克中校的肩膀，邀他去稍微散一下步。

「雖說在室內說給客人聽也不壞，不過機會難得。就讓我們邊賞風景邊聊吧。」

「也是，機會難得，我們就邊散步邊聊吧。」

我跟在爽快答應後，負責帶路的德瑞克中校身後，以視察野外陣地群的形式在外頭四處閒晃。辛苦他們的是，就連在外頭都有不少人在偷聽。不對，自己會被盯上是預料之內的事。

我早就有做好會被人盯梢的覺悟。不過就算是這樣，到處有人盯梢的感覺還真不舒服。

對熟練的情報部人員來說，這是足以讓人感到愕然的監控國家模樣。就像在如實述說著聯邦的本質。

即使如此，他們姑且算是同盟國的人——

不過，他們就連在這種戰時狀況下都沒有失去對資本主義國家的人的猜疑心，這點該作為重大的特徵記錄下來吧。

目前作為友好國的聯合王國與聯邦之間的關係……終究只是利益上的同盟。只要朝雙方腳下的薄冰窺看，相信就能輕易發現浩浩蕩蕩的猜疑心大水脈吧。

大地之下究竟流著怎樣的水脈？這一點也不能大意。我在心中苦笑，特意使勁地踏在大地上。就算一切都無法確定，土地也是正直的。

他們在土地上建築了什麼，足以作為一個衡量的標準。正因為如此，這塊荒涼的焦土才會讓我悲哀到看不下去。讓人懷念起那儘管不大，卻是家族引以為傲的鄉村別墅裡的庭園。

唉，不過身為一介公僕的我，不得不說工作上的正事。

「德瑞克中校，有個會讓你心情更差的通知。根據最新的諜報消息，帝國軍終究是計劃起乘勝追擊的大攻勢了。」

「能確定嗎？」

「不會錯的。也已經下令編制的樣子。他們似乎打算將南方攻勢作戰設為A戰線，此外的東方戰線設為B戰線分別管轄。同時由編成的A集團發動攻勢，B集團擔任側面防衛。」

只要在腦海中回想起聯邦的地理環境，這就非常好懂。敵人在下側，也就是在南方集結了堪稱異常的戰力。情報來源是流量的分析與解讀。這會是正確的預測吧。

「儘管單純，不過很好懂吧？」

「聯邦在南方防衛成功的可能性是？」

好問題——我虛張聲勢地點了點頭。

「雖然不是絕望性的低，但也沒有高到充滿希望。很難講啊。」

雖然往往容易遭到誤解，不過熟知敵情儘管是個重大的優勢，但終究也只不過是一項優勢。面對壓倒性強大的敵人，即使成功收集了情報，也不會因此就有百分之百勝算的對策。

倒不如說，有些事知道了反而痛苦。比方說，要是正確無比地預測到即將有一百頭飢餓的獅子蜂擁而至，心情會怎麼樣啊？

「編入A集團的部隊似乎是集中在裝甲、魔導、自走砲等高機動力的火力上。如果能在某處擋下來，情況也許就會不同，不過一旦演變成在平原地區的機動戰，聯邦軍的防衛戰也無法讓人期待吧。」

「要說到防衛成功的可能性，就是城鎮戰吧……」

察覺到狀況並不樂觀的德瑞克中校表情黯淡下來，呻吟般的喃喃說道。

「不管怎麼說，都會是一場血戰。以南方各都市為中心的攻防戰將會是一場地獄。還真是殘酷。很遺憾的，居然得將有著大好前程的年輕人丟出去做成肉餡餅。」

在最前線奮戰過來的德瑞克中校的嘆息，帶著不斷看著悲慘現實的將校特有的幽默感。

「真讓人喪氣。就沒有一個好消息嗎？」

「……啊，對了。我忘了，是有一個。說不定能算是好消息的通知。」

「只要是能讓我心情輕鬆一點的，不論是什麼我都歡迎……南方的現況很危險。如果是有關這方面的好消息，那就更好了。」

是有關——我點了點頭。儘管帝國軍發起大規模軍事攻勢的跡象極為明顯，也依舊能在背後看到微小的希望之光。

「有收到帝國軍與帝室、政府的對立激化的政治情報。就連A集團與B集團的編成，也有傳聞是受到內部對立的影響。」

「就算只是謠言，敵人起了內鬨可是件讓人感激的事。」

「高興吧，似乎是真的內鬨了。」

喔——就像是感到喜出望外的德瑞克中校，大概是下意識的吧，他吹起了口哨。

實際上，就連我也覺得在現況下，要是戰爭機器能爆發內鬨的話，不論理由為何都是件非常歡迎的事。

「帝國軍參謀本部似乎與帝國政府產生了對立。還聽說讓政府相當不滿的參謀本部補給負責人因此被放逐到B集團去了。」

「坦白講，這消息很可疑。就只是蜥蜴斷尾吧？」

儘管對保有健全懷疑精神的德瑞克中校很不好意思，但被切斷的可是大人物中的大人物。

「要拿蜥蜴比喻的話，被切掉的可不是尾巴，是腦袋。似乎連參謀總長、參謀本部加以擁護都保不住，讓戰務的副參謀長以『榮昇』的形式被踢到B集團擔任『協調人』的樣子。」

「從參謀本部榮昇嗎？究竟是名怎樣的將軍啊？」

「是呀，是傑圖亞中將這名棘手的軍政家。在聽聞這傢伙有可能會遠離參謀本部後，本國的那群專家可是大呼痛快喔。」

聽完我說的話，德瑞克中校在想了一下後，就像終於下定決心似的點了點頭。

「……是我曾經聽說過的高級將校。他有這麼能幹嗎？」

「很能幹，能幹到讓人害怕。」

我直截了當地點頭。雖然很遺憾沒辦法說明情報的來源，但一切的高準確度情報都在不斷地證明傑圖亞這名帝國軍中將是個邪惡的組織中人。

他靠著後勤持續支撐著帝國軍的快速進軍的本領，總是顛覆了我方的預估。從補給網的整備、自治議會設立，乃至於在東方的防寒衣物的發放，所監聽到的一切加密電報，在在展現出他的勤勉與做出正確對應的表現。

該高興吧，這樣的他從中樞「榮昇」他處了。

「這話你可別說出去，敵A集團的補給是不是由那傢伙負責的，將會讓聯邦的南方資源地帶防衛……勝算出現相當大的變化吧。分析官認為會變得比較好打。」

在發動大規模攻勢之前的時機點上，罷免掌管補給後勤的軍政家。這是闡沘帝國內部的不一致的第一級徵兆。

大規模組織在有所動作之際，人事可是攸關生死的。

帝國人忘了這件事嗎？或許，是連戰連勝讓他們傲慢起來了也說不定。
「敵補給線在東方戰線的混亂，不是個壞消息。不過，能請教你一件事嗎？」
「什麼事？」
德瑞克中校喃喃說出他的疑問。
「被踢到東方B集團來的人是個軍政家吧？而目前，我們的敵人可就在眼前構築著防衛線喔？」
「這怎麼了嗎？」
「既然如此，他也有可能是來督導防戰的不是嗎！我可不覺得敵B集團構築防衛線的進展順利會是個好消息。」
這是個合理的疑問——我在心中同意德瑞克中校的慧眼。能幹的軍政負責人，算得上是維持組織的大師。就算是防衛陣地的構築，要是B集團裡有著足以擔任補給網的軍政家在，情況可就不同了。
畢竟是在這種局面下，要是讓他改善帝國軍的補給網，強化與自治議會之間的關係的話，事態就會非常棘手——
不過，我向他露出了苦笑。就我所看到的帝國軍相關情報來看，傑圖亞中將就一如字面上的意思，是慘遭「發配邊疆」吧。

地位說不定是有，但只要分析職位的性質，一眼就能看出這完全是禮儀職位……這儘管是極端的說法，不過他就跟本國所謂的紋章院長一樣吧。

「情報部能向你保證一件事。至少，這應該不是有獲得權限的赴任。接下來的情報儘管摻雜了點推測，但也有聽說是完全的閒職。」

「能確定嗎？」

「……我個人相信這是確實的情報。更進一步的說明，會牽扯到情報評價的問題與機密吧。不過，我相信這是不會錯的。」

中將沒有對B集團的指揮權，是破解敵人的暗號——也就是魔法所雄辯的事實。儘管很遺憾無法向德瑞克中校說明來源，不過這可是貨真價實的情報。

傑圖亞中將的職責就只有監察、建言的程度。這在平時聽起來是很重要吧，不過沒有命令權的高級將校在戰時的作用有限。

解說

【紋章院長】 讓我來說明吧！紋章院長其實是個讓人搞不太懂的譯名。明明是院長卻有多人（三人）存在！這種源自外國文化的翻譯讓人頭痛的事情就先姑且不論，來解說這職位的工作吧！就是辨識紋章，參加典禮儀式！此外，雖說是名譽職，不過有好好給薪水。具體來說，最高職等是￡49.07，其餘兩位是￡20.25。順道一提，這是年薪。工作所需的經費要是不夠，請自己想辦法去賺喔！

儘管有地位，但實際上卻毫無實權的話，甚至會讓人感到可悲。

「這雖不是個壞消息，但對與B集團對峙的我們來說，還是個未知數。」

我也朝著聳了聳肩的德瑞克中校，困擾似的點了點頭。儘管想說要是能再多準備一點好消息就好了……不過手邊已經沒有更多的消息了。

「剩下的不是惡耗就是機密。抱歉了。」

「不會，請幫我向哈伯革蘭閣下問聲好。可能的話，要是能把她們領走，我會更加感激就是了。」

在隨口提及的「她們」這種表現之中充滿著辛勞的情感。德瑞克中校疲憊的臉上所浮現的表情，甚至隱約帶有懇求的色彩。

正因為他不是那種會訴苦的將校，所以是真的不行了吧。他指的是那個瑪麗中尉吧？基於聯合王國與合州國，順便還有與協約聯合在政治與外交上的必要性派遣的義勇魔導師，似乎也讓他相當辛苦的樣子。

儘管很過意不去，但我也跟德瑞克中校一樣是只能夠回應國王陛下與祖國的要求的可憐公僕。

「我發自內心地同情你。但很可悲的，我一點也幫不上忙。這不是該拜託哈伯革蘭閣下，而是更上面的人的事。」

「Mr. 約翰遜，就連靠你的立場也不行嗎？」

讓我極為遺憾的是，就是這麼一回事。

義勇魔導部隊的處置，不是歸情報部門或軍事合理性的世界所管，而是外交，更進一步來說是屬於國家利益這種蠢到極點的崇高次元。

因此，他只能默默點頭。

「是個難受的現實啊……我會努力的。」

「抱歉了，德瑞克中校。作為最低限度的伴手禮，我帶了在跟聯邦海關官員較勁之下偷渡進來的東西作為土產。是本國的蘇格蘭威士忌。」

「感謝！我會好好品嚐的。」

「就當作是邊疆勤務的慰問品吧。那麼，再會了。」

當天　帝都柏盧／中央車站

帝都中央車站的月臺上，高聲響著由繁雜人群演奏的人聲，還有不分軍用、民用列車，每分鐘停車再發車的一列列車輛演奏的機械聲所合奏的二重奏，充斥著跟往常一樣的盛況。

自開戰以來，鐵路物流量的增加就在不斷激化。要是有個在追蹤帝國物資動員情況的人在現場，將會視眼前的混雜為這件事的佐證吧。

這個空間正是現代的象徵，同時也是帝國的生命徵象。正因為如此，應國家需要前往任地的軍服姿態的人們也彼此握手，即使依依不捨，也還是搭上客車展開旅程。

就算是高級將官也沒有例外。

「傑圖亞中將，恭喜你榮昇B集團的監察官。」

「這是在慶祝我左遷嗎？面對形式上的恭賀，就請恕我以形式上的態度答謝了。」

伴隨著玩笑話，與老戰友互相握手的傑圖亞中將與盧提魯德夫中將一齊露出苦笑。

「……傑圖亞，你也抽到下下籤了。」

「沒辦法。畢竟反抗最高統帥府的人是我。」

在後勤情況、生產狀況，還有最重要的是在大戰略的層面上，傑圖亞這名「下級」頂撞了「最高統帥會議」這名「上級」。

帝室、國民，或是說政府。不論如何代辯，最終而言軍人都必須要服從國家的意思。無條件地服從合法的命令，正是管制的精髓。這是不可能會有例外的。

最高統帥會議是主，身為軍人的傑圖亞是僕。

「坦白講，我可是做好了會被卸除副戰務參謀長職務的覺悟喔。正因為如此，這甚至讓我有點掃興。」

「哼，會這麼想的頂多只有你這傢伙。被左遷的人還這麼厚臉皮，真是讓人傻眼。」

「都用『兼任任命書』把我送去東方了，光是還有留位置給我，就算是法外開恩了吧。」

拒絕國家的意思可是反叛行為。

正因為是在危險的界線上發出譴責，所以做好了甚至會遭到解職的最壞覺悟。向盧提魯德夫中將說出的安心話語，就這層意思上算是傑圖亞的真心話。

實際上，這種處置只能說是法外開恩。

是考慮到至今為止的實績，想要我在東方將功贖罪吧。官僚機構雖是冷酷組織人的集合體，但也會在人事安排上做出一定程度的顧慮。

不過，盧提魯德夫中將似乎與傑圖亞有著不同的感想。

「……問題是待遇的差距！」

他甩了甩頭，狠狠地說道。

「你我都一塊反對了上頭的意思。然而，這算什麼！別跟我說你不懂喔，傑圖亞。」

最高統帥會議的真正意思，就顯示在處分上。對於反對的傑圖亞與盧提魯德夫兩位中將的處分，表面上是沒有太大的差異……不過實際上，在實務的部分卻有著巨大的落差。

「我的昇遷雖然也沒了，但還是保有原職；你卻是被送去東方。儘管我絕不是在瞧不起前線勤務，但既不給你實權，也不讓你負責後方的職務，這豈不是在架空你嗎！」

「就當作是休假吧。」

「你這傢伙還是老樣子。不過，傑圖亞，我先警告你……上頭……或是說整個政府都在盯著你喔。」

「事到如今還用得著你說。」

傑圖亞中將朝著他苦笑。

「不遭人怨恨要怎麼當戰務啊。現在可是在打總體戰喔？是不可能八面玲瓏，不斷討好每一個人的。」

摸索著讓敵方年輕人的屍體有效率地堆積如山的方法，並作為代價讓我方的年輕人不斷吐血，倒臥在大地上。這就是戰爭。

如果想受人喜愛的話，沒有比參謀將校還要不適合的工作了。只要想到戰死者遺族的悲傷、悲嘆與憤怒，這就是極為理所當然的事。

「最後，再想想我所主導過的事情，對外交領域的干涉。這是實質上的獨斷獨行，就算沒有在最高統帥會議上遭到反對……要是沒遭到處分反而不可思議。」

希望事態好轉，做出掙扎的人失敗了。儘管是結果論，不過作為對失敗之人的處置，這可說是相當溫和的處罰。

就這點而言，傑圖亞中將是毫無怨言。

「信賞必罰是組織的核心。就算說用意良好，軍人干涉外交也相當於是越權行為吧。要是無條件免責的話會怎樣？在軍隊統帥上，最嚴重的就是違反原則。」

所以就像理所當然似的，傑圖亞中將作為組織的一員，基於軍政論以俯瞰觀點簡單評論起自己的待遇。

「施壓是不可避免的。有辦法適當地揮動鞭子，正顯示出軍方的健全性。比起毫無處分，不是該高興有受到懲處嗎？」

「但這並不公平。賞罰是軍隊的基本吧，不過你的越權追根究柢，可是對國家戰略的缺失進行的補全行為喔。就算說參謀本部打從心底憎恨這次的人事……」

雖說附近沒有他人在，不過盧提魯德夫中將實在是說過頭了。不好——傑圖亞忍不住插話。

「到此為止。」

「唔。」

閉嘴的同時，用眉頭表示不快的盧提魯德夫中將依舊對自己的情緒很老實的樣子。

「不管怎麼說，我們都是軍人。既然是軍人……」

「就不得已嗎……」

老友那不愉快的態度讓人有點在意。

「盧提魯德夫中將，我不想對你說這種話……但身為軍人就必須要服從國家的大戰略。至少，如今的我能說的就只有這些了。」

所以說——傑圖亞中將輕輕笑起。

「這是要我到榮耀的前線去涵養奮戰精神吧。」

「也說不定是想體面地讓聯邦軍把你收拾掉的陰謀。」

「你想太多了。如果是想害死你我而派遣到東方去的話，應該會再多下點工夫。眼下的方法就是刺激自尊心，讓我們『志願』擔任名譽團長吧。至少，如果是我就會這樣做喔。」

參謀本部待久了，也會很熟悉這些手段。

舉例來講，只要想想過去攻打諾登，結果害萊茵戰線陷入危機的長官是怎樣獲得「名譽的榮昇」的話……傑圖亞中將朝著老友苦笑。

「我算是幸運的了。雖說是以相對來講。」

「你這傢伙還是老樣子。沒想到在當上掛星星的將軍後，還會像中尉時期那樣感慨組織的不講理啊。唉，這也太過分了，傑圖亞。就算是軍人也無法盡如人意啊。」

「還記得你在中校的時候也曾說過類似的話。到頭來，就算立場變了，世上的事依舊是無法盡如人意。就只是上頭有上頭的苦衷，下頭有下頭的苦衷。」

「你太達觀了。一般是不會看得這麼開吧。」

會不得不達觀，全是拜經驗法則所賜。我到底是幫誰一路擦屁股擦到現在的啊？還真是個讓人深感興趣的疑問。

傑圖亞中將自己就是作戰領域出身的。所以也能理解以盧提魯德夫中將為首的那些作戰家的胡來，其實具備著作戰上的整合性。就連必要的事情，也會去配合他們的強人所難……對了——我在這時想到了一件事。

「方便嗎？」

「怎麼了？」

「戰務是軍方機構。以組織傾向來說，在政治面上比較弱。」

用眼神問著「你在說什麼廢話啊」的盧提魯德夫是對的。不過，制度是由「人」在運用的。

「可不能讓我的做法讓你產生誤解了，就讓我姑且警告你一下吧。不是以處理政治問題為前提編制的戰務，終究只是個道具。不會自行思考，因此，不要期待他們戰區鐵路網以外的事。」

「意思是？」

「軍方以外的交涉，抱歉了，還請幫他們一把。」

靠著人員彌補組織的不完善。

這聽起來是不錯，但也是在將問題往後推延。但就算明知道是這樣，在戰時狀況下也不得不做出這種說好聽點是臨機應變，說難聽點就是臨陣磨槍的對應。

就結果來說，是讓傑圖亞中將以配合狀況的形式開始沾手政治……但這很有可能會逾越戰務參謀部本來的形式。

對補給問題與物資動員負責人而言，參謀本部實際上正逐漸迷失在類似的另一個世界裡吧。

「果然，你太適合這個位置了。在這種時候將你調離軍政實務……坦白講，這可不只是會感到難受的程度喔。」

不過——盧提魯德夫中將突然猙獰笑起。

「如果不是作為軍務官僚的傑圖亞中將，而是由作為作戰家的你負責主戰線之外的戰場的話……就唯有這部分是不需要我擔心了。」

「喔？我說不定會像個學者，趁著閒職浸淫在哲學思考之中喔？」

「哈哈哈，這可嚇到我了。」

盧提魯德夫中將用拳頭輕敲了一下傑圖亞中將的肩膀，不停地笑著。

「作為作戰家的你有多少本事，我又不是不清楚。你也不可能完全忘了該怎麼打仗吧。既然如此，擔心你的軍事才幹就只是在浪費時間。」

「唉，老是把麻煩事推給我去做。」

「傑圖亞中將，你忘了一件事喔。參謀將校可是以勤勉為美德的，我是不會允許就只有你在地方上優雅地休養啊。」

哼——傑圖亞中將嗤之以鼻。

「還以為是溫情的閒職勤務，卻來了個意外的要求啊。你這傢伙要讓我工作的話，也好歹給我一點權限吧……」

名目上的地位，作為名譽職的左遷。能從中看出上頭的意圖；相對地，負責現場指導的盧提魯德夫中將卻打算趁機把B戰線整個丟過來。

為此，要是必要的權限不明確，做事時就會伴隨著極大的困難吧。

「不像是你會抱怨的事啊，傑圖亞。」

「總是該抱怨的。畢竟，辛苦的就只有我這邊。這可是要維持B戰線啊，要是因為『請求』去做這種事，也會讓人想告老還鄉吧。」

「你在說什麼啊。本來的話，要是能讓你負責後勤可就輕鬆多了喔。」

「……我知道。」

不管怎麼說，會很辛苦這點是不會變的——我把這句話吞了回去。儘管老是這樣——就在我想抱怨幾句時，汽笛聲蓋過了兩人的聲音。

是聊著聊著就到時間了吧。

「喂，列車好像來了。傑圖亞，你瞧。」

「是呀，看來是這樣。」

緩緩駛進月臺的列車，是客車廂後頭連結著貨車廂的典型定期列車。貨車廂裡想必堆滿了要送往東方的輜重物資吧。

最大的特徵，是打著對空迷彩的名目胡亂塗刷的廉價塗料吧。花費工夫將外形塗得容易從空中遭到誤認的車輛，總覺得色彩很沉重。

就像是要讓人聯想到之後的事一樣，真不愉快。不論跟盧提魯德夫中將說什麼，都無法抹去這份不安吧。

啟程前，傑圖亞中將明知道這樣囉哩囉嗦地很不像自己，但還是特意開口。

「安朵美達的後勤，老實說……」

不得不說。

必須警告他——這份擔憂，卻是白擔心了。

「馬匹不足。靠鐵路能勉強趕上，這會是唯一的依靠。還有就是，儘管有卡車作為保險……但燃料的儲備量很危險吧。」

「……嗯。」

我有掌握到重點，理解問題在哪裡喔——他都這麼說了，我也沒什麼好講了。

「這些我當然知道。A集團的事你別擔心，B集團就交給你了。」

微微點頭後，盧提魯德夫中將用拳頭敲著胸口。是在向我做出保證吧。

「配合你的胡來也不是一天兩天的事了。」

「這就是所謂同窗的孽緣……就你我合力，靠我們獲勝吧。」

「假如失敗的話？」

不論何時，都會在心中保留備案。這是參謀將校的習慣。也可說是本性。

在作戰之際，會比誰都還要強烈地由衷希望成功。不過，同時也會防備著誰也不想去看的失敗的可能性。這儘管近乎矛盾，不過正因為比誰都還要強烈地祈求著成功，所以才必須比誰都還要去假設最壞的結果。

「就整理戰線，也不惜後退。我可沒興趣在輸掉的馬上一直賭下去。」

「……大膽的戰線後退也會對B戰線帶來影響。退後時，記得通知我一聲。」

如果是盧提魯德夫中將，應該就不會弄錯時機吧。會感到不安，本來應該是件奇怪的事。

只不過，是對闊別已久的最前線勤務感到遲疑了嗎？傑圖亞中將自己有種奇妙的感覺。儘管難以言喻，但總有種彷彿釦子扣歪的不對勁感。只是，無法說明這種感覺。

最後，傑圖亞中將就在迷惑了一會兒後決定不提起此事。想說無法確定的事情，就不該說出口吧。

「我相信如果是你的話，就會幫我把事情辦好。這下我就只需要擔心A戰線了。太感謝你了。」

「能適當地盡到職責就算謝天謝地了吧。」

「畢竟負責的人是你，我想應該是不會有問題的。」

「……我會努力的。不過，這可不是光靠連帶責任就能解決的問題。就讓我基於你這種粗暴的用人方式說一句話吧。」

「說吧。」

「留下來的烏卡中校他們是很優秀，不過本質上算是『好好先生』的類型。富有協調性，但也具備著會壓抑『自我主張』的氣質。」

「所以說？」

「要知道他們口中的沒辦法，跟我的沒辦法在性質上是不同的。當他們說沒辦法時，恐怕就真的是已經竭盡全力了。」

交給盧提魯德夫中將的戰務參謀太習慣全力以赴了。在消除冗餘，追求最大效率這點上是無比的能幹。

作為組織人會是最棒的齒輪吧。

問題在於運用他們的方式。

「就像你知道的。我的部下都很勤勉。說不定該說是太勤勉了，運用時給我多花點心思。」

他們做事是不惜勞苦的。勤勉利他的性質是值得讚賞……但參謀將校不適當休息也會是個問題。讓身心操勞到瀕臨極限，無論如何都會損害到在出事時對應的餘力。

「……我會注意的。唉，逼你吐東西出來還要來得輕鬆多了。」

「你和作戰參謀的強人所難，可是害我跟部下的體重不斷下降。再要我們吐東西出來，除了恨意外，就只吐得出血與淚喔。我們就是如此地被精神壓力與繁重工作給壓得喘不過氣來。看似是唯一沒遇到好同僚的部門。」

「是呀，但願你在B集團能遇到跟我一樣好的同僚。」

「哈哈哈！這還真是——」

太過分了吧——傑圖亞中將笑著，盧提魯德夫中將戲謔地朝他聳了聳肩。與同梯之間的輕鬆互動，就算上了年紀也不會改變的樣子。

「祝你武運昌隆。」

「好啦。那麼，再會了。」

「當然。我會等待你成為凱旋將軍閣下的。」

拍著肩膀，互相握手，同時不斷說笑。參謀將校不論多麼受到讚賞，都不會是基於他的人格善良這點是唯一能確定的事吧。

「去準備好昂貴的美酒與雪茄吧，我會讓你破產的。」

「無所謂，就讓我期待作戰家傑圖亞閣下的凱旋慶祝會吧。到時就來舉辦一場盛大的宴會。準備會由戰務的傑圖亞中將一手包辦，你大可相信會準備的萬無一失喔。」

「……居然會說輸你，看來我也總算是江郎才盡了。我就老老實實地去東方吧。」

那麼，再會了。

傑圖亞中將留下這句話，走進列車包廂裡，一名露出緊張神色的勤務兵立正站好，以最高級的敬禮迎接著他。

「恕下官失禮！閣下，行李請……」

「行李？」

「是的，請問需要幫忙卸下的行李是放在哪裡？」

「辛苦了，但我沒有行李。」

年輕的勤務兵一臉錯愕。是在懷疑自己的耳朵吧？

「是……是的？那個……請問需要幫忙嗎？」

是基於向高級將官提出反問的緊張感吧，臉色蒼白地開口詢問的他，甚至讓傑圖亞中將感到同情。

「看好，我手上就只有一個將校行李箱。又不是在搬家，扛著自己都拿不動的大行李成何體統。將校可是只要一聲令下，就要輕裝單身赴任的職位喔。」

「下……下……下，下官失禮了！」

別在意——傑圖亞中將稍微搖了搖頭。

「要是前任者讓貴官誤會的話，還真是深感遺憾。不過，既然機會難得。能請我免費喝一杯

給前往東方的士兵喝的熱茶嗎？身為一名軍人，希望我也能享有這項服務。」

「是的！下官立刻就去準備。」

飛奔而出的勤務兵，跑步的姿勢堪稱漂亮，是受到良好的訓練吧。不過對傑圖亞中將來說，這一套「平時」玩的把戲也讓他想提出一點忠告。就算重視禮儀是軍隊常態，但有必要連在前往戰地的列車上都玩這一套嗎？

「……哎，以野戰軍勤務來說也太鄭重了。」

有關鐵路的運行與利用實態，有必要去忠告幾句吧。正要在心中的記事本上記下這個問題，就猛然回過神來。

這裡可不是參謀本部。

不是下令立刻改善就能獲得解決的空間。問題很快就會被遺忘，所以有必要寫成文件提出吧。所謂請求的權限，總歸來講就只有這種程度。

坐在包廂的座椅上，傑圖亞中將喃喃自語。

「要一面管束B集團，一面打仗嗎？」

這是最高統帥會議不曾想過的職責分擔。我雖有名目上的權限，但作戰指導的實質責任是預定要由留在參謀本部的盧提魯德夫中將負責吧。但就沒能察覺到盧提魯德夫中將會因為東方南端的大規模攻勢導致人手不足，沒辦法一面兼顧戰務指導，一面指揮B集團這部分來看……這種預定將會導致他顧此失彼。

「拜這所賜，讓事情被推到我身上來了。」

不過，他們卻以上頭所始料未及的形式進行了分工合作。而這麼做的結果，就是在權限與資源都受到大幅限制的情況下前往東方赴任。就算參謀本部與東方軍的關係不到極度惡劣的程度，這也是跑到方面軍去當空降主管。

也沒時間與司令部的眾人慢慢培養默契吧。

「盧提魯德夫那個蠢蛋，把事情說得這麼簡單。」

就只能不斷地提出請求，沒辦法靠命令強迫執行這點還真是難為。自己在東方的影響恐怕極為有限吧。

實際上，也沒有任何棋子。

「……不對，是有一個。」

唯一的手牌。不過，是張鬼牌。

「我還有沙羅曼達。」

在研究戰鬥群構想時，可是作夢也沒想過居然還有這種用途。自指揮官的提古雷查夫中校起，整個戰鬥群都隸屬在參謀本部旗下運用的特殊編制。雖說在東方並沒有很積極地受到活用，但今後或許該考慮增設吧。

「要是早知道會這樣，而有把編成中的戰鬥群也送去東方的話，事情就簡單多了吧？算了，後悔也無濟於事。」

儘管是有幾個戰鬥群基於運用研究的目的在本國進行運用測試……不過考慮到直屬參謀本部的便利性，將太多戰鬥群外派到各地去，結果適得其反。

要是乾脆集中送去東方的話，就還能期待作為直屬的戰力了。

拜這所賜，讓我得用手邊不足的資源預防最壞的情況。

「總而言之，這樣一來我也只能遵照現場指揮官的職權做事了嗎？雖然只要打贏就好。」

趁著戰局優勢之時，在東方達成安朵美達。理想很明確。同時也希望能盡可能地減少犧牲。

只要打贏，傑圖亞中將自己該在東方做的事情，也就跟自然消滅了一樣吧。只要B戰線穩定下來，就算會被B集團的參謀說閒話也無所謂。

「可是，要是沒贏的話？」

自己喃喃說出的不祥疑問，讓傑圖亞中將的脊背發寒。

要是安朵美達失敗了？說不定有辦法處理。就算會很辛苦，但我可不認為自己有老到無法收拾善後的程度。

只不過，真正的問題並不在這裡。

現在的話，還有挽回局面的自信。只要以失敗為食糧，改善應改善的過失，擬定下一次的作戰就好。然而，要是下一次也失敗的話？要不氣餒地擬定第三次作戰嗎？

不對，也許還有辦法擬定作戰也說不定。就算是人手再怎麼嚴重不足已久的參謀本部，也還不到喪失作戰制定機能的程度吧。

問題就只有一個。

到了這種地步，帝國與現場的帝國軍真的還有餘力執行第三次的作戰嗎？……不對，在這之前，還有辦法挽回第二次的失敗嗎？

就客觀的角度來看，不得不承認這兩個問題的答案都是絕望性地近乎於零。要是一連兩次的大規模作戰都失敗了，帝國的根基還會有剩嗎？

別說是發動攻勢，就連防衛戰都難以說有十全的把握。如果想懷著沒有問題的安慰心理，不去正視眼前的危機的話，會需要相當程度的自我欺瞞吧。

……該死的是聯邦軍似乎不同。他們在戰場上不斷重複著失敗，然後每次都重新站了起來。

「啊，原來如此。」

傑圖亞中將這時總算是明白方才的不對勁感是怎麼一回事了。

「我們不能犯錯，就只有敵人能犯錯……覺得這樣很不公平啊。」

統一曆一九二七年五月二十八日　東方戰線／東方軍前進陣地

被參謀本部叫到東方軍的前進陣地時，譚雅還一心以為是雷魯根上校或烏卡中校，總之是熟識的將校作為某種傳令軍官過來了。

用信文聯絡會太危險或是案件過於重大這類的內容，會由將校負責傳遞。

只要考慮到保密與該稱為便利性的市場性的要素，會把人找出來一般都是要傳達情報。然後，會派來見中校層級的自己的傳令人員，最高就是校官層級。

基於這種只要熟悉帝國軍這個官僚機構就能自然得出的結論，滿懷幹勁要與老朋友敘舊，藉此維持與中央之間門路而前來的譚雅，整個人僵住了。

雖說附有司令部機能……不過還真是相當高級的宿舍——當被帶到這種地方來時，就該稍微起疑了。

「好久不見，提古雷查夫中校。」

在東方軍勤務兵所帶到的房間裡等待的人……不是校官。

一副和藹老爺爺的模樣，舉起單手輕輕微笑的是一名將軍閣下。而且不會看錯的，他正是參謀本部的副戰務參謀長閣下，掛著星星的傑圖亞中將閣下。

正因為出其不意，所以極為震撼。蒙受到意料外的奇襲，讓膽小的譚雅嚇得心臟差點忍不住從嘴巴裡蹦了出來。

不過，要是她能稍微預知一點未來，反應說不定就會不同了。至少，要是知道傑圖亞中將接下來要說出的話，譚雅就才不會只有這種程度的驚嚇吧。

「我被驅離參謀本部，發配邊疆了。暫時要在東方玩上一陣子……就麻煩妳關照一下了。」

他以若無其事的語調，滔滔不絕地把話說下去。

「簡單來講，就是我惹最高統帥會議不高興，遭到左遷了……指謫上司的錯誤，還真是件相當困難的事。」

應該是在生涯規劃上的黃金人脈的傑圖亞中將「失勢」了。

這個事實對依照著小心謹慎的人生規劃前進的譚雅來說，意味著痛心疾首的事態。自己派系的老大垮臺了！派系就是這樣才叫人討厭！

自己不會在人前發出這種抱怨的自制心，對譚雅來說是值得自豪的事。不過，光靠矜持與自制心是不可能解決問題的。

等注意到喪失主導權時，也已經太遲了。畢竟就算驚訝乘以驚訝，也不會跟正負數乘法一樣負負得正。

早在錯愕的譚雅恢復過來以前，傑圖亞中將就以自己的步調開始侃侃而談。這要是像存在X那樣全身散發著有害性的話，說不定就會採取不同的對應。

不過，受到社會規範束縛的文明人——譚雅・馮・提古雷查夫這名帝國軍人，總之是不會有「在長官說話途中轉身逃跑」的選項可以選的。

當譚雅注意到風險時，話題已經來到她無法抽身的地步了。

所謂，帝國軍參謀本部與最高統帥會議對立。

基於政治的因素，確定要毅然執行大規模攻勢作戰〈安朵美達作戰〉。軍方已根據這項決定開始大規模攻勢的預置作業，東方軍要進行重新編製的傳聞也是事實。

會分為集結主戰力的A集團與負責遼闊戰線防禦的B集團，大半的裝甲戰力會派去攻略南方各都市……只見他若無其事地說出這些內容，就連插嘴的機會都沒有。

當聽到這裡時，機密情報的等級究竟有多高啊？——譚雅是一點也不想知道。

最重要的是接下來這一句。

「於是，我就基於對東方B集團進行監察與指導的軍令，前來協助防衛線的重建。儘管為了南方的安朵美達，讓B集團全體的裝甲戰力被拿走了大半，不過就讓我們絞盡腦汁，努力想辦法應付吧。」

傻住了。儘管譚雅自己也很驚訝，但她就只能愚蠢地愣著一張臉聽傑圖亞中將把話說下去。

一般會說東方的戰線遼闊，不過這嚴格來講並不正確；如要用更貼近現實的說法，那就是「太遼闊了」。

拜這所賜，讓一切都分散掉了。當然，不論是防衛陣地還是防衛戰力。就理想來說，照道理明明是要像萊茵戰線那樣以厚實的戰壕與火力點構成要塞，召開共匪的歡迎會才對，但實際上頂多就是個千瘡百孔的陣地。

要說的話，就是慢性化的一人營運狀態。

就算知道多人處理會比較有效率，也希望能這麼做，但人手就是不足。就算作為國家暴力裝置的帝國軍只要「國家」沒有破產，就能維持著確實的支付能力，但國力與人力資源的損耗也對帝國軍造成了沉重的負擔。

在這種情況下，就連對應緊急事態的裝甲戰力都被A集團拿走了？

有人能在聽完這些後還不會感到暈眩的嗎？休克死要另當別論也說不定。

「反駁、異議，或其他貴官想說的話，我也不是不清楚。不過，只要能占領聯邦軍的資源地帶，也能期待在戰爭經濟面上發生戲劇性的情勢變化吧。」

「恕下官直言，這件事的前提是要『成功』的話。」

「相當有意思的指摘。就作為議論的假設，自由論述吧。貴官對安朵美達作戰有何看法？」

「……下官以為這或許不是校官該考慮的事。」

「我就直說了，我要聽妳毫無忌憚的意見。」

朝著實在是難以啟齒的譚雅，傑圖亞中將以溫柔的表情催她說下去；眼中毫無笑意。

沒辦法了——譚雅做好覺悟開口說道。畢竟向願意聽取意見的長官發表意見，對軍官來說也算是份內工作。

「愈來愈薄弱的後勤路線，瀕臨瓦解的後勤網，極為寬長的側面暴露，只能確保點與線程度的友軍部隊，最後是距離的淫威。」

不論是哪一項——譚雅半罵似的說出結論。

「都太輕率了吧。」

「光說輕率，我可不明白。繼續說下去。」

「下官不知道其他能用來形容的字彙。硬要換個說詞的話，這就等同是一場太過危險的豪賭。」

既然發表了意見，就有說明的義務。譚雅從容地，以極力排除主觀，終究是作為職業專家的語調提出自己的見解。

「倘若要明確說明現況的話，B集團可說是名不符實。有別於集團的名號，東方實際存在的就只有A集團，B集團就跟殘骸一樣！別說是教範標準，就連用東方基準來看，都無法確保最低需求的兵力。」

「妳是這麼看的嗎？」

譚雅就像在說當然似的用力點頭。

「別說是軍大學，就連軍官學校的最低年級生都能瞬間做出判斷吧。就算A集團的攻勢成功，要是B集團遭到擊破的話，戰線就會被迫大幅後退。儘管如此，關鍵的B集團卻淪為空殼，這樣別說是安朵美達的側面，就連後方都讓人不得不擔憂了。」

就跟讓帳目相符，虛飾報表一樣。即使說B集團要負責防衛，B集團卻沒有能用來防衛的兵力。

儘管很勉強，不過A集團還是透過戰力集中的努力確保了區域優勢。如果只是要打出突破口，說不定是辦得到。

敵人雖有雄厚的兵力，但畢竟不是均等的雄厚，所以總是能認為有辦法打出缺口。然而在打出缺口後，後續的部隊是否能跟上腳步才是最大的問題。

即使突破了防線，要是沒有能維持指揮系統以持續保住「突破口」的預備部隊在，這全會是在白忙一場。

「現況下別說是預備部隊，B集團就連緊急對應部隊都被拿走了喔！早在這時，就該知道本末倒置的情況有多麼嚴重了。」

「在這種時候想辦法解決問題，是身為參謀的本分吧。」

「對不可能的事情，適當、適宜地提出異議也是身為參謀將校的義務。下官在軍大學是這樣被教導的。」

在軍大學的參謀旅行中，尤其是強迫要對不可能做到的事情，老實地明確說出「不論再怎麼希求軍事合理性，這都是不可能的事」。因此，譚雅把話說下去。

「參謀的工作不是強行去做辦不到的事。就算有辦法讓天秤傾斜，也沒有辦法讓天秤的道理死去。因為我們無法將砝碼以外的東西放上去。」

「中校，這種過度相信學校教育的發言，可不像是野戰將校會說的話。我們可不是能領取空白支票的身分。我不否認安朵美達有著高風險，但既然已經下令了，我們就只能全力以赴。」

下官儘管明白這個道理——譚雅搖搖頭，回應起傑圖亞中將的發言。

「但怎樣也看不下去。」

「貶得相當低啊。真不像是貴官，妳看不下去哪一點？」

「是氣氛吧，下官就承認這是難以言喻的曖昧情緒。不過，假如硬是要說的話，就是一切都讓我看不下去。就連作戰名都讓我很不中意。」

喔——傑圖亞中將苦笑的模樣，映入譚雅的眼角餘光。雖然不覺得自己有說出什麼有意思的話，但似乎是深深引起了長官的興趣。

「還真是稀奇。」

「咦？」

朝著愣住的譚雅望去的眼神中充滿淘氣。我的發言哪裡有著會讓長官感到有趣的要素嗎？

「沒想到貴官會迷信兆頭……還以為妳是會再稍微合理一點的將校。」

「名字會反應本質。」

「唔？」

在要她把話說下去的眼神催促之下，譚雅接著說道。儘管不打算過度讚揚結構主義，但看待事物的觀點有時也應該要進行解構。

「我們意外地太過相信『話語』了。因此，很容易就忘了思考與想像力會受到『字彙』限制的問題。」

到頭來，人就是會被字彙的魔力所迷惑。就譚雅所知，名字雖是字彙，但同時「名字所具備的意義」有時也會成為誤解的根源。

「達基亞大公國軍的『師團』與聯邦軍的『師團』儘管同樣都是『師團』，威脅性卻大不相同……一旦過度偏重聯邦，就會太過高估達基亞大公國軍，但要是偏重起達基亞，就有太過低估聯邦軍的危險性，下官認為就跟這是相同的道理。」

「原來如此，聽妳這麼一說，確實是如此。」

聽到有趣的意見了——傑圖亞中將帶著這種表情點了點頭。希望對有著學者性格的長官來說，這會是個讓他感興趣的話題。

「那麼，安朵美達這個名字所具備的意義是？」

「是仙女座星雲。因此，這難道不是個太過遠大的目標嗎？至少這對下官來說是顯而易見的。即使想努力無視距離的淫威，值得擔憂的要素也依舊明確不是嗎？」

安朵美達這個奇妙的名字，甚至讓人會以不經意的形式流露出內心的擔憂。

不知這究竟是特意的，還是無意的。

雖是個有趣的命題，不過這就跟愈是瀕臨倒閉的企業就愈是喜歡「成長戰略、長期戰略」等字彙的傾向一樣吧？具體來說，就是藏不住自己毫無餘力的事實。

「不需要過度的勇猛，也不需要過剩的無臭無味的價值中立性。不過，就算是作戰名，也應該顧慮到聽起來的感受吧。」

在組織裡，能否鼓舞組織內的人員，還是會讓人員感到不耐煩，可是攸關生死的問題。

「妳指謫得很好，中校。我就順便告訴妳命名者是誰吧。」

「咦？」

「作戰名稱雖然總是由我來決定的，不過這次並不是我選的……我就將這段話仔細說給盧提魯德夫中將聽聽吧。」

又有種被撲空的感覺。喪失對話的主導權，讓譚雅毫無辦法地感到焦躁不已。

等回過神時，就發現傑圖亞中將拿出了雪茄。儘管譚雅在心中嘆了一聲「唉，要吸二手菸了嗎？」，不過今天意外的事還真是接二連三。中將閣下像是在猶豫著什麼似的沉默了一會兒後，居然把雪茄收回雪茄菸盒裡了！

「本想抽一根的，但怎樣都沒有那個心情。」

「怎麼了嗎？」

「沒什麼，本來是想請貴官抽一根，聊聊真心話，不過想起了軍法。要是請貴官抽雪茄的話，我們兩個可是會一塊受罰的。」

就是說啊——譚雅忍不住苦笑起來。

未成年的飲酒、抽菸可是犯法的。況且一旦還是航空魔導將校，傷肺的行為就甚至有著可能會違反注意義務的危險在。未成年的航空魔導將校竟然無視注意義務跑去抽菸！沒有比這還要違反契約的概念吧。

不過，譚雅將容易偏離的思考拉回。

重要的是，中將閣下想商量的事情，深刻到會讓他想「請」區區的一介中校「抽菸」的事實。

會是相當強人所難的事吧？

光是聽到這裡就相當難熬了……要是再聽下去，老實說，真想拔腿就跑。不過就算想逃，現在也沒辦法逃，這是身為社會與組織的一分子，還有更重要的是身為軍人的為難之處。

「今天盡是些叫人吃驚的事。下官已做好心理準備，不論閣下說什麼，我都不會再驚訝了。有什麼吩咐就請儘管說吧。」

就在譚雅伴隨著覺悟率先提起話題的瞬間，傑圖亞中將微微點了點頭。即使如此，他也仍然是感到猶豫似的，陷入了短暫的沉默。

僅有數秒，不過卻是漫長的數秒。

總算是抬頭起來的傑圖亞中將，隨即露出苦澀的表情向譚雅低頭。

「抱歉，中校。借我一個魔導中隊。」

「咦？恕下官失禮……是要我分派部隊嗎？」

「沒錯，我要拿走貴官一個中隊。」

早就做好覺悟了。

這會是艱難的命令。

不過，儘管如此——

儘管如此——這依舊是個讓譚雅忍不住握拳瞪向長官的嚴苛要求。

「閣下，儘管冒犯，但還請恕下官提出反駁。我所擁有的，可不是一般的中隊。」

「我知道。正因為如此，我才想作為司令部中隊隨意使喚。」

「……這就像是要扭斷下官的手腳。」

縱使還不到一人營運的嚴苛程度，但人手不足的情況就跟其他地方一樣。

譚雅的部下，作為貴重人力資源的航空魔導師，就連在雷魯根、沙羅曼達戰鬥群之中都難以恭維說是數量充足。部下的減少是非常難受的事。

就算加上補充魔導中隊後，能勉強維持加強大隊的員額數，但精銳也僅有三個中隊。沒有負責人可以毫不在乎地任由他人拿走其中的三分之一吧。

「既然如此，拿走一隻手也無所謂吧。」

「雖然閣下毫不留情，但能請教用途嗎？」

「預備戰力。是戰略預備部隊喲，中校。」

「閣下，請允許下官基於職責提出反駁。」

我就聽聽看吧——傑圖亞中將願意點頭實屬萬幸。就像是無論如何都要死守自己的部下一樣，譚雅為了說服他而說起道理。

「從我們一個戰鬥群之中抽出戰力，未免也太不講理了。倘若需要抽出戰力的話，下官以為還是考慮從東方方面軍或B集團之中抽出會比較妥當。」

「也就是說……沒必要是貴官的部隊？真難想像這會是方才否定B集團存在的將校發言。」

就算B集團打從最初就千瘡百孔了，這也是母數的問題。就算說毫無餘力，從一百人之中拿走一人跟從十人之中拿走一人的意思也完全不同。

不經意地，譚雅的語調粗暴起來。

「第二〇三航空魔導大隊是沙羅曼達戰鬥群的核心。就算說是裝甲、砲兵、魔導與步兵的統合戰術的關鍵也不為過吧。最重要的是，基於在東方的配備、運用狀況，下官也不得不提出強烈的反對。」

在要她說下去的眼神催促下，感到慶幸的譚雅滔滔不絕起來。

「沙羅曼達戰鬥群是參謀本部位在東方的直轄戰鬥群。並未假定過作為東方方面的戰略預備部隊運用的情況……」

「中校，妳似乎有所誤會。這不是為了B集團的戰略預備部隊。」

「咦？」

「是為了我個人──不對，正確來講是為了『空降到東方方面軍的參謀本部派遣組』的『預備戰力』。」

妳從剛剛說到現在，也說夠了吧──聽到傑圖亞中將這麼說，就算是譚雅也說不出第二句話來了。

「就形式上，我是能對東方方面軍的B集團提出『建言』與『勸告』……但沒有直接的命令權。這就跟海軍提督沒辦法越過艦長直接跑去操作軍艦有點類似吧。」

「閣下應該是指導的負責人。」

「……名目上是吧？不過，我的權限受到『大幅的限制』或者『輕視』可是事實。本國是認為參謀本部會用其他方法採取適當的措施吧。」

那麼——譚雅忍不住問道。

「既然如此，閣下是為何？」

「如果要一面在東方南端發動大規模攻勢，一面統轄西方空戰，同時一面肩負物資動員，一面還要消滅潛入自治議會的鼴鼠的話，參謀本部也瀕臨極限了。」

「下官知道這是傲慢的說詞，但我們不是培育出了無數的參謀將校嗎？」

「當然是培育了。但是，目前有辦法掌握一切實情的人呢？」

啊——譚雅在這瞬間，不經意地理解到萬惡的根源是什麼了。是交接的問題。只要有過經驗，就能輕易想像得到。不論是多麼能幹、誠實且勤勉的人才，想要一從外部空降進來就立刻運作組織，都會是件極為困難的事。

「這種時候，我碰巧有空來到東方……於是參謀本部就趁著這個機會，把麻煩事推到我身上來了。到頭來，讓我為了應付關鍵時刻，無論如何都需要部下。」

正因為理解他話中的涵義，譚雅才不知道該如何反駁。實際上，不具備權限的立場會淪為禮儀職位。可是，傑圖亞中將不僅是最清楚參謀本部情況的人，而且還很能幹。這也讓參謀本部在無意間想把事情託付給他吧。

這是組織的常態。另一方面，傑圖亞擔任的卻是禮儀職位，也就是跟實際業務保持著一段距離。

正因為如此，譚雅才不得不詢問他一件事。

「閣下，老實說……聽完閣下的說明，下官更加困惑了。具體來講，就是搞不懂了。」

「有哪裡不懂？」

傑圖亞中將愉快似的歪著腦袋，露出了相當耐人尋味的笑容——簡直是惡魔的笑容。

正因為譚雅是組織中人，所以甚至是帶著確信懷疑——這該不會是在些許的藉口背後藏著不得了的企圖的那種模式吧。

「說到底，預備戰力是要用在『什麼地方』上？」

「我想以防萬一，這麼說妳不能接受嗎？」

「恕下官失禮，即使是負責相關事項的B集團司令部，那怕不清楚本國的情況，也應該很熟悉東方防衛的任務。相信能在關鍵時刻盡可能地做出對應吧。」

負責防衛的部隊要竭盡全力是當然的事。就算再加上本國的政治意圖與軍事情況，也不認為需要對負責防衛的事實增添更多的理由。

老實說，自己打從心底的難以理解他的意圖。

「閣下，儘管冒犯，但還請恕下官提問……用途是什麼？」

譚雅目不轉睛地凝視著傑圖亞中將的表情，那怕是一道漣漪也不肯放過，讓傑圖亞中將苦笑起來，向她點了點頭。

「提古雷查夫，就邊看地圖邊說吧。」

「是。」

早就看慣東方戰線的地圖，甚至可以說是看到膩了。

不過，真不愧是中將閣下的地圖，上頭還寫滿著不會告知譚雅這種現場層級人員的最新的細微情報。

不過，基本上是跟告知譚雅等指揮官的配置狀況毫無差異。

換句話說，就是帝國軍部隊集中部署在作為A戰線的南方，而在作為B戰線的中央、北方的兵力密度薄弱。儘管經由極度的集中湊出攻勢戰力，代價卻是抱持著遼闊且脆弱的前線，這種細微的部署狀況是一目了然。

戰前的軍官學校恐怕不會假定如此極端的兵力狀況與密度吧。

傑圖亞中將在東方儘管是被派來擔任名目上的防衛線指導，但也沒辦法說他沒有正式的理由進行指導，而這也是參謀本部會趁機把事情全推給他的緣故。

「閣下，倘若是要在這種狀況下進行指導的話，預備兵力果然是……」

「沒必要吧。就普通的做法來講。」

「意思是閣下的做法並不普通？」

「……中校，普通可是件奢侈的事。我是這麼認為的。」

突如其來的呢喃。

只能說是從嘴邊滑落般自然的呢喃，是一不小心就有可能聽漏的喃喃自語。

「B集團的防衛計畫是畫在紙上的大餅吧。以遲滯防禦掩護主戰線，說起來是很好聽，但極為有限的兵力，就只能構築出有如薄紙般的防衛線，簡直是無謀至極……儘管風險極高，不過唯一的解決對策也只剩下攻勢防禦了。」

「意思是要針對敵野戰軍本身嗎？恕下官失禮，這正是需要機動力的發展吧。」

「B集團也有預備戰力。就算被拿走了大半，也還是有著裝甲師團。」

「可是，並沒有足以維持攻勢的兵力。」

不得不指出早就徹底明白的事情，讓譚雅感到非常不可思議。既然是傑圖亞中將，這點他當然也是知道的吧。

就連揶揄人不像是野戰將校的本人，也顯得前所未有的缺乏自信。平時的話，傑圖亞中將應該是堅強且充滿自信的……是因為左遷嗎？譚雅好像從未看過他這麼沒自信的樣子。

「……是引誘殲滅嗎？這雖是劣勢時的理想論，但敵人也沒有上鉤的理由。」

奧斯特里茲戰役是如此，特拉法加戰役也是如此。要說到敵人，趁他們出擊的時候攻打是最有效率的。不論拿破崙也好，納爾遜也罷，都費了相當的苦心引誘敵人出擊。

「……看地圖，這張鐵路圖。只要從後勤的觀點來看，應該就能推測出敵人會想活用鐵路路線吧。我想在這附近放置誘餌，固定他們的行軍路線。」

「閣下說要固定行軍路線，也就是要讓敵人照著我方的意圖行動。不過，得要加上『能引誘敵人出擊的話』的前提條件。」

「沒錯。總之只要能引誘出來……之後就簡單了吧？機動展開、包圍、殲滅。這會是典型的短期解決對策吧。」

這句暗喻帝國軍不該打長期戰的發言，甚至散發著強烈的短期決戰意圖。熟知後方的人不想拖長戰局，這意味著情勢相當危急。

已毫無餘力到必須速戰速決了。

「聽到這裡，下官也明白了。誘餌會是我們的雷魯根上校吧？儘管遺憾，不過請容下官拒絕。」

「拒絕當誘餌嗎？老實說，這毫無意義喲，中校。畢竟，儘管我對當地軍的命令權是很曖昧……不過卻充分保留著作為參謀本部副戰務參謀長的權限（對參謀本部直屬部隊的命令權）。」

所謂令人作噁的邪惡，就是指這麼一回事吧。說得簡直就像是能靠自由意志選擇一樣，最後還不是亮出了家傳寶刀——命令權。

直屬於參謀本部的譚雅，是擔任參謀本部副戰務參謀長的傑圖亞中將的直屬部下。也就是打從一開始就沒有否決權了吧。

「既然是命令，下官也無法再提出異議了。不過，為了確保萬全的戰備，希望能將我的中隊還來。」

「這樣的話，我就無法保證能讓救援軍出動了。就結果來說，這將會成為勒住貴官脖子的繩索吧。因此，我不得不駁回貴官的請求。要說是作為交換也很奇怪，不過妳那邊的軍事觀察官就由我來接手吧。」

比起單純的拒絕，提出替代方案會讓人比較高興是事實沒錯。只不過，用幫忙接手累贅換來的，卻是一手栽培的中隊被拿走一隊的最前線。真是筆不划算的交易。這完全是在敲竹槓吧。

譚雅一臉厭惡的回應。

「要讓客人前往後方。意思就是說，我們會連應付他的餘力都不會有吧。」

「妳知道就好……就請妳在泥漿裡打滾吧。」

直截了當的行政命令是在泥漿裡打滾。參謀本部看來非常喜歡瘋狂且漆黑的焦土。還真是黑心的職場。倘若不是在戰時，我早就直奔勞基署（註：日本的勞工保護機構）了。

「此外，不論下官再怎麼說……都還是要從我手中拿走中隊嗎？」

「沒錯。」

以述說著儼然事實的語調，傑圖亞中將向她斷言。

「他們會成為賭骰子的本金吧。」

「想不到閣下居然會沉迷賭博，讓下官發自內心地感到意外。儘管很失禮，但下官還以為閣下會是個穩重的人。」

「提古雷查夫中校，貴官賭馬嗎？」

「咦？賭……賭馬？」

「沒錯。」

被這突如其來的詢問嚇到，讓譚雅不由得支吾起來，不知道該怎樣回答才好。

「不，下官實在是……」

「哈哈哈，也是。就當作是貴官優秀到讓我意識不太到年齡的差距，一時之間糊塗了吧。」

「是的。」

既然對方擅自理解了，譚雅也就趁機深深點頭，展現出沒有要自找麻煩的意思。

「……中校，賭馬並不是一項公平的賭博。不是靠純粹的機率論，而是在看清『個體差』之後，向不確定性的迷霧發起挑戰，這點跟戰爭很像。」

「由於下官生性不好賭博，所以就連這種說法是對是錯都無從判斷。不過既然閣下這麼說，下官也想趕緊去賽馬場走上一遭。」

「妳會白走一遭。還是放棄吧。」

「咦？」

「畢竟名馬就一如其名會是匹好馬啊。但不幸的是，全都作為軍馬遭到動員了……不是別人，正是由我親自作為戰務動員的，所以我十分清楚。是不可能會有例外的。」

好啦——傑圖亞中將就在這時綻開笑容。

「言歸正傳，我也討厭賭運氣的賭博……但對於握有勝算的賭博可說是又愛又恨。不太算是個好賭徒吧。」

「閣下，閣下只要有勝算，就會賭嗎？」

「報酬會很高吧……就算會犧牲士兵，也比就這樣束手無策地與聯邦軍交戰要來得好多了。」

「既然閣下都說到這種地步了，下官也無從反駁。」

猶豫了一會兒後，譚雅做出決定。

反正一旦命令下來，自己就沒有否決權。在軍隊之中，儘管大半的違規行為都能靠規則獲得正當化，但就唯獨反抗指揮系統與直接性的階級差距是不可能的事。

因此，譚雅是無法避免要交出中隊，既然如此，就希望能讓損害最小化。單純只考慮戰力情況的話，交出維斯特曼中尉的補充魔導中隊最為合適。只不過他們的訓練水準太低，會很危險。

在提供人手這件事上，推薦方也會伴隨著一定的責任。這種時候，還是打著派遣軍官學校出身的航空魔導軍官的名目，選擇格蘭茲中尉的中隊會比較妥當吧。

「……如果是格蘭茲這名年輕中尉的中隊的話。」

「感謝。」

這一聲是在慰勞做出苦澀決定的譚雅吧，不過一想到今後將要面對的困難，就讓人有點感激不起來。一旦要配合傑圖亞中將毒辣的某種行為，就必須要知道自己是擔任著怎樣的角色。

「話說回來，閣下。有關下官被拿走一隻手的沙羅曼達戰鬥群，請問要擔任怎樣的詐欺共犯呢？」

「這事不難。就只是為了在安朵美達期間維持住B戰線，想請你們代表軍方當一隻武裝的金絲雀。等敵人來了之後，就讓他們包圍吧。」

長官以若無其事的語調，坦然說出了非常不得了的事情。

讓敵人包圍？

除了要朝四面八方全是敵人的地點跳下去的空降部隊出身者之外，我們應該是被教導不可以被包圍才對。即使應該要避免向長官投以質疑的眼神，但還是忍不住看了過去。這未免也太不講理了。

「這樣一來，就能以救援友軍的名目讓部隊行動。只要帶入機動戰，就能進入包圍殲滅的局面。要掩護主戰線，這恐怕是唯一的方法吧。」

……是個好方法，但這是不會成為誘餌的人的意見。對譚雅來說，至少希望他能保證一件事。

「下官能相信我們絕對不會被捨棄嗎？」

「我是不會捨棄的。最糟的情況下，我就把交給我的中隊帶去還妳吧。這樣一來，就算是再怎麼不想出門的參謀，也沒辦法對友軍見死不救了。只要我率領著中隊衝鋒，他們就會害怕萬一時的責任問題，迅速採取動作了吧。」

「這在軍事管理上，會是個極為危險的辦法。」

「姑且不論戰略層面，單純以作戰層級的機動戰來說，不過是雞毛蒜皮的問題吧。就只是要打擊眼前的敵人。」

戰果就連獨斷獨行都能正當化。不過，也要「有」才行。

「這事說來容易，但做起來恐怕……下官只能這麼說了。」

「所以才需要智慧吧。總之，在用障礙物阻斷鐵路之前是貴官的工作。之後的事，我這邊會處理。」

下官知道了——譚雅切換話題。

「有關我們的部署目標地區，想請閣下詳細說明一下。」

所謂知己知彼百戰不殆，不清楚地形就沒辦法戰爭。就算是核戰，也得要有地圖才能打吧。

「是叫作索爾迪姆５２８陣地的據點。有著適度的市區，適度的距離，還有最重要的是位在鐵路路線上。就從地點之便來看，也是最適合作為敵人奪回目標的地點。」

他在地圖上指出的地名，乏味到就只標示著識別編號。

「不會遭到迂迴嗎？下官愚昧，以為聯邦軍沒這麼閒，也沒愚蠢到會跑去攻打要塞。」

愚直地讓密集步兵朝著防衛據點衝鋒然後一一死去這種事，那怕是聯邦軍也不免是不會再犯了。如果是以前或許會這麼搞也說不定，但只要看他們近來的技術提昇與品質改善的話，「無能的共匪」就只是個偏見。

「下官認為就連敵人的下級軍官都有著顯著的品質變化。要說是卓越，說不定是在誇大其辭，不過他們應該也經由鮮血與屍體學到了最低限度的知識了。會來嗎？」

「會來吧。我是個略懂後勤的作戰家。儘管曾作為略懂作戰的後勤家被狠操過一陣子，但可不是不懂作戰的人。我判斷正因為敵人的腦袋正常，所以一定會攻打鐵路路線。」

傑圖亞中將一口咬定的發言中充滿著自信與確信。

「……閣下的意思是，正因為敵人是正常的，所以能看出他們的行動？」

「戰理是與意識形態無關的。不論是怎樣的意識形態，一旦無視現實的物理法則，就無法避免會遭到反撲。」

「是的，下官認為誠如閣下所言……」

「聯邦軍也缺乏餘力。特別是在卡車、馬匹的運輸上沒有餘力吧。當敵人圖謀反攻之際，能做的事情也自然地有限。因此，鐵路路線將會有著攸關生死的重要性。」

聽到後勤專家傑圖亞中將提出的說法，譚雅不經意地沉思起來。

有別於史實上的德蘇戰爭，帝國與聯邦的東方戰線，難道不會是以鐵路路線的攻防決定天命嗎？作為假定的觀點，也覺得這相當合理。

只不過，東方軍的通告是判斷敵裝甲先鋒侵入街道或開闊平原地帶的風險性最高。

「可是，東方軍也很重視道路與街道。」

「我判斷鐵道路線才是關鍵。就算說聯邦軍的數量卓越，但也沒有餘力在抵擋我方的A集團之餘，還能集中投入足以突破B集團的裝甲師團吧。因此，我若是敵人也會試著活用鐵路路線。目標是保持重要地點，藉此確保B戰線局部性的穩定。」

理由是合乎道理。

有限的資源，有限的選擇，有限的對策。

窮人之間的戰爭還真是不勝唏噓。這也是名為戰爭的究極浪費行為所招致的諷刺結果吧。

也就是不論資本主義、共產主義，果然都還是在同一個戰場上交戰。

「我想讓沙羅曼達戰鬥群去歡迎這批敵人的尖鋒。基本上，會要你們堅守防衛。沒有軍令，不准撤退。」

「……恕下官直言，這是個距離敵戰線相當近的據點。只要一道命令，下官就保證會奮戰到底，但也無法無視物理的極限。能否靠一個戰鬥群持續保持下去，讓下官非常懷疑。」

「我只要求固守。希望『雷魯根戰鬥群』無論再怎麼艱苦，都要保住索爾迪姆528陣地。」

「希望能給予當糧食、水、彈藥等補給中斷時，能根據下官的判斷決定撤退的權限。」

「不允許撤退。努力保持陣地，直到獲得友軍解圍。」

實質上的死守命令，讓譚雅忍不住變臉。

「閣下！這未免也！」

以軍事合理性為盾，譚雅插嘴反駁。如果說戰爭是做蠢事的一方會輸的話，此時讓沙羅曼達戰鬥群負責據點防衛的決定，就難說是個正確的對策。

「沙羅曼達戰鬥群就本質上、根源上來講，可是純粹的打擊戰力！束縛在據點上的防衛是絕無可能的事。會扼殺掉一切優點的！」

「反正情況只會愈來愈糟……而且，我手邊就只剩下沙羅曼達戰鬥群這個棋子。抱歉，妳就收下這張下下籤吧。」

「敢問閣下，下官的部隊是因為『政治』糾紛抽到下下籤的嗎？」

「我難以肯定也難以否定。」

也就是不否認了。

這種時候，沉默會是過於雄辯的狀況證據。

「不過，我就再次向妳保證吧……儘管要視情況而定，但我絕對會取得增援。絕對不會見死不救。」

「……下官願盡微薄之力。」

統一曆一九二七年六月九日　索爾迪姆528陣地

『該死，是想說我是弗里曼（註：保羅・弗里曼：韓戰中死守砥平里的美軍師團的團長）嗎！』

在索爾迪姆528陣地的外圍地區，淪為廢墟的瓦礫堆後方。從這個最棒的遮蔽物地點，與其他將校一塊舉起雙筒望遠鏡把握敵情的提古雷查夫中校在心中大肆抱怨。

被共匪包圍，也無法逃走，只靠戰鬥群的防衛戰鬥。

假如事不關己，不論是要同情、共鳴，還是要讚賞其奮戰都行。部隊在包圍之下的英雄般表現，會替史書上的戰爭故事增添幾分精彩吧。

真是了不起。如果當事人不是我的話——要是能再大大地寫上這句但書，那就更好了。

「被共匪包圍了嗎？」

這裡要是朝鮮半島，沿岸附近就會提供美好的艦砲射擊支援了……不對，就算是弗里曼的戰鬥，以地區全域來看也應該具備著空中優勢。

相反地，我們還是必須得自己去爭奪空中優勢的航空魔導師。

換句話說，就是全都得要自己來。無視著現代社會將分工合作視為基礎的前提，就這點來講，軍隊實在是太亂來了。

返回後方吧——是在我起身時，注意到自己漏出的嘆息聲吧。一臉擔憂的副官就像不放心似的問道：

「中校，怎麼了嗎？」

「只是在對惹人厭的鄰居來訪感到厭煩啦。」

「……畢竟是麻煩的客人呢。」

就是說啊——譚雅笑起。

有辦法選擇朋友，但沒辦法選擇鄰居。既然名為聯邦軍的鄰居確實存在，就不容許無視他們的存在。

「哎呀，真羨慕格蘭茲中尉。如今想必正受到傑圖亞閣下好生疼愛吧。」

「他不會搞砸吧？」

「沒什麼，傑圖亞閣下可是寬宏大量的人。一兩次的犯錯，會延後到你人生的關鍵時刻再跟你徵收代價吧。」

「這算寬宏大量嗎？」

「畢竟是緩刑，很有溫情吧。」

好啦——譚雅搖搖頭，就像是要去檢閱狀況似的前往索爾迪姆528陣地內部。在裡頭繞上一圈用不了多少時間。簡單來說，就是個狹小的陣地。

哎呀——譚雅聳聳肩，向緊貼在警戒線上，有著張熟悉臉孔的副隊長搭話。

「如何，少校。狀況怎樣？」

「看情況，果然是被完全包圍的樣子。」

副指揮官裝模作樣說出的內容，還真是陳腐至極。儘管也能視為穩重，不過這會是太過善意的看法。

會有人在被聯邦軍包圍後，還不會注意到自己遭到包圍了嗎？老實承認吧，這讓人非常懷疑。要是真有這種人在，甚至會讓人想為了精神結構的學問發展，把人抓來進行研究了。

「這我看就知道了。順道一提，這就跟閣下的預測一樣。」

要是共匪的海嘯即將襲來，那麼當然，構築壕溝線與有機性的防衛態勢就會是天經地義的事。所謂有備無患，預防勝於治療也並不只限於在醫學上。

正因為是市場經濟原理的信徒，所以也要重視對於難以可視化成本的敏銳度吧。特別是像譚雅這種職業，是絕對不能忘記吝嗇「危機管理費用」的下場，就是會導致重大慘案。

安全不是免費的。

這是單純到連三歲小孩都懂的事情吧。

「但沒想到居然真的會來……」

「拜斯少校，誠實是件好事，不過你就再稍微相信上頭一點吧。」

「畢竟都聽他們說了這麼多次的樂觀推論了。」

「確實是該懷疑上頭帶來的好消息也說不定，但這可是壞預測喔，既然如此，就可以信賴了吧。」

這可是在慎重警告敵人就要來了。所以是要我們做好心理準備吧。

「要是知道會下雨，就至少會準備一把傘啊。」

這樣還會驚訝的人，完全就是無視天氣預報結果被淋成落湯雞的糊塗蟲。B集團的那些傢伙，至少會幫我們準備一把折疊傘吧？

想到那薄弱的兵力密度，就讓人微微發寒。

「只不過呀，就算是這樣，數量也太多了。航空艦隊的偵察詳細報告呢？」

「在這裡。根據航空艦隊的報告，推測大約有四到五個師團。」

副官遞出的是航空艦隊送來的照片與分析。看來是群認真勤勉的傢伙，是在我方遭到包圍的同時就派出航空部隊進行快速反應的樣子。

「能得到空中支援算是不幸中的大幸呢。」

只不過——譚雅發起牢騷。

「這裡明明湊起來頂多就加強連隊的程度，真虧他們還聚集起這麼多兵力。」

與B集團對峙的聯邦軍被視為是二線級或未補充的聯邦軍部隊……但聯邦軍比起補充人員，更傾向於用新設部隊對應的案例也很常見。

「問題是敵人的品質。沒有情報嗎？」

「拜斯少校。我也不是不懂貴官的心情，但什麼也沒有。」

傑圖亞中將的預測儘管是手邊最新的情報，但實在不覺得「敵人說不定疲弊了」的樂觀推測能派上什麼用場。

「也就是除了四到五個師團的帳面數字外，掌握不到任何敵戰力。還真是棘手。要是傳聞中的那些傢伙，聯邦軍的什麼近衛師團來的話，事情就麻煩了。」

「不會來吧。」

「這樣想，心情會比較輕鬆就是了。」

副隊長苦澀的話語讓譚雅苦笑起來。前線將校會對後方抱持懷疑態度是戰場心理的常態吧，不過要是連適當的狀況分析都會懷疑，可就不容忽視了。

「你還是多信賴一下我方人員吧。所謂的聯邦軍近衛師團可是重點監視目標。帝國軍情報部會無能到跟丟他們嗎？我可不想這麼認為喔。」

「那麼，能安心地信賴他們嗎？」

「我是想無條件地信賴他們。可悲的是，信用是種需要累積的東西，所以友軍情報部還處在重打地基的階段……別怠慢進行最壞的假設。」

信賴與過信可是兩回事。

「話雖這麼說，但友軍A集團可是正準備開始大規模的攻擊戰喔？」

姑且不論發起的安朵美達作戰成功與否，主戰場會是南方各都市方面也是無庸置疑的。就算說聯邦能從田裡採收人員，這也是在帝國軍實現第二次大規模殲滅戰之後。近乎無窮與無限的差異雖是種文法修辭，但也不得不反映在數字上。

近衛師團這種壓箱寶還會有餘力嗎？若是有，帝國軍早就被他們擊退了吧。

可是——拜斯少校仍舊試著向譚雅提出意見。

「要不要兼作為探索，派出魔導或裝甲去接觸看看？」

是積極策略的提議。以少校層級的少壯軍官來說是正確的反應吧，不過就連像拜斯將校這樣經驗豐富的野戰將校，一旦遭到包圍也會變得沉不住氣嗎？

如果是航空魔導將校，正因為萬一時還可以起飛逃跑，所以他要是能再稍微從容一點就好了。

不對，由於這話傳出去不太好聽，所以也很清楚他不太好說出這種拋棄部下逃跑的話。

但不管怎麼說，對於他的提議，譚雅是板起臉來否決。

「對數量劣勢的我們來說，是不允許做出磨耗這種浪費行為的喲。只能被動地調查已知的範圍。」

「最起碼，要不要進行夜間襲擊？」

正準備搖頭否決的譚雅，就在這時遇到意外的人附議。

「我覺得這主意不錯。就算是一擊脫離，也能收集到充分的敵情吧。」

「謝列布里亞科夫中尉，連貴官也是嗎！」

「……想到萊茵戰線，就讓人想大展身手。我想說帶著鏟子去遠足，好像也挺不錯的。」

「否決，否決。你們這群戰爭販子。」

對譚雅來說，部下偶爾展現出來的凶暴性是她煩惱的來源。

過去的自己恐怕是連想都沒有想過，自己會跟對夜間襲擊躍躍欲試的傢伙一同生活工作吧。

「就算說我保守，如今也要以保存兵力為主。」

「這樣好嗎？恕下官失禮，只要中校准許，下官這就與謝列布里亞科夫中尉帶領志願人員前去襲擊。」

儘管對部下的死纏爛打感到厭煩，譚雅還是開口訓誡著。

「不管你怎麼說，不行就是不行。畢竟，我們可是防衛方喔？」

「可是，既然是陣地戰的話……」

「這是據點防衛戰，不是壕溝戰。我們的工作不是在敵野戰壕裡進行文化交流，而是要做好歡迎客人的準備喔。」

被包圍方要做的事，總而言之就是守城戰。

「說認真的，敵人的水準到時候就算再不願意也會知道。最重要的是，剛抵達陣地的敵人警戒心也會很強。」

「那麼？」

「今明兩天，要先應付敵人的攻勢。」

之後則是要視狀況而定吧。趁敵人鬆懈警戒心時發動襲擊，也說不上是一步壞棋。最重要的是，積極性的行動往往也會是確保守備方戰意所不可或缺的行為。畢竟就連戰場經驗豐富的部下軍官都希望採取行動了……可以想見至少得發動一次襲擊。

「總之，就算是為了引誘敵人大意……也要假裝被動。就以托斯潘中尉的步兵部隊為主角，展開頑強的防衛戰。雖是能期待援軍的狀況，不過太期待援軍的救援也很危險。」

因此，有必要一面保存餘力以防萬一，一面處理敵人的攻擊。

「就依照事前計畫讓阿倫斯、梅貝特兩位上尉退下來擔任配角吧。暫時讓他們保留餘力。」

對了——譚雅補上一句。

「視狀況，也可能會作為預備戰力投入。就要他們假設最壞的狀況做好準備吧。」

譚雅就在這時確認到梅貝特上尉朝這裡跑來的身影，心想「他來得正是時候」的苦笑起來。

「梅貝特上尉，你來得正好。敵人雖然來了，不過我想請砲兵暫時安靜一段時間。」

「咦？」

「怎麼了嗎，上尉？」

「沒……沒事，下官了解……下官也正想說假使可以的話，希望中校能考慮讓砲兵保存戰力，所以……」

真是太剛好了——接著說道的上尉綻開笑容。

這讓譚雅感到極大的震撼。

大砲販子在煩惱該怎麼提議「克制砲擊」？他之前明明就像是滿腦子都只想著要砲擊吧！

「真沒想到會從貴官口中聽到這種提議！我就老實承認吧，這讓我嚇了一大跳。」

「畢竟砲彈還沒送到。就算不願意，也不得不意識到這件事。」

「歡迎加入我的苦惱。明明是在鐵路路線上布陣，物資儲備卻遲遲沒有進展，這是在開什麼玩笑啊。」

這是在軍官學校時，非常難以想像的情況吧。

當時學到的是，只要有鐵路就沒有必要擔心補給。如果是用一條鐵路養一個戰鬥群的話……

只要鐵路沒有遭到截斷，就應該絕對不可能會缺乏補給。

所謂的常識不能信，就是在指這麼一回事。

抵達這個陣地後，花費十天儲備的物資是以食糧為主，來源還是自治議會體系。換句話說，就是本國根本沒送多少砲彈、物資過來。為了準備防衛戰，明明就只能竭盡一切的努力構築陣地，結果就連資材都有點不太夠，讓人真想哭。

正因為如此，譚雅才為了要長久支撐下去而絞盡腦汁。

「好了，各位。是作戰命令。」

朝著屏息等候命令的軍官，譚雅嚴肅地發出命令。

「讓士兵準備『睡午覺』，立刻就去。」

「睡……睡午覺？」

副隊長目瞪口呆地反問，真讓我失望。這可是讓我忍不住想斥罵「難道不懂這有多重要嗎？」的重要指示啊。部下做不到自我管理而導致睡眠不足，是那傢伙自作自受吧，但如果是因為輪班的問題導致睡眠不足的話，這就是譚雅的過失。

在戰爭時，可沒有餘力犯下這種過失。

「要確實讓士兵睡覺。徹底落實輪班，絕對要確保全員的睡眠時間。」

「……該如何確保床鋪會是個問題呢。」

似乎理解問題的謝列布里亞科夫中尉，正因為是在萊茵戰線經歷過二十四小時攔截任務的最初期組，才會說出這種喃語吧。睡眠不足在對肌膚不好以前，對戰爭也很不好。睡不飽是判斷力的大敵。會造成絕對無法容許的能力下降。

「儘管讓士兵構築了半地下式的陣地，但距離全員份的床鋪還缺了不少。就只能活用沙袋了。儘管如此，飲用水與睡眠也必須力求萬無一失。」

身為經驗者，譚雅對副隊長嚴格下令。

「三餐之中，至少要有一餐是熱食。如有必要，就算讓魔導師代替熱源設備也無所謂。」

「這樣會違反規定吧？」

「指揮官有時也必須要獨斷獨行。拜斯少校，我們可是在打仗，就連軍官也要輪流睡午覺喔。」

[chapter]

III

第參章

安朵美達

Andromeda

東方整體具有危機——帝國軍前線部隊
東方整體不太順利——帝國軍當地部隊
東方整體陷入停滯——帝國軍參謀本部
東方整體勢均力敵——帝國後方的認知

傳話遊戲

統一曆一九二七年六月十日　東方方面B集團司令部

「雷……雷魯根戰鬥群的急報！索爾迪姆528陣地正受到極為強力的聯邦軍部隊急速包圍當中！」

當安朵美達作戰發動，A集團終於要為了攻略南方各都市展開行動時，曾假定聯邦軍會以呼應的形式，作為「敵軍的牽制作戰」發起攻勢。

因此，B集團司令部的所有人都微微蹙眉，對壞預感成真的事實在心中輕輕咂嘴。

不過一收到狀況報告，就呢喃著「果然來了嗎？」朝地圖看去的他們，卻在遠望起防衛線，打算確認索爾迪姆528陣地的所在位置時，瞬間不知所措起來。

「不是在溶解線上的陣地嗎！」

至目前為止，司令部所假定的敵進軍路線，是沿著廣大且容易進入的街道前進。因此，他們將有限的資源投入了命名為溶解線的主要假定戰場……這讓B集團的參謀不得不醒悟到自己等人的預測完全失誤了。

在假定進軍路線上的防衛陣地當中，不見索爾迪姆528陣地的形影。審視地圖，心想著「難不成」放眼望去……是位在守備薄弱的街道盡頭，那是位在只有稍微運用的鐵路路線上的小型橋頭堡。

「我的天啊！該死，居然是從這邊！」

是所謂「不太可能」的路線。正因為是不曾想過會遭受襲擊的方面，所以讓B集團襲擊的參謀感到巨大的衝擊與不知所措。

「向守備部隊發出的後退命令怎麼了！」

「不行！來不及！友軍被包圍了！」

只要是參謀將校，不論是誰都得承認——他們被聯邦軍擺了一道；甚至不吝於承認他們遭受到意料外的作戰性奇襲。不過，儘管如此……錯愕的高級軍官異口同聲地驚呼。

「被包圍了？怎麼可能！」

這裡可是東方戰線。

不是在熱帶叢林之中，也不是嚴峻的山岳地帶，更不是視野極端惡劣的諾登國境地帶。索爾迪姆528陣地附近也雖說是容易泥濘，但也還是視野開闊的東方。

敵人展現出意料外的動作是事實沒錯。

但他們無法理解，守備部隊為什麼會遭到包圍。只要有安排哨兵，應該就能偵測到敵人的逼近。如果第一報就是接敵報告的話也就算了，在這種情況下說遭到包圍，未免也太奇怪了。只要將兵沒有跑去「睡午覺」，索爾迪姆528陣地會有可能遭到包圍嗎？

沒發現到大規模敵部隊的展開，以現代軍隊來說是絕無可能的事。航空艦隊的偵察，還有觀測魔導師的對地警戒行動，應該早就標準化很久了吧。

一些參謀儘管想草草做出「難道不是守備部隊很蠢嗎？」的結論，也在確認到被包圍的部隊名後，搖搖頭把這當作是愚蠢的妄想一笑置之。

要是嘲笑在東方建立起榮耀的顯赫戰功，身經百戰的雷魯根戰鬥群很蠢的話，蠢究竟是什麼啊。任誰也無法理解，忍不住咆哮起來。

「為什麼雷魯根戰鬥群會被包圍！」、「雷魯根上校是怎麼了！」、「哨兵與監視線是在搞什麼鬼！」、「應該沒有下達死守命令啊！應該還有後退的餘地啊！」、「航空魔導偵察為什麼沒有發揮機能！」

不過在這喧鬧的怒吼聲此起彼落的室內，有著一雙就像無聊似的注視著他們的眼神。

是傳聞中從中央左遷過來的傑圖亞中將。唯獨他一個，在這裡保持著跟往常一樣的平靜，起身說道：

「各位，議論是很重要。不過，這裡可不是大學。因此，該討論的應該是我們要如何對應吧。」

為了驅走混亂本身，他喃喃說出的是名譽與道理。

「敵人從各位意料外的路線襲來。於是，讓友軍在當地遭到包圍了。而我們就只能採取行動……要是對以上的狀況認知沒有歧異的話，我們就必須前去救援雷魯根戰鬥群吧。」

傑圖亞中將環顧起眾參謀，重新說出一個結論。

「該討論的，就只會是救援的手段。就只有我們該如何進行救援這一點不是嗎？」

我方遭到包圍。所以要去救援。這是極為單純的事。

既然是軍人，正因為是肩負著士兵生命的軍官，所以這也會是難以公然反對的理由。最重要的是，既然這是司令部的誤判造成的，就必須要力圖挽回。

「請等一下，閣下。」

「有什麼事嗎？」

「在這種情勢之下，雖說是救援，不過要採取積極行動？下官以為閣下也是知道的，參謀本部下達的是『專守防衛』的嚴令。最重要的是，我們毫無剩餘戰力……」

「你說得不太對吧。」

傑圖亞中將朝著擺出「儘管如此」的態度開口插話的東方軍B集團的參謀，十分冷淡地發出警告。

「參謀本部對B集團下達的命令是『戰線防衛』的嚴令。任務是要保持戰線，並沒有限制我們採取行動。」

「可是，還請閣下考慮戰力狀況！」

「我十分清楚手頭上並不寬裕，但要是別無他法，這也是迫不得已的……就本官所能想到的方式來看，認為這是該以外科性一擊對應的狀況。集中投入預備戰力難道不是最佳解答嗎？」

「可……可……可是，閣下是說投入全預備戰力嗎？」

對於他們的躊躇，做出早就決定的答覆。

「沒錯。」

這是當然的吧——傑圖亞中將接著說道。

「總不能見死不救吧。」

「或許能下令要他們自行脫離，並提供可能的支援。既然我們缺乏兵力上的餘力進行以解圍為前提的大規模作戰的話……」

「你這是在迂迴地坦白自己在參謀課程中什麼也沒學到嗎？」

傑圖亞中將一副就像是看到笨蛋的模樣蹙起眉頭。

「要求因為上頭的失態遭到包圍的部隊自行脫離？我想問你一件事。你在軍大學是都學到些什麼啦？」

這是統率的基礎中的基礎。在能派出救援時不去救援，可是會對軍隊內部帶來極為巨大的不良影響。

「不僅將資材投入溶解線，在預測失誤後還要對索爾迪姆陣地見死不救，你這話是認真的嗎？

可別說你不知道把大陸軍派去北方，讓萊茵戰線鬧空城的參謀本部高級將官遭到左遷的理由喔。」

士氣、倫理，或者是對組織的信賴，這種無形資產儘管看不見，但實際上就跟人的靈魂一樣。靈魂是看不見的。但沒有靈魂，也稱不上是人吧。

由人組成的軍隊也不可能例外。

而司令部的失誤會是一種惡性感冒，侵蝕著軍隊全體。此外，並非失誤的不合理要求則是更加惡質。要是就連能救助的部隊都不去救，還下令要他們自行返回的話，會導致怎樣的結果？在緊要關頭無法堅持到底的軍隊，毫無疑問是一夜成形了。

是要對孤軍奮戰的雷魯根戰鬥群置之不理，還是前去救援的問題，也是要經由見死不救讓軍隊實質上的自殺，還是要死裡求生的二選一。

「見死不救，也就是上級司令部的不作為是最糟糕的。會讓成為我軍根本的靈魂──『對指揮系統的信賴』自行崩壞。」

傑圖亞中將以錯愕的語調狠狠說道。

這是二選一的問題。只能選擇其中一邊。而在這種時候會選擇讓軍隊自殺的笨蛋，在軍隊裡只會有害無益，除了槍斃之外無藥可救。

「你是打算讓受過訓練，懂得紀律的將兵，在一夜之間變成膽怯的可憐群眾嗎？」

參謀將校在參謀課程中所磨練出來的狠毒，是以「對敵人」發揮作為大前提。「對說不定能夠救援的友軍見死不救」是連想都不能去想的選擇。

「……至少，也該裝出想要救援的樣子吧。然而就目前來講，有效性會比做樣子來得重要。你有膽就試著在東方留下帝國軍連友軍都會見死不救的傳聞吧。」

帶著暴露出自身邪惡的微笑，傑圖亞中將睥睨著室內的眾參謀，甚至是威嚇著。

見死不救會汙損信用。儘管累積信用需要超乎想像的時間，但要摧毀、粉碎、化為烏有，只要一次的失敗就足夠了。

「當著自治議會的面，聯邦肯定會幫我們大肆宣傳吧。提供他們這麼好的宣傳材料，就等同是利敵行為。」

即使跟帝國聯手，也只會被當成棄子喔——交戰國將會這樣一齊動搖自治議會的信心吧。這樣的話，就還得擔心聯合王國體系的人跑去跟自治議會的眾人咬耳朵的情形了。

要是敵人犯下相同的失誤——老實說，傑圖亞中將很希望他們犯下就是了——自己也會很樂意地活用在宣傳戰上。

最重要的是，自治議會的防諜狀況，就算保守評估也不太樂觀。假如抑止他們產生動搖的對帝國的信心消失了，期待他們能壓抑住疑心暗鬼是在強人所難吧。

當聯邦體系的鼴鼠趁此良機開始暗中作祟時……現況下甚至必須擔心自治議會會完全倒向聯邦。問題的性質，就只有究極的兩難困境。

自治議會為了鬆緩占領地明顯的嚴厲管束，維持治安並尋求穩定，往往會不問過去經歷地活用人才。假如他們不這麼做，就不得不採取嚴酷的統治，所以穩健的妥協會是必然的發展吧。

就算是從經由民族政策，確保反聯邦友好地區的政策意圖來看，也沒辦法做出排除可疑人員的選擇。無法避免地，也會讓聯邦的鼴鼠潛入。

當然，早就預測到多少會有一些鼬鼠，要求他們極力警戒……但寬敞的大門，往往也容易讓帶有惡意的訪客溜進來。

儘管還沒有確證，只握有兩三個旁證……但目前懷疑就連聯合王國情報部的鼴鼠都滲透到自治議會的內部了。

畢竟怎樣都覺得洩露太多情報了。目前已確認到，以代表團名義派至本國與自治議會的外交官發出的機密電報，出現了疑似外洩的事例。

儘管也有做出可能是暗號遭到破解的分析，但結論是無限地近乎清白。

就算有可能因為事故讓一道通訊或暗碼遭到破解，但既然都定期變更密碼，致力於改變強度了，理論上是不可能遭到破解的，這可是通訊安全部做出的保證。

如果不是暗號，剩下的可能性就是人了。而且情況不妙的是，敵對的聯合王國人對人工情報異常地拿手。當然，交戰國的情報部會試圖潛入我方陣營是天經地義的事……不過也沒道理要讓那些不知道舌頭有幾寸長的傢伙再繼續賣弄唇舌下去吧。

傑圖亞中將搖頭甩開雜念，再次向東方軍B集團的參謀說出自己的意圖。

「就結論來說是要救援吧。基於政治的必然性與軍事的合理性，我強烈希望各位能即時展開行動。我要求以機動戰進行解圍。」

傑圖亞中將的發言在室內投下了炸彈。基於曖昧權限的要求。通常來講，這不論是要無視還是拒絕都很容易吧。

另一方面，對他們大多數的人來說最棘手的是，傑圖亞中將所說的「不能對友軍見死不救」的理論、理由，聽起來極為妥當。

「對了，要是各位覺得檢閱官的請求不夠份量……我也能以副戰務參謀長的名義再次要求。為防止可能對自治議會造成的負面影響，我想以參謀本部託付的權限要求各位即時行動。」

氣氛凝結了。

所有參謀都露出了就像腦袋遭到痛擊般的眼神，凝視起傑圖亞中將。沒有不小心說出「你瘋了嗎？」，是殘留在他們心中的理性所達成的偉業吧。

就算是在震撼之下粉碎了，理性也還是有辦法匯集起來。儘管很勉強，真的是很勉強，但這就是社會性生物會故作平靜的習性。

「……恕下官僭越，閣下。你能理解這句話的意思……」

受過軍紀教練的參謀將校，不論好壞都有著強大的自制心。

這雖是件好事，不過就傑圖亞中將看來也是缺乏積極性，太過悲觀了。

「各位，貴官難道是想說我是個笨蛋嗎？如果是的話，不必客氣。我並沒有無能、無自覺，更別說是無知到不懂自己的發言有著怎樣的意思。」

檢閱官這個名譽職，外加上名目上還保留著參謀本部副戰務參謀長位置的特殊立場。一旦是用這兩個頭銜提出「要求」的話，拒絕方也要有相當的覺悟。

當然，最高統帥會議會生氣吧。他們給予傑圖亞中將權限並不是為了容許這種事情發生……所以要是失敗了，就真的會演變成大問題。

不過老實講，對傑圖亞中將來說這不過是輕如鴻毛的事。這世上有些東西，如有必要就該賭下去。

「好啦，我想各位也沒有理由繼續遲疑了……還有什麼意見嗎？」

恐怕是因為至今以來的搭檔是積極性過剩的盧提魯德夫中將，部下是如有必要就會不顧一切蠻幹的提古雷查夫，自己才會被說是「溫厚的學者性格」吧……說到底，全是基於相對評價——傑圖亞中將在心中苦笑。

人居然會隨著環境改變嗎！

儘管覺得有趣，不過臉色毫無變化的傑圖亞中將開口說道：

「換句話說，這也是個好機會。敵人來了。而且還大搖大擺的。對軍人來說，殲滅敵野戰軍是永遠的理想。既然如此，就讓我們趁此良機，再來一次『包圍殲滅戰』吧。」

參謀儘管差點就點頭答應，屈服在向他們抵嘴微笑的傑圖亞中將的眼神壓力之下，但果然就算是他們，也不是平白掛著參謀徽章的樣子。

幾個露出懷疑表情的傢伙戰戰兢兢地插話問道：

「閣下，恕下官失禮……閣下看起來相當冷靜的樣子。是有什麼讓你如此勇敢的祕訣嗎？」

言外之意就是對進展得太過順利的對話感到懷疑。

實際上，傑圖亞自己這種不把戰爭迷霧當一回事，直接導出答案的做法，就跟作弊沒有兩樣。也不像是因為預測到敵人會從哪裡來，並事前準備了預測成真時的預備方案，所以話題才進行得這麼順利。

正因為如此吧。

……要是一點也不覺得奇怪的話，就只會是腦袋樂天到讓人絕望的程度了。好好先生的參謀將校是不成熟的。假如沒有具備像烏卡中校那樣卓越的調整力與理解事態的知性，就甚至是不得不考慮處理掉了。

「就只是經驗與準備。」

一聽到準備這個字眼，他們就瞪大了眼。除了微微散發的緊張神色外，開始浮現出警戒的神色。看來他們似乎不光只是一群沒志氣的傢伙。

「雷魯根戰鬥群，該不會是……」

「爭取時間的棋子？我不否認。」

伴隨著一半安心的心情，傑圖亞中將帶著一抹淺淺的微笑說道——貴官暗中抱持的疑問是對的。

就直接說出事實吧。

帝國將主力集結在東方南端。選擇與集中雖是大原則，不過當剩餘不多時，就得要用「搶」的了。所以，東方南端以外的地方全都要進行防衛。這是不論傑圖亞中將、東方軍的參謀，所有人都知道的事實。

「閣下是打算以自己的獨斷推翻既定的防衛方針嗎！」

「這是嚴重的誤解。」

「可是！」

「我就只是在各位一齊向右邊看時，警戒著左邊罷了。雷魯根戰鬥群會遭到包圍，完全是在幫各位擦屁股。」

「閣下，你這話太過分了！」

一來到東方赴任就費盡了唇舌，但就是說服不了他們。所以，才迫不得已地強制命令提古雷查夫中校死守索爾迪姆528陣地。

伴隨著些許煩躁，傑圖亞中將狠狠說道。

「不過分。畢竟我們可是數量劣勢，而且還抱持著遼闊的戰線。照本宣科的構築防衛體制，就只是在痴人說夢。正因為如此，雷魯根上校才會讓自己遭到包圍，藉此幫我們承受敵人的攻勢喔？」

「那……那麼……雷魯根戰鬥群是特意被包圍的？」

「這恐怕毫無疑問是『他自發性且獻身性的決斷』。至少認識『雷魯根上校』的我可以斷言，他是個作戰家。」

嚴格來講是她，更進一步來講這也不是自發性的行為……但最終來講，傑圖亞中將確信提古雷查夫這名中校會忠實地履行義務。既然已下令說這是必要的行為，那個中校就算會把部隊狠操到極限為止，也會死守到底吧。

這雖是滑稽的欺瞞，不過在提出這種藉口後，還有辦法拒絕救援的組織人也很罕見，這就是現實。

「這是認為不能讓脆弱的防衛線遭到蹂躪的戰術判斷吧。一旦退後，敵人就會蜂擁而至。如此一來，就會導致主導權的喪失。而就唯獨主導權是不容許放棄的。」

傑圖亞中將冷淡地說道。只要以作戰層級思考，就會知道被動式的防衛體制根本不可能徹底守住戰線。

「好了，各位。我再問一次……正因為敵人來了，而獻身性的友軍身陷困境，所以我們才要前去迎擊不是嗎？」

「可是，閣下！」

「說要攻勢，但後勤、兵力全都來不及準備。這樣一來就連有沒有辦法構築防衛線都很可疑！」

表情凝重的高級軍官齊聲發出的重大反駁。

東方軍的參謀想述說擔憂的心情，傑圖亞中將也能輕易想像得出來。

畢竟兵力不足。發起局部性攻勢的風險太高了。這如果是教科書水準，或是軍官學校的教範水準的話，他們會無條件合格吧。

但可悲的是，這裡並不是「假想環境」。

在戰前的教育假定中，將「達到這種程度的極限環境」視為「不可能會發生」的情況割捨掉了。這只要以理性思考，就會豁然開朗，像這樣就只為了繼續戰爭，而讓這種為了戰爭的戰爭繼續下去的情況，只要是腦袋正常的人都會一笑置之吧。

不過如今是想笑也笑不出來。

「總不能將人才薄弱地展開，讓敵人的尖鋒貫穿。如果要做這種蠢事，還不如捆起來當成棍棒揮舞還比較好吧。」

「可是……」

「我就再次要求吧。各位，我要求你們制定、研究救援作戰。慎重是件好事，但我很期待各位能在友軍全滅之前提出大略的概案喔。」

統一曆一九二七年六月十四日　東方戰線

在帝國軍的公文上，有一個被歸為索爾迪姆528陣地的中規模前進陣地。原是擔任聯邦車輛維修據點的村落或計畫都市。

被伴隨著之前的鐵鎚作戰成功前進的帝國軍占據，並在準備安朵美達作戰之際，為了負責攻略的A集團抽走戰力後，可說是處於半放置的狀態。坦白說，索爾迪姆528陣地是個緊要度不怎麼高的偏僻陣地……原本應該是這樣。

只要敵人沒來，就該是優雅的邊疆勤務的索爾迪姆528陣地，目前正處於聯邦軍的包圍之下。在這種賓客盈門的陣地率領擔任接待人員的雷魯根戰鬥群的譚雅·馮·提古雷查夫中校，在謝列布里亞科夫的叫喚下從短暫的午覺中醒來。

「……時間到了，中校。」

睜開朦朧的眼睛看向時鐘，是交接的時間了。

儘管還想再多睡一會兒，不過沒辦法。

「我知道了，辛苦妳了，副官。」

一旦打起守城戰，指揮官不論如何都會很忙。由於不能將司令部機能交給睡眠不足的人，所以要頻繁地挪出時間休息，但不論再怎麼努力都還是有個極限。

與鑽進床舖裡的謝列布里亞科夫中尉交換，揉著惺忪睡眼走向成為指揮所的半地下式儲藏庫。

「交接的時間到了。拜斯少校，交接指揮。」

「謝中校。現況下，敵人沒有出現大動作。目前是在移動、部署部隊以準備攻勢吧。」

一面做著交接的應答，譚雅一面怨恨起副官跑去睡了的事。要是能喝杯咖啡，精神也會比較好吧……

不對——譚雅搖搖頭，接著說下去。

「很用心啊。對我們來說，能爭取到時間是很感激……不過他們似乎是打算像個擅長欺凌弱小的傢伙，以多欺少的樣子。雖說不是不能理解約翰牛的興趣，但就連共匪也跟著配合是怎麼回事？」

雖是想稍微開點玩笑，不過拜斯少校儘管很有禮貌地苦笑起來，卻也沉默不語。

「這群該死的國際共產主義者。就算只有表面上也好，要是能再多顧慮一下和平主義者的形象就好了。」

「中校，這才是不可能的吧？」

「我也有同感，但我會希望他們能多重視一下形象也是當然的吧？」

也是——就在拜斯少校點頭回應時。

一發砲聲自遠方響起。

這不論對誰來說都是耳熟的聲響。在東方戰線，除了陷入安詳永眠的人之外，有誰能忘得了聯邦軍的重砲聲啊？

「……儘管辛苦你了，但去準備戰爭吧。」

「是的，我立刻就去。」

「全員起床！敵人來了！」

自萊茵戰線的壕溝戰以來，只要敵人來了，就要把士兵叫醒。

就連在索爾迪姆528陣地的各處所，將兵也都一面詛咒著敵砲兵的鬧鐘聲，一面發著「明明就到交接時間了」的不滿抱怨從床鋪上跳起，直奔指定位置。

「……敵人也沒餘力如彈雨般發射重砲了嗎？很好，大隊，制空戰。去攔截敵魔導部隊。」

「由誰指揮？」

譚雅笑著回應語調緊張的拜斯少校。

「不會排擠你的，放心吧。這裡就跟之前一樣交給梅貝特上尉。相信砲兵家會很閒吧，所以就交給他指揮了。」

「榮幸之至。」

真不知道他方才彬彬有禮的態度上哪兒去了，浮現有如肉食獸般的猙獰笑容的戰爭販子，看來是很想上前線的樣子。前陣子儘管帶他去敵陣地襲擊敵軍，但還是不滿足嗎？……居然會高興聽到自己不用留在指揮所裡，老實說，譚雅無法理解這種本性。

不過，這是戰爭。

就算是這種人，在前線也是必要的吧。

「好啦，拜斯少校。去跟梅貝特上尉交接指揮吧。我要去把謝列布里亞科夫中尉揪出來，集合大隊……要是遲到，會把你丟下來喔？」

「我會趕上出擊的。」

留下在敬禮後慌慌張張地拿起話筒的拜斯少校，譚雅衝出地下倉庫，前往指定為大隊集結地點的陣地內廣場。

雖然每次都一樣，但很優秀地，全員都確實到齊了。

除了格蘭茲中尉的部隊不在，多了維斯特曼中尉的臉孔外，就跟往常一樣。順道一提，謝列布里亞科夫中尉也沒有遲到的樣子。

不過，姑且不論軍官……是剛睡醒吧？也能看到幾名頭髮亂翹得很厲害的魔導師。譚雅深信最低限度的儀容是社會文明人的基本，但也總是很迷惑，不知道敵襲算不算是可容許的例外。

「大隊集結完畢！」

「謝列布里亞科夫中尉，報告辛苦了。」

譚雅一面機械式地敬禮與答禮，一面在心中煩惱該怎樣發出勸告。地震與火災會被視為「意外」獲得容許吧，但「敵襲」在戰時狀況下並不是突發性的事態……所以非常煩惱該不該放寬基準。

她也有點迷惑該不該在這種時候考慮這種事。只不過，雖說「儀容不整即是心態不整」是句蠢話，但沒有餘力顧及外表，對文明人來說可是危險的退步。

在共匪這種不文明的敵人與存在X這個反文明的存在面前，譚雅作為現代市民，果然還是得說上一句。

「各位大隊戰友，感覺有許多人是剛睡醒的樣子。我們大隊應該也很重視服裝儀容才對……看來是敵砲兵搞錯起床通知的時間了。」

結果，譚雅還是覺得斥責他們也很不講理吧，所以就面帶笑容地向部下開點玩笑，同時迂迴地指出服裝儀容的問題。

「就算是意外的訪客，也不能穿著睡衣就開門迎接吧。就讓我們像個文明人，適當地整理儀容吧。」

小習慣會導致大差異。海因里希法則儘管幾乎是種經驗法則，但是很正確。人類總是伴隨著極限。就算是為了提高界限，確保高平均值，譚雅也要經常深深要求部下保持確實的紀律。

習慣正是邁向成功的黃金法則。

「好啦，謝列布里亞科夫中尉、維斯特曼中尉。還有拜斯少校等會就會來吧，這是迎擊戰。就以萊茵戰線的程度去做。」

譚雅向眾軍官簡短地告知狀況。實際上，這就只是在轉達拜斯少校報告的交接狀況，是形式上的確認……不過確認本身就具有意義。

違反標準程序的行為，往往是由怠慢產生的。

不過，不需要太過擔心資深人員吧——譚雅向信賴的部下投以笑容。

「謝列布里亞科夫中尉，就跟往常一樣。」

「是，就跟往常一樣。」

「……貴官就跟往常一樣讓人放心呢。」

譚雅稱讚起在反覆施行下所累積起來的事物。大概是不習慣被稱讚吧，謝列布里亞科夫中尉愣住的表情讓譚雅苦笑起來。

沒有向部下確實說出讚賞是我的過失。

小時候，在南丁格爾的傳記上看到她將「願意在克里米亞留到最後的護士」形容成是「比黃金還要珍貴」時，年幼的自己儘管一點無法理解，但如今則是完全明白了。真不愧是為統計學的發展做出貢獻的偉大改革者。所謂的人力資本，不論是護士也好，軍官也罷，無關職種都只會是具有普遍性的商品。

就這層意思上，累積起信賴的謝列布里亞科夫中尉，毫無疑問就一如南丁格爾所說的，積蓄了比自身體重等重的黃金還要珍貴的人力資本價值。

「……瞧妳一臉意外的樣子。就算是這樣，我也很依賴貴官喔。」

「多……多謝中校的賞識！」

應該要找機會再送她一份禮物表達感謝吧。如果能在後方弄到巧克力之類的東西的話——譚雅在心中的備忘錄上做出補充。

問題是——譚雅面向似乎沒有初戰時那麼緊張的補充魔導中隊的指揮官。

「維斯特曼中尉，我則是想對貴官這麼說。別太勉強，暫時就先跟著我飛就好。我會照顧你的。」

「遵命！」

充滿幹勁的他，不論好壞都還是新任中隊長。雖說是具有實戰經驗，但以譚雅期望的水準來看，還離能交辦任務的程度相當遙遠。

不過，就算是冥頑不靈的托斯潘中尉，也得要看是怎麼用的。

說到資質，由於維斯特曼中尉並沒有很差，所以只要好好活用的話，也不是沒辦法用吧。

年輕人才的經驗儘管不足，不過有著足以彌補的幹勁。需要的是適當的教育。對譚雅來說，關於這點她可是自負有著一點實績。作為在戰地培育出謝列布里亞科夫中尉與格蘭茲中尉的教育者，對自己的本事感到自豪可是當然的權利吧。

維斯特曼中尉需要的是一點時間還有服從命令。

「回答得很有氣勢，中尉。」

「是的！」

「你就記好一件事。中尉，戰爭基本上大多是以平均得分決勝負，而不是最高得分。沒有不擅長事物的人會比較容易存活喔？嗯，你就當作是今後的課題吧。」

「下官會牢記在心的。」

順從是難能可貴的特質——譚雅滿足地點點頭。

「中校，讓妳久等了。」

「喔，少校。正想說你要是遲到的話，就要把你丟下來喔。」

還請饒了我吧——在眾人面前搞笑起來的拜斯少校也微微散發著從容感。有經驗者果然可靠。

「你來得正好。維斯特曼中尉由我看著。拜斯少校，其餘人員就交給你進行迎擊戰。」

一面擔心隊友一面打仗的戰爭，怎樣都讓人平靜不下來。這就像是新進員工的在職訓練吧。

不過，戰爭是牽扯到人命的。要是有餘力掩護就好了……譚雅總是不得不感到憂鬱。

正因為如此，拿走格蘭茲中尉的部隊才會讓我這麼難受。傑圖亞中將閣下，我恨你——甚至會在心中如此抱怨。

「我該怎麼做？」

「謝列布里亞科夫中尉，貴官也跟我一樣。掩護維斯特曼中尉他們。」

畢竟掩護人員不論再多也不會困擾——譚雅將這句話吞回去，一邊回應副官，一邊率領大隊俐落升空。

制空戰的基本是占據上空，要是敵魔導部隊逼近的話，可就不是慢條斯理地升空的時候了。是敵人莫名地從容不迫嗎？早在不用緊急起飛，還能整隊升空時，時間就顯得相當寬裕了。

「……從砲擊到衝鋒為止的時間相隔太久了。敵人的砲擊難道不是協調好的嗎？」

拜這所賜，讓所擔憂的補充魔導中隊能試著在實戰中進行戰力培訓。

他們即使很勉強，也還是將難以操作的艾連穆姆九十七式突擊寶珠運用自如，平穩飛行的表現讓譚雅感動。

同時，也讓她脊背發寒。

「外行對外行的戰爭嗎？這也太浪費人力資本了……」

不僅是窮人對窮人，還是外行對外行。總體戰也總算是達到極限了。

開戰前的帝國軍可是保有著一旦是航空魔導師，就算是「新任人員單獨一人」也能將彈著觀測任務「交給他執行」程度的教育水準。雖說前陣子遭到誤射時的情況好像也是這樣，但如今的狀況已惡化到就算是「新任人員單獨一人」，彈著觀測任務「也不得不交給他執行」的程度。

沒有時間教育，教育人員還被前線拿走了。最後，則是把尚未完成教育的人送往前線，讓小雞一個接著一個被當火雞打。

邪惡的損耗循環就此完成。如果有什麼事是現場層級能做到的話，頂多就是盡可能地確保生存率而不是人員保留率了吧。就算是為了讓肉盾活下來，也不得不竭盡所能。譚雅拿出雙筒望遠鏡，稍微環視天空，眺望起敵情。

「……是依循理論的展開啊。」

是一面取得高度，一面在空中形成戰鬥隊列的對峙。雙方會保持一定程度的數量，同時相互對望。

跟我方的隊列相比，聯邦軍的隊列在密度上是稍微多一點的程度嗎？

雖然帝國軍很難在數量上與共匪抗衡，不過在共匪的自滅之下，讓我們在魔導領域上取得品質與數量優勢的擔保，即使如此，數量優勢似乎也開始往數量均勢的方向傾斜了。

「……聯邦軍也很行啊。」

還真是討厭。

我不討厭打擊弱小的敵人，但與同等的敵人競爭這種事，可是離愉快相當遙遠。畢竟所謂的勞動，最好的莫過於以所需的最低勞力完成工作了，更何況是戰爭。唉，真是討厭。

「敵人開砲了！」

當我方發出警告時，譚雅也以熟悉的程序下令反擊。

「01呼叫全員。應戰了。」

也由於是超長距離，所以是以光學狙擊術式進行集中射擊。不過，距離的淫威也會毫不留情地襲向命中率與威力的衰減。

一想到甚至得要一面在意術彈的殘量，一面吝嗇地與敵人互射，頭就痛了。

「嘖，長距離戰就勞力來說意外地……」

有太多浪費了——抱怨到一半，譚雅就發現到敵陣的動向出現劇烈變化。

「嗯！共匪的魔導師衝過來了？」

打散戰鬥隊列，或是說隊形的猛衝。敵魔導師就像失控似的開始朝著這裡突擊。

「是指揮系統崩壞了嗎？居然會喪失秩序……」

維斯特曼中尉困惑般的發言，讓譚雅霎時間感到有點在意。以指揮陷入混亂，隊列崩壞來說太早了。儘管能理解長距離射擊戰會讓新兵陷入焦慮的傳聞，不過即使如此，敵人應該也還沒受到多少損害。

「是敵人的新兵失控了嗎……雖然偶爾也會發生這種事。」

就在譚雅盯著總覺得有那裡不太對勁的敵人沉思起來時，她突然冷不防地大叫起來。

「不對！」

是我們在友軍上空組成隊列後，敵人才衝過來的！

糟透了！

「動起來！要衝了！」

譚雅不顧一切地大叫。

「咦？」

然而，回應的卻是維斯特曼中尉就彷彿不知所措般的困惑反問。在戰場上，理解力居然這麼差！我們可是在「友軍陣地上空」啊。我們明明就對聯邦軍幹過相同的事，難道忘了嗎！

譚雅朝著部隊，很罕見地忘我嘶吼起來。

「01呼叫全員！全力加速！不准在陣地上空進行混戰！」

雖是突然間的指示，不過拜斯少校的部隊還是察覺到譚雅的意思，開始突擊。而為了避免他們突出戰線，遭到孤立，謝列布里亞科夫中尉也跟著突擊。

一旦在我方陣地上空與敵人展開混戰，就會大幅增加誤射下方的風險。不能隨便發射術式誤炸友軍；而且就算想接受下方的支援，也由於是來自下方的射擊，遭到誤射的風險也往往會大幅提昇。

對直接掩護戰鬥來說，敵人正大光明地衝過來展開近身戰幾乎是場惡夢。

正因為如此，有必要往前推進。

「敵……敵人衝過來了！」

正因為覺得被擺了一道，所以譚雅才難以忍受在這裡浪費時間。維斯特曼中尉驚慌失措的叫喊，讓譚雅聽了就煩。

「看就知道了！快給我做出對應！」

「開始統一射擊……」

不對——沒想到得再吼他一次！居然得揹負著無法隨機應變的部下戰爭，這簡直就是瘋了！

「維斯特曼，不准停下來！會被突擊壓制的！要衝過去！給我衝！懂嗎？由我們這邊衝撞過去，把他們打回去！」

一旦被攻其不備，就連精銳都會手足無措。更何況是經驗尚淺的軍官與魔導師，很容易就遭到情勢吞沒。

正因為如此，才必須下達命令，指示他們該怎麼做。

「給我衝鋒！前進！前進！前進！」

雖是突然間的號令，不過包含補充魔導中隊在內的第二〇三航空魔導大隊還是以勉強趕上的形式，對應著衝過來的敵人爆發正面衝突。

「避免混戰！取得高度，同時不准讓敵人靠近友軍陣地上空！」

正因為知道我方相對敵方的優勢就在寶珠的高度性能差距上，譚雅才會下令上升。只不過，譚雅就在這時遭遇到讓她打從心底震驚的現象。

應該是取得了高度，打算從上方單方面地欺凌對手，然而卻沒辦法甩開緊追而來的敵人。

「敵高度八千英呎！怎麼會，居然能達到這種高度！」

只能把「不可能」這句話吞回去了。眼前的景象正是最為雄辯的反證。讓人難以置信的是，以部隊來說應該是低高度專門的聯邦軍魔導師，竟然在同高度下迫使我們進行纏鬥。

別說是數量均勢，居然達到了品質均勢，簡直讓人難以接受。但就算難以接受，目前也還是遭到應該是不擅長近身戰的傢伙突擊，就連高度差距也被縮減了。

「01呼叫全員，上升到一萬兩千英呎！就算知道有點勉強……等等！取消方才的命令！取消命令！全員維持高度八千英呎！」

譚雅當機立斷地瞬間做出上升到極限高度的決定，並在最後一刻注意到自己犯下大錯，連忙取消命令。

要是平時的話，就會讓部隊上升。

不過，就唯獨現在，唯獨這一次不能這麼做。

就連九十七式都還不熟練的補充魔導中隊，甚至沒進行過多少高度適應訓練。非常懷疑他們有沒有辦法提昇高度。這可不是能運用高度差的時候。

「維持目前高度，彼此合作相互掩護！02，設下陷阱，已針對新人的傢伙優先……」

解決——正要把話說下去時，譚雅注意到空中浮現著米粒般大的黑點。還不只一個，是好幾個黑點。

她瞬間察覺到自己所發現的黑點是什麼了。

「敵機！散開！應戰！」

在吶喊的同時，直到剛剛都還死纏不放的敵魔導師就開始一齊脫離。

就在我們聚集起來時，敵航空機、戰鬥機衝了過來。現在要是正面遭到機關砲，而且還是相當於重機關砲的大口徑集中射擊可就完蛋了。

該說是霎時間吧。

第二〇三航空魔導大隊以不負沙場老將之名的機敏反應，應對起意料外的新敵人攻擊。各自採取隨機迴避機動，同時為了阻礙敵機的視線以爆裂術式回擊。

以遭受奇襲的部隊來說，這恐怕只能說是理想的反應速度吧。他們可不是平白擔任帝國軍參謀本部的壓箱寶。正是因為他們具備著能將絕大部分的不可能的任務，以臨機應變撬開、制伏、突破的力量，才會是壓箱寶。

「傷亡報告！」

「損害輕微！」

謝列布里亞科夫中尉的答覆還真是愉快。

也不是沒有被擺了一道，咬牙悔恨的感受。不過，這也頂多是能與損害輕微的事實打平的事。該以平時的教育，對人力資本的投資成果為榮吧。

微微露出笑容，環顧起天空的譚雅，就在這時僵住了表情。

要是為了避開敵戰鬥機，就像停下來會淪為機關砲彈絕佳的靶子似的採取隨機迴避，同時還展開了爆裂術式，部隊之間的距離就會拉得太開。

讓隊形崩壞了！

「維持兩人一組！敵人要衝過來了！」

這是讓人想咂嘴的景象。其他人的部隊還好，但沒能即時反應過來的維斯特曼中尉等人，動作遲鈍到讓譚雅差點氣死。

「警戒角度偏低的射擊！該死，這算什麼啊。混帳共匪，變得相當會惹人厭了呢！」

「他們可是共匪喔！」

副官的反駁讓譚雅忍不住吼了一句「所以這又怎麼了」。相對地，副官的答覆實在是富有幽默。還是說，這是她自然的反應嗎？

「他們就是這種人，中校以前不是親口這麼說的嗎？」

「啊，確實是這樣……也難怪就連打仗都會變得這麼擅長惹人厭。」

譚雅忍住咂嘴的衝動，同時也承認敵人的本領。就在為了攔截散開隊形，無法集中攻擊的聯邦軍部隊而提昇高度時，遭受到聯邦軍戰鬥機的攻擊。

敵機貫徹著一擊脫離，機關砲彈一打完就立刻脫離。

高度差、速度差都相差太大，所以極難反擊。而最大的阻礙，還是來自下方的客人。這可不是能追擊的時候。

不過，就到此為止了。

譚雅絲毫沒有要一直讓敵人壓著打的道理、理由，甚至是必然性。不論何時，自己都不會放棄。失敗只要挽回就好。

輕輕做一個深呼吸。

譚雅下定決心，開口說道：

「膽敢向我們挑戰纏鬥，還真是群了不起的勇者！該死的聯邦軍看來相當中意魔導刀。就去請他們吃得過癮吧！」

請交給我吧——擅自跑出來的果然是慣於擔任先鋒的拜斯。

「那麼，下官就先走一步了！」

「我准許。上吧！」

就在他一回答「遵命」的瞬間，拜斯少校就機敏地開始行動。所謂絕佳的默契，就是指這麼一回事吧。

「中隊跟我前進，突擊！」

「支援射擊三連發！」

進行掩護——譚雅大聲激勵著維斯特曼中尉等人。

儘管慌張但還是能確實射擊，就這點來看，該認同維斯特曼中尉也總算開始習慣實戰了吧。既然能信賴他不會誤射，那最好就是讓他徹底負責掩護吧。

「維斯特曼！繼續掩護射擊！但不需要勉強射擊喔！」

「遵命！」

就只有答話算是獨當一面嗎？

不對，以經驗不足為理由對他人抱持著惡意可不是件好事。經驗是能累積的。要是沒有將能力不足與經驗不足嚴格區分開來可不公平。保持公平對譚雅來說可是個過於理所當然的義務。

說不定是久待戰場，讓自己變得具攻擊性了。或者，是傑圖亞中將蠻橫的死守命令導致了過度的壓力嗎？

「這不是現在該考慮的事吧。」

在輕輕甩頭，驅除雜念後，譚雅就讓思考回到戰鬥上。目前的時機正好。拜斯少校等人發動衝鋒，敵人忙著對應……而我這裡也組成空中突擊隊形了不是嗎？

很好——譚雅轉頭看向副官。

「謝列布里亞科夫中尉，要跟著拜斯衝鋒了喔。就跟往常一樣……背後就交給妳了。特別是要警戒敵機突然闖入。」

「遵命。」

「很好，是時候了。小子們，跟我前進！」

加速，加速，再加速。

九十七式可不是平白無故被稱為突擊演算寶珠的。艾連穆姆工廠的開發負責人儘管腦袋有問題，但不可思議的是，他的技術力能支撐他那些異想天開的構想。

會活用空戰的基礎，憑藉最大戰速凌駕在對手之上的優勢徹底打擊敵人，是很自然的發展。譚雅等人就從被拜斯少校打亂隊形，在空中搖晃徘徊的敵魔導師上方，一氣呵成地發動襲擊。

就算注意到這裡的敵魔導師連忙加強防禦，動作也很遲鈍。

「哼，對應太慢了。」

就在她為了擊發術式舉槍瞄準，準備扣下扳機的瞬間——事情發生了。正當譚雅舔著嘴唇準備收下擊墜數時，意料外的射擊就從側面猛烈擊中了防禦殼，讓機動偏離了原本路徑。

共匪居然做出佯攻！

「……是陷阱！」

譚雅忍不住咬牙悔恨。當察覺到自己上當的瞬間，敵魔導師就不顧謝列布里亞科夫中尉的牽制攻擊，從側面衝了過來。

掩護來不及趕上，可是也沒辦法脫離。

「該死的混帳東西！」

緊急扭轉空中向量，改變前進方向。作為防衛手段，用衝鋒鎗朝著從側面衝來的敵人全力射擊。懷著打完彈匣的心理準備一面拉開距離，一面發揮九十七式突擊演算寶珠的速度全力加速。

「中校！妳沒事吧！」

「沒大礙！」

就算敵兵的射擊約有兩次近彈……也果然是不到使用九十五式的程度。

那個可悲且該死的瘋子所開發的九十七式，就跟聯邦軍的新型寶珠一樣，只要將魔力集中在防禦殼上，就算多少遭到擊中也能支撐下去。

「不論是我們還是寶珠，可都沒爛到會被那種攻擊給擊墜啊！」

儘管朝著部下吼叫，但心情卻是完全相反。

完全藏不住被敵人攻其不備，讓譚雅的大腦遭到震驚所支配的事實。

居然差點在近身戰上被聯邦軍魔導師取得先機，這讓譚雅的典範一如字面意思產生了理論破綻。

倘若沒有衝鋒鎗的彈幕射擊能力，如今將會被衝過來的敵人怎麼樣啊？

「……嘖，話說回來，真是一群討厭的傢伙。」

勉強成功脫離的譚雅，就在這時重新打量起敵人。

外加上這是以高速逼近，瞬間展開交叉射擊的情況，所以平時才懶得一一辨識敵兵長相的譚雅，就唯獨這次重視起視覺情報。注意起裝備、軍裝還有人種的譚雅，就在這時有了意外的發現。還以為他們會是諸如近衛隊那樣的傢伙才觀察的……結果軍裝卻跟一般的聯邦軍相同；徽章等部分也發現不到特別的差異。

不過或許是心理作用吧，年紀相當大。而且還是以正在重新編制魔導師這個兵科的聯邦軍來說，很罕見地看似超過四十歲的長相。

是教官吧？不管怎麼說，共產主義者已沒有餘力到要動員已不年輕的人員了，這說不定是件好事。既然如此，傑圖亞中將所說的援軍，或許也意外地不用多少工夫就會抵達了吧。等待實際上是很難熬的。

「……這算是好消息吧。不過，這不是差點被幹掉的人能說的話吧。」

就算苦笑著回擊，為了賺取擊墜數，動手要以光學狙擊術式打穿敵人的防禦殼……也打不中。

豈止如此，要是隨便停下來專心瞄準，就會毫不留情地遭到妨礙。如果一瞄準起敵人，自己就會遭到射擊的話，也只能放棄了吧。

「喔，該死，合作莫名地好。」

儘管打算瞄準敵人的背，敵人的槍口卻朝向自己。是徹底維持著兩人小組吧，聯邦兵居然合作得搞不好比自隊還要有默契，真叫人難以置信。

瞥看一眼，又是個老人。是教官之間的合作嗎？總而言之，默契太好，難以靠射擊瓦解。

既然如此，就只能順著敵人的意圖了。

就像是認為匹夫之勇只要到這種地步也會是合理選擇似的，譚雅憑藉著要撞飛敵人的氣勢與敵人對砍，才總算是用魔導刀把一名敵兵打落。

「該死，花費太多時間了……這算什麼啊。」

環顧四周，譚雅顯得困惑地狠狠說道。

在走在魔導運用的最先端上的帝國軍之中，是眾所公認的精銳的第二〇三航空魔導大隊，與一般往往會被視為訓練程度低落的聯邦軍魔導部隊，打得就像是勢均力敵一樣。

不對，綜觀整體戰局，自隊略有優勢才是公正的評價吧？但就算是這樣，譚雅作為精銳部隊的指揮官依舊是難以接受，這是她直率的感想。

是絕對不可能的那種等級的感想。居然不得不用跟聯邦軍相同的水準進行比較——這對身經百戰的航空魔導大隊來說，難以說是個相稱的評價。

而且，如果想在空中陷入沉思，敵人就會興高采烈地襲擊過來。

「可惡，煩死人了！」

譚雅就在兼作為煙霧的猛然顯現出爆裂術式，準備與敵人重新拉開距離時，注意到搭檔的謝列布里亞科夫中尉停下了動作。

「維夏！在幹什麼！」

「中校！看那個！敵人的防禦殼！」

「嗯？怎麼啦？」

「……被爆裂術式炸開一部分了。那不是新型！」

「什麼，真的嗎！」

聽到謝列布里亞科夫中尉指著敵兵，語氣激動地喊出的提醒，譚雅的聲音也忍不住飆高起來。會在目前的混戰中苦戰，全是因為假定敵方有著頑強的防禦殼。

假如不必放棄面壓制的對抗戰術的話，情況就相當不同了。

「試看看吧！」

懷著半期待半自棄的心情將術式換成爆裂系，以面壓制為主展開齊射。

一旦是採用比起威力，更加著重有效範圍的術式，那就算是一刻也不停下機動的敵魔導師，也能在某種程度內造成傷害。

儘管為了看清楚戰果凝視起來，卻發現敵人的動作看不出有什麼太大的變化。不行嗎？——就在譚雅咂嘴的瞬間，她的眼角餘光捕捉到敵人軍服上滲著的顏色中也摻雜著紅色。

「比想像中的還要脆弱？」

要是防禦膜被炸飛，即使輕微卻也還是傷到防禦殼的話，敵寶珠的防禦性能就比想像中的還要低落許多。

這可是好消息呢——譚雅暗自竊笑。

「拜斯、維斯特曼！他們沒有使用那個新型寶珠。放棄貫穿系，要改用面壓制處理了！」

「「咦？」」

感到困惑的軍官一齊從無線電發出疑問的聲音，聽起來有種奇妙的有趣感。被「敵人的防禦殼恐怕很厚」的刻板印象束縛的人，看來不只譚雅一個。

大致上的原因，在於錯誤的經驗法則。由於對聯邦軍魔導部隊的硬度感到厭煩，所以讓聯邦魔導師很硬的刻板印象在這裡造成了不良影響吧。

「多少的誤射、誤炸都沒問題！準備爆裂術式！對整個空間進行盲射！但是，千萬別打中地上的友軍啊！」

「「遵……遵命！」」

很好——譚雅用無線電喊道。

「01呼叫全員！01呼叫全員！連同空間將敵人炸飛吧！別忘了也要對防禦殼注入魔力喔！射擊，開始——！」

下一瞬間，就像是聽到射擊所以射擊似的，爆裂術式的烈焰就一如字面意思的摧殘著整個空間。

連同我方的所在空域一起轟炸，說不定很胡來。不過，就一如聯邦軍防空陣地早已向譚雅提示的「可能性」與「潛在性」，這種頂多波及友軍的草率態度，就結果來說也能極為簡單的擊中敵人。

或許是認為帝國軍再怎樣都不可能做到這種程度吧。聯邦軍魔導師很輕易地就連同覆蓋著爆炸火焰的空間一起遭到炸飛。

只不過，擊墜的數量很少。

「嘖，真纏人。是委婉地後退嗎？」

是在遭到衝擊波波及炸飛之際，沒有加以抵抗就這樣飛著逃離了嗎？敵魔導師儘管大半是烤焦了，但人數並沒有減少到哪裡去。

「愈來愈頑強了，真是討厭……這是要重整態勢吧……有被隊友擊墜的蠢蛋嗎！」

「無人脫隊！受到輕微燒傷的人員些許！」

謝列布里亞科夫中尉的報告讓譚雅輕輕笑起。

「這該歸功於九十七式吧……能造出比敵人堅固的防禦殼真是太好了。」

速度、耐久度、信賴性。當全方面都很優秀的這玩意能夠量產，全面配備之際，就能確保住品質的優勢吧……不過也得要有辦法湊齊能運用自如的魔導師就是了。

不管怎麼說，敵魔導部隊都撤退了。

如果就上空掩護的目的來看，再來只要擊退敵地面部隊就好……不過在沒有制空權的狀況下讓地面部隊衝鋒有多麼愚昧，聯邦軍大概也懂了吧。

朝地上看去，是一片風平浪靜。肯定就像事不關己似的，在那裡眺望著我們的空戰。還真叫人羨慕。

對了——譚雅就在這時想起慰勞部下的必要。

「拜斯少校、維斯特曼中尉，兩位辛苦了。中尉看來似乎是連說話的力氣都沒了。就先下去與部下一塊休息吧。」

「……遵命，下官就先失陪了。」

譚雅邊慰勞著維斯特曼中尉邊下降，與拜斯少校等人開始姑且做著滯空警戒。如果敵人沒有衝過來，之後就降落讓部下小睡片刻。要是有時間的話，自己也想順便睡一下。

由於是懷著這種想法在滯空，所以譚雅自然而然就把拜斯少校叫到身邊，詢問起他對方才那場戰鬥的見解。彼此之間共同的認知，在於對方異常的棘手這一點上。訓練水準自然是不在話下，但在合作技術卓越這一點上，與過去的聯邦軍完全不可同日而語。

真想抱怨要跟這種對手打到什麼時候才好。傑圖亞中將也是，真虧他有臉在下達強人所難的命令後，還拿走我一個中隊。

「……出現了相當麻煩的敵人了呢。」

「就是說啊。不過話說回來，航空艦隊的那群蠢蛋，說什麼不必擔心制空權啊。就連敵航空機都跑來協同作戰了，這究竟是怎麼一回事。」

冷靜點——譚雅勸戒著拜斯少校的不滿。畢竟這世上沒有喜歡戰爭喜歡到不行的人，意外地還挺多的。要是航空艦隊在睡午覺，我們遭到機槍執拗地掃射的話，我也會贊同他的意見吧。不過，現狀完全不是這樣。

「敵人的空中支援姑且也斷絕了喔，少校。」

友軍航空艦隊儘管沒有趕來直接支援，但敵航空戰力也沒有想來就來。總歸來講……換個觀點來看就會是完美了。

就算不可能百分之百的排除，不過只要能確實排除九成左右的話，就不得不承認他們完成了最低限度的工作。過度期待完美，可是會朝無薪加班與黑心勞動一路直奔的。

就這點來講，航空艦隊完成了他們所保證的工作。血氣方剛的拜斯少校或許難以理解吧，但前線以外的各部門也有著各自的難處。

「你就這麼想吧，正因為友軍在敵地上空進行了制空戰或航空殲滅戰，才反而疏忽了我們這邊的對空警戒。不用擔心空中的事情，可是意外的幸運。」

拜這所賜——譚雅朝敵陣地看了一眼，諷刺地說道：

「今後儘管需要注意……不過也讓我們能在我們的高度上專心工作。」

「可是，這樣會變得難以活用高度。」

「我有同感。這恐怕也是敵人的意圖吧……看吧，問題是那個。」

視線前方，看得到宛如米粒大的那個。敵魔導師雖說是後退了，不過大致上並沒有解除伺機而動的態勢。要是能索性像米粒一樣將他們碾碎的話，不曉得會有多輕鬆啊。

「……真是辛苦了，居然還特意洩露出反應。」

說是這麼說，但魔導反應的強度也兼具著對我方施壓的用意吧。要是一整天下來，他們都像是在誇耀自身存在似的展現出魔導反應的話，就算再不願意也不得不在意起他們。

「自我意識過剩雖說是青春期的特權，不過像這樣被誇耀存在，很容易讓人以為他們是不是對我有什麼意見呢。」

「居然有膽向中校示愛，聯邦軍也有勇者呢。」

「啊？」

就算狠狠地瞪向副隊長……也不免……不免是——

全是身高不夠高害的吧？雖說是上司，但威嚇部下的效果很有限也說不定。

在這種時候輕飄飄地加入對話的是膽量不錯的副官。

「是勇者中的勇者吧？」

苦笑著加入對話的副官也變得很厚臉皮了。不對，等等喔。仔細想想，也覺得她本質的部分還是跟萊茵戰線那時候一樣。會怎樣呢？——想到這裡，譚雅就帶著苦笑回應：

「各位，知道勇者的宿命是什麼嗎？」

反正是無關緊要的閒聊，就算太過費心也沒意義吧。

「所謂的勇者，就是絕對會死的傢伙。既然如此，也無法保證不會是此時此地吧。就算是聯邦軍的勇者啥鬼的傳說，也讓它在這裡閉幕吧。」

哈哈哈哈——只要三名軍官一塊大笑起來，沉重的氣氛也會煙消雲散。能不用繼續對剛剛的激戰耿耿於懷是件好事，也能讓人下定決心。是個切換意識的好契機。

「就算是這樣，敵人也很了不起。不得不承認他們的技術。拜斯，你覺得呢？」

「我也有同感。在戰術、合作、技術的全方面上，敵我之間幾乎是毫無差距。」

「真是棘手。不論是那個新型寶珠，還是這裡的新參戰部隊，我方的強處……嗯？」

「中校？」

怎麼了嗎？——朝著如此詢問的拜斯少校，譚雅指著敵人喃喃說道：

「看那個。」

譚雅向副隊長與副官指著敵人，同時試圖從敵人的軍裝上看出識別記號。

「……好像是跟某個似曾相似的新部隊會合的樣子……函式庫裡有資料嗎？那個肯定不是聯邦的航空魔導部隊喔，是哪來的傢伙？」

只要瞥看一眼，就知道副隊長也看不出來。也對，在語言與諜報這點上，不論是自己還是拜斯，都敵不過謝列布里亞科夫中尉。所以自己與副隊長的視線，就自然而然地集中到精通語言的副官身上。

「恐怕是聯合王國吧？不對，請稍等一下。我試著監聽無線電看看。」

在「知道了嗎？」的催促聲下，她在聽了一會兒敵人的無線電後說出結論。

「……是聯合王國，而且還摻雜著協約聯合官方語言。」

啊——譚雅就在這時想起來了。她知道一票符合條件的傢伙。

「是傳聞中的義勇軍，或是說殘軍嗎？儘管不知道該怎麼稱呼，但他們要是能稍微懶散一點就好了。他們是為了什麼，甚至不惜來到這種東方的邊疆地帶？」

戰爭明明就不是能興高采烈參加的事情，為什麼他們甚至不惜自費也要來到這種地方啊。是戰爭中毒到這種程度了嗎？這是常識人所難以理解的感性。

光是配合，就像是體力、精力的無薪加班一樣。

「敵人要是沒動作的話，就依序降落。就算浪費體力滯空也很愚蠢。」

這是意識到撤退時機的發言，不過具有對手的事實大幅阻礙了實行。既然有敵人，就沒辦法輕易後退，不過光是這樣一直對峙下去也毫無意義。

無可奈何，就只有時間不斷流逝的互瞪。最後，在毫無回報的滯空，並等到雙方成功後退時，實際上已是互瞪了數小時之後的事。讓人累得非常沒有意義的對峙，假如敵人是為了達成讓我方疲弊的目的才不肯退讓的話，想必是非常成功吧。

本來的話，應該是外行人集團的聯邦兵會先精疲力盡之類的蠢話，就算說了也無濟於事。降落回地面，譚雅一滾進本來似乎是儲藏庫的半地下式房間裡，就懷著「得趁自己還沒忘記剛剛的經驗之前」的想法，執筆寫起報告書。

要是方才的戰鬥會成為今後的標準，帝國軍就必須要有緊急的對策。

寫好的報告書悲觀到就連她自己都嚇了一跳。

聯邦軍魔導師的品質提昇，勒緊了帝國軍的脖子。一旦喪失在航空魔導領域上的優勢，帝國究竟要在哪裡確保品質優勢才好啊？

重新看起寫好的報告書，譚雅就在這時嘆了口氣。

「……不過，也無法保證這份報告書會被認真看待嗎？」

帝國軍儘管以組織文化來說算是比較下情上達的，但不論好壞都是個徹底且常識性的軍事機構。就算敲響了聯邦軍品質提昇的警鐘，也很懷疑他們究竟會不會一如字面意思的把話聽進去。上頭也會警戒注意吧。

不過，能輕易想像得到他們就只有用腦袋理解的未來。無法靠體感理解「聯邦軍的品質提昇」有多麼嚴重吧。

實際上，譚雅所寫的報告書內容，就是如此地與至今以來的常識背道而馳。

儘管寫是寫出來了，但就連本人都還是半信半疑。假如不是在現場面對敵人的當事人，聯邦軍航空魔導部隊的威脅性「急遽」增加這句話，就單純只是文章的修飾。肯定就算看了報告書也沒辦法立刻相信，在那譏諷這份報告寫得還真是誇張。

「唉，要怎樣說明才好啊。」

向他人傳達事情，感覺很簡單，實際上卻很難。即使說是如實寫下事實的報告書，想要正確傳達出想傳達的事情，也必須要費上相當的工夫。

要讓論點明確，一面意識到讀者，一面穩固文章骨架，確實地寫下意見。

「這說來簡單，實際上做起來……相當麻煩吧。」

唉——譚雅唉聲嘆氣地拿起筆來。

跟焚燒莫斯科的時候相比，他們確實只有人數是補齊了。只不過，補齊人數與品質提昇完全是兩回事。在招募到幾名新來的打工人員後，要是他們能立刻以等同資深人員的即戰力工作的話，教育這個詞彙就能扔進垃圾桶裡了吧。在現實裡，教育的重要性可是愈來愈高。

明明是這樣，但聯邦軍魔導部隊的訓練程度提昇，顯著到就彷彿是即戰力不自然地增加一樣。如果要報告的話，要是沒有說明這件事，意見就毫無疑問會遭到輕視。

在確定問題的所在之前都還算好，接下來才是真正的難題。

「所謂的不合道理，就是在指這麼一回事。」

喃喃自語起來的譚雅重新研討起狀況。一面咬著軍用的高熱量巧克力棒，一面大略翻過各魔導中隊提交上來的報告。

所發現到的共通點，就只有與聯邦軍部隊勢均力敵或略有優勢的報告。怎樣也找不著說明現象的關鍵。

那麼，會是我的錯覺嗎？

「這也不可能。不論再怎麼自己騙自己，那怎麼想都只能認為是敵人有了戲劇性的強化。」

譚雅碎碎唸著，把寫到一半的報告書扔進垃圾桶裡。

報告書必須要有簡潔的結論。聯邦軍部隊的訓練程度正原因不明的提昇當中，這種話要是報告上去，就只是在坦承自己是個無能。

更糟糕的是，這是別人託付給我的工作。在最壞的情況下，要是能用自己的名義提交報告，事情就簡單了；或者，只要做好自己會蒙受惡評的心理準備，也不是沒辦法提交報告。

但是，這可是要以雷魯根上校的名義，由雷魯根戰鬥群送往雷魯根上校所屬的參謀本部的正式報告書。要是搞砸了，可是會有損雷魯根上校的名聲。

要跟精英組的人失和，沒有比公然敗壞對方的經歷還要更加優秀的手段吧。這還是冒名去做的話……到時的餘波將會可怕到讓人難以置信。

「可是，要我怎麼辦才好……」

譚雅一面認真忙著重寫報告書，一面壓著開始不舒服的胃呻吟著——

這要怎麼寫才好啊。

手邊的判斷材料太少了。只簡潔地寫上聯邦軍品質提昇的事實，把事情交給上頭去判斷也是一種做法……但現在要講求做到最好。

當感到迷惘時，就該回歸基本吧。

「回頭想想敵人的現狀吧。儘管這只能說是戲劇性的提昇……但這種不對勁的感覺是什麼？」

正因為是花費一個月的訓練期間鍛鍊出第二〇三航空魔導大隊的譚雅，所以才能斷言這是不可能的事。

就從譚雅那別說是人類的極限，就連極限的極限都給她惡整出來的經驗法則來看，航空魔導部隊的品質提昇，坦白講絕不是能用幾週、幾個月為單位就能輕易做到的事。

就連在讓「被視為完成基礎訓練的現役將兵」承受一個月的選拔過程，甚至還在達基亞經歷實彈演習之後，也仍然是會對訓練程度感到些許不安。

這只要看維斯特曼中尉，就能更加理解了。

儘管讓認真的年輕少壯軍官在東方戰線進行在職訓練，但別說是阿倫斯、梅貝特兩位上尉，搞不好會比托斯潘還要讓人無法信賴。

基礎的差異就是有如此之大。

從0.5訓練到1，跟從0訓練到1，難易度可是天壤之別。

「……明明是這樣，聯邦軍的品質變化卻太過戲劇性了。」

對於在教育領域上有著獨到之見的譚雅來說，就只能下定決心就這點來說明包含聯邦軍品質驟變在內的這件事了。

「制度改革的影響，這點怎麼樣？」

這話雖是自己說的，但組織改革應該不是一朝一夕就能辦到的事。就算認為他們可能不再受政治理由左右，成為了能在某種程度內自主行動的專業軍隊也一樣。凡事都會有個限度。

部隊運用層面的改善與訓練程度的改善，不可能會是完全的等號。

敵人能藉由完美地運用弱兵成為我方的威脅，這就理論上是可以理解。狼率領的羊群會比羊率領的狼群還要危險，這甚至還是一句經典的譬喻吧。

不過——譚雅就在這時苦笑起來。

「這就跟如果換掉一名企業的頭頭，就能從明天起轉虧為盈的話，哪裡還需要這麼辛苦是一樣的意思。會是有點極端的論說吧。」

就算率領羊群的是狼，他也只能用手邊的羊作戰。讓狼重新訓練羊群，確實會是個有用的手段吧。

只不過，這跟加熱微波速食的輕便性可是天差地遠。

教育需要人手。就連在職訓練也需要有指導人員。光是帶維斯特曼中尉就有多累人了啊。

不派指導人員，採邊看邊學方式的話，儘管不用這麼累人，但也會需要多到愚蠢的時間吧。

「有什麼地方不同。會是什麼？他們究竟是怎樣戲劇性地改善品質的？」

正因為是有過人事經驗的譚雅，才會在心中懷疑起來。

這是個矛盾。聯邦軍的航空魔導戰力戲劇性的獲得強化，但姑且不論結果，卻看不到過程。

有關錄用來源，還有辦法說明吧。

如果只是要讓關鍵的魔導師湊齊人數，就只需要徹底徵召有資質的人員，說不定就能準備好人數了。只要放寬標準，就能湊齊錄取人數。

但就算是這樣好了，聯邦那些傢伙是怎樣克服教官與時間的問題的？錄用、教育還有管理可是人事的關鍵，我可從來沒見過只需要錄用不需要教育的新人。即戰力級的新人，如果不是幻想，就只會是相當例外的少數事例。

以這種前提擬定人事計畫，是對統計學的反叛。也就是太蠢了。

「……聯邦的剩餘戰力，應該就連負責教育的教官人數都很絕望。那可是欠缺體系運用實績的軍隊喔，是去哪裡找來這麼多基幹人員的？」

相較於聯邦軍的其他兵科，航空魔導戰力的脆弱非常顯著。只能說是目前正以現在進行式建設當中。一旦聯邦軍魔導部隊的組織基礎脆弱，人員基礎就必然地也會非常薄弱，這是當然的假定吧。

「與假定矛盾了？可是，就整合性……」

假如將他們比喻成企業的話，就是靠錄用應屆畢業生撐起員工數的狀態。假定這間企業能圓滑地遂行業務，可是騙子的專利權。

當然，現場經驗會是名有益的教師。

不得不承認在最前線的戰鬥讓他們累積了經驗。結果，讓他們多少出現了具備正常技術水準的人員吧；不過就算是這些人員，也還不知道有沒有脫掉小雞的蛋殼……考慮到過去的平均技術水準的話。即使立刻轉為教官職，就時間上來講，也幾乎不可能拿得出成果。

待在地底下的房間裡，對著辦公桌不斷自問自答也很沒意義吧。也為了轉換心情，譚雅起身稍微轉了轉肩膀，同時讓思考增添一點變化。

「這樣一來，通常就是從外部錄用有經驗者。或者，是錄用教官或培訓服務嗎？就目前的情況，會是後者吧……」

當苦於人手不足的企業採用大量錄用作為對策時，將教育委外處理並不是什麼罕見的事。而且，目前的聯合王國與合州國，也有意思要提供聯邦航空魔導師的訓練人員吧。

或者，也能將舊共和國、協約聯合體系的人員作為教官活用。

「有需求，也有供給。有充分的基礎，讓頗為理想的慾望的雙重一致性成立了嗎？」

不過，這終究是資本主義的理論。就算腐敗了，聯邦也仍舊是共匪。雖說是打著民族主義的大義在與帝國交戰，但要是能擺脫意識形態獲得百分之百的自由，他們就不會自稱是共產黨了。

黨的軍隊會有可能讓資本主義國家的軍官教育嗎？

縱使共匪跨越了這種心理糾葛，各國的準則也都不一樣。在這種戰時狀況下，有辦法急遽改成適合的準則嗎？

就算他們克服了一切難關，會有辦法如此急遽地拿出成果來嗎？

「辦不到吧，通常是辦不到。」

敵人很靈活恐怕是事實，也沒有過於低估。即使如此，我們也該重視現實這個詞彙吧。這樣一來，錄用有經驗者就會是唯一的答案。

不過，有別於企業，聯邦是個國家。國家是暴力的獨占者，總歸來講就是最惡質的壟斷企業。

「能從哪裡錄用啊？」

譚雅一副「這是在開玩笑吧」的態度發起牢騷。

難道說即使是共匪，在民間領域上也仍然存在著競爭的概念嗎？要真是這樣的話，蘇維埃的民生用品也肯定沒理由急遽低迷到那種程度了。就連送進集中營的技術人員都不得不活用的那些傢伙，不可能會有這種冗餘性。

……等等——譚雅就在這時僵住了。

這只是個可能性。

終究是個假說，而且還是近乎荒誕無稽的假設……但他們不是有辦法錄用嗎？

聯邦軍在過去曾有過「還不是黨的軍隊」的時代。也就是說，能夠徵募有經驗者的潛在性人力資源……是有的，確實是有的。

「該死！該死！該死！是這麼一回事嗎！」

自己那等到親口說出後，才總算想到這件事的愚蠢腦袋真該抓去槍斃。難以置信地欠缺想像力，居然有著這種教條主義般的態度，我難道是共匪嗎！

「原來是集中營嗎！可惡，那群該死的共匪！要是能一時衝動地把集中營裡的人統統殺光就好了！」

那群共產主義者，看來在奇怪的地方上很珍惜物品的樣子。

那怕瞧不起魔導師，在政治宣傳上痛罵著國家之敵、階級之敵、反動的核心、可恨的舊時代遺物之類的話，卻還是在集中營裡「大量保留」著這些魔導師。

糟糕的是，譚雅對這些傢伙幾乎是一無所知。如果是些無能、派不上用場的傢伙的話，倒也還好。不過，就交戰經驗來看……他們很能幹。

「……舊時代的聯邦軍魔導部隊詳細報告，有誰會知道啊？」

作為無從改變的現實，譚雅的軍歷雖說因為是在戰時狀況下而顯得濃密，但也還是「符合年齡。」因此，就連從知道聯邦帝政時期的世代口中聽說的機會都沒有。姑且不論正確的來龍去脈，但要是事隔了大約二十多年，組織的記憶也會風化。

「難怪會說資訊不對稱。知識傳承也相當困難。這真是糟透了！」

不知道。

也就是無知。

戰爭是受到「不知道的傢伙不對」的大原則所支配的。也就是──沒有人教？所以說，這又怎麼了？

溫柔的平等主義者會譴責用知識作為武器是不公平的吧，不過知識就是力量。所謂的戰爭，比學校還要對能善用力量的人有利。

如果要追求不使用智慧的戰爭，就只能回到石器時代以前，盡可能以猿人的水準進行扭打了。

正因為如此，我就捫心自問吧。

知道敵人嗎？

「……不知道喔，一點也不。」

我有看過手頭上的一切敵情，也認為有專心做過預習與複習。自己會不知道，也就幾乎表示官方情報網上欠缺「帝政時代的聯邦軍魔導部隊」的情報。

教範呢？

戰鬥準則呢？

統統不知道。

讓人可恨地，譚雅統統不知道。就連軍方，現場的人也跟幾乎什麼也不知道一樣。在這個沒有網路的時代，記憶與紀錄只要一度失去聯繫，就很可能會直接遺失。

還真是棘手。不知道敵人是誰的戰爭，誰打得下去。然而，卻是直到現在才發現知識中有著巨大的缺失！說到底，就算戰爭本身毫無意義，但也正因為如此才必須打贏啊！

總而言之，有必要挖掘過去的紀錄。所幸過去應該有過接觸。就譚雅所知，曾經有過接觸，就表示能期待官僚機構或許會在哪裡留下舊資料。

「問題是要費的工夫！可惡，怎麼想這都很費工夫。」

未經整理的資料。

未整理這件事會有多麼棘手，只要是組織之人都能立刻理解吧。只要看看沒有確實分類的收據堆就好；或者，只要去試著找一下不知道收在倉庫哪裡的必要文件就好。

不對，要是知道收在哪座倉庫裡的話，還算是幸運了。

就連最重要的所在位置，往往也都會下落不明。尤其是沒有適當交接的數據、資料。就算是再怎麼貴重的資料，都難以避免在相關人員離開部門的瞬間，埋沒在垃圾資料堆之中。

這不是因為惡意、無能，還是怠慢，就單純只是沒用到的東西會遭人遺忘。

就算提出請求，光想到得花多少時間才能找到，就只會讓人頭暈。

「不得不重新清查一遍函式庫。應該埋沒在參謀本部的某處，無論如何都得找出來才行。」

這種時候就不用自己的名義，改用雷魯根上校的名義申請吧。畢竟難得有機會使用雷魯根上校的名字。既然有辦法狐假虎威，不這麼做才奇怪。

必須得立刻去催才行——譚雅下定決心。

一衝出房間，譚雅就直奔值班室找起目標人物，找到了！

在發現到就像機械裝置般彈起來向她敬禮的謝列布里亞科夫中尉的身影後，譚雅就竊笑起來。

儘管就連答禮的時間也捨不得，但規則就是規則。譚雅稍微動起手臂，做出符合規定的舉動，就連招呼都匆匆打完後，立刻說出主題。

「謝列布里亞科夫中尉，是急報。幫我準備向本國參謀本部發出長距離通訊。雖然想派出傳令軍官，但畢竟是這種狀況。就盡可能以高強度的加密形式，總之立刻去幫我準備吧。」

「遵命！下官這就去叫醒加密人員。請問要傳達怎樣的事項？」

「以雷魯根上校的名義提出聯邦軍資料的重新對照申請。或是說，必須通知他們有必要把正逐漸淪為歷史的資料挖掘出來。當然，這是最優先事項。」

「咦？」

譚雅朝著愣住的副官補上幾句話加以說明。

「敵人的品質變化太過戲劇性了。這與其說是將新兵抓去重新鍛鍊，我怎麼想都只覺得是從某處抓來一群能派上用場的即戰力。」

總而言之，只要以作戰局相關人員的名義提出申請，參謀本部也會將這視為自家人的事情幫忙處理吧。

用申請人與申請管道加以區別工作的優先順序是不太好。只不過，要在優先順序上做出差異可是公家機關工作的現實。

為了讓他們感到事情的急迫性，就必須不惜用上一切的手段。

「我怎麼想都覺得是有一群在成為共匪之前就是軍人的傢伙混在裡頭。也就是說，有沙場老將之類的人混在裡頭的可能性極微濃厚。」

「恕下官失禮，這讓人一時之間難以置信。就聯邦的性質上，會送進集中營裡的階級敵人可是……」

「謝列布里亞科夫中尉，我就尊重貴官的經驗吧。這會是寶貴的見解與感覺。」

只要是有關聯邦問題的事，輕視過來人的經驗可是很危險的。不過另一方面，過去的經驗遭到現實背叛的機率也不會是零。

「我也很感謝貴官的建言與輔佐。讓我對妳獻上對專家的敬意吧，中尉。然後，我要伴隨著一個確信忠告妳一句。」

所謂的知道，同時也是帶有「刻板印象」的意思。這就本質上，跟軍隊組織無論如何都會以既有常識進行判斷是相同的問題。由於譚雅自己是個常識人，所以對謝列布里亞科夫中尉的誤解抱持著親近感。

實際上，只要知道共匪的意識形態，就難以認為有人能「正常地」離開集中營。即使如此，他們還是做到了。

「不要被共產主義者的表象迷惑。他們可是長著三條舌頭。只要讓他們去做惹人討厭的事，可是會變得跟宗教家同等程度的能幹。」

原則這種東西——譚雅一臉疲憊地狠狠說道。

「是比起意識形態，更加受到現實情況左右的。用不著驚訝這會是擺出革命家嘴臉的獨裁主義者的常用手段吧。」

共匪，共匪，共匪。

要說的話，就是最惡質的社會反動。

為什麼必須要害怕到這種程度？這點譚雅可是十分明白；也不得不明白。

「那可是一群會偷走『大義』的傢伙。要設想最壞的情況。」

「……是的。」

「真是讓人討厭。如果是不切實際的意識形態擁護者倒還簡單，不過是愛國者嗎？真是一群深深阻礙我的傢伙。」

對故鄉毫無理由的愛真是麻煩透頂。現代是愛的時代。這是對國家這個想像的共同體無條件的告白。

是盲目的愛。

是多麼崇高且瘋狂的甘甜、優雅的劇毒啊。

「這會有多棘手啊。」

要以譚雅所知的話語述說愛極為困難。那是不講理的。是不講理與不合理的象徵。

不過，要是有能夠確定的事，就只會有一件。

「愛會超越理論」。

至少，這會是真理。對某種人來說——就算得加上這句但書，也依舊是個重大威脅吧。因為這讓挑戰理論的人在世界上蔓延開來了。

儘管那是距離譚雅的世界，遠到該稱為彼岸的另一端的世界，不過可悲的是，這是確實存在的情況。

統一曆一九二七年六月十六日 東方戰線B集團司令部——高級軍官勤務室

就算是只有著視察業務這個名目的立場，能有機會詳細實地考察現場的情勢，也是個意料外的好機會。

儘管在帝都的參謀本部擔任副戰務參謀長，並不是個能愉快坐在安樂椅上抽著菸斗的辦公室工作，但也有些事物是只有在現場才能看到的。

當然，帝國軍的官僚機構就算放眼當代，也可說是整備得最為完善的組織。東方方面的詳細報告會在收集分析之後，經由適當的管道送達參謀本部。

外加上傑圖亞自己也會為了獲取實地考察的情報，積極地與雷魯根、烏卡、提古雷查夫等各校官級人員接觸，努力汲取這些軍官的報告與進言。

然而，現實總是充滿著驚奇。難怪會說百聞不如一見。

「要派出救援。這是不會錯的。」

既然做出了保證，這就是義務吧。然而面對現狀，就連傑圖亞中將也不得不在內心裡感到煩悶。

太慘了。

就連理當是在文件上理解的窘境，相較於現實的情況，也恐怕是近乎樂觀了。B戰線就一如字面意思，是紙上的防衛線。B集團的參謀會全都感到猶豫，也有其道理在吧。

能斷言要是照著理論去做，最終的答案就將會是錯的。不過就心情上，也能理解他們混亂的理由。

只要跟萊茵戰線相比就能一目了然。這個戰線其實就連要稱為戰線都顯得可笑。成為點部署下去的部隊，實際上並沒有辦法維持著「線」，就像是在防衛據點一樣。

救援提古雷查夫中校所率領的雷魯根戰鬥群，會是場艱難的戰鬥。

不能暴露出太多側面，但也要維持著尖鋒不會變鈍的鋒利度，最重要的是得要在「來不及之前」讓部隊抵達……實在是很困難。

要是會有相反的感想，那就是有安排提古雷查夫中校擔任誘餌真是太好了的安心感吧。假如敵人沒有被毒餌釣到，就得要用紙面上的防衛線去阻止物質性的軍隊了。

聯邦軍沒有不顧一切地衝來，真想感謝祖國與上帝。

「……航空艦隊的損耗率是假定的三倍。運作率下降的情況嚴重，難以長期保持空中優勢。」

制空權雖是最低限度的必要條件，但東方軍打從一開始就缺乏餘力。就算是有著被迫要將航空戰力集中部署在西方空戰的理由在，這也是不得不說是貧弱的水準。

「聯邦軍的航空戰力被視為在鐵鎚作戰中殲滅了……果然是那個嗎？」

傑圖亞中將拿起手邊的照片，喃喃地嘆了一聲。是帝國軍航空艦隊的照相槍所拍攝到的，疑似「合州國」製的戰鬥機。

看到敵機漂亮地起火燃燒的景象是很愉快，不過正因為這是手邊的照片，所以敵機也就只是起火燃燒。我方的機體可也相對地遭到擊落了。敵機的照相槍（會是優秀的合州國製的照相機與底片吧）毫無疑問拍攝到了那個景象。

「真是棘手。這是什麼？」

脫口說出一句困惑。

就算以為腦袋能夠理解，但有哪裡不太對勁。傑圖亞中將搖搖頭，將這難以抹去的不對勁感驅離思考，同時目不轉睛地瞪起航空攝影的照片。

「……褪色得很嚴重。」

儘管航空機材的配備是採取最優先處理，品質也仍舊是劣化到會褪色的程度。似乎是從自治議會那邊緊急調來一部分舊聯邦軍體系的裝備。

「戰利品的積極活用嗎……也難怪沒怎麼在報告書上強調呢。總歸來講……就跟襪子的事一樣嗎？」

這是就連在現場都相當難以啟齒的事吧。以前在從前線視察歸來的雷魯根上校那邊得知襪子之事的那件事，直到現在都還歷歷在目。

由於他戰戰兢兢地欲言又止，還以為是前線發生了相當不幸的事件，結果追問到底所得到的回答卻是襪子。當時可是和參謀將校一起打從心底感到困惑。這畢竟是聽過就能理解的事，所以還算是輕鬆……

「但直到有人說明之前，我們是意外地無法理解。前線定義為沒必要說的情報，後方究竟能獲取到多少啊？……傷腦筋呀。」

對省、部的人來說，當然也是想盡可能地努力理解前線。包含傑圖亞中將自己在內，全員皆是如此。

但意識的差異，或是說觀點的漏洞卻是襪子……這是文化障礙比想像中的還要過於拘限了我們團體迷思與行動的一例。所謂的舊典範，也會在我們所不知情的地方上造成影響的樣子。

「想說要是能置身在最前線，體會這裡的氣氛的話，也能發現到不同的觀點……發現是發現到了，但這樣下去可不行。」

前線受到前線的情況束縛，後方受到後方的情況束縛。儘管能理解B集團參謀遲遲不肯行動的理由與情況，但也覺得他們視野有點狹隘。那麼，要說到後方具不具備著大戰略……當經由義魯朵雅的工作挫敗，自己置身在這裡時，這就連笑話都算不上了。

他姑且是向義魯朵雅方的卡蘭德羅上校託付了想要維持爾後的接觸與改善狀況的意思，不過坦白說，這毫無疑問是對他們的斡旋努力潑了一盆冷水。

儘管很可悲，不過正因為來到前線，才深深體會到沒有一個部門具備著俯瞰觀點。

不論是最高統帥會議、參謀本部、軍方還是政府，儘管全都將自己定義為戰略決定者，但所決定的卻只是戰略層級，並未建立起在大戰略下進行協調的基礎。

「沒有指導理念的大戰嗎？……這要是在大戰前，我會覺得這太蠢了而一笑置之吧。會覺得怎麼可能會有這麼愚蠢的事。」

……這是比想像中還要令人作嘔的，愚昧至極的行為吧。

作為戰鬥單位的帝國軍部隊，恐怕並沒有辦法達到萬全的充足狀態。就這樣與世界交戰，帝國真的有可能做到嗎？

可悲的是，對傑圖亞中將來說，擔心這件事並不是自己的職務。

「……傷腦筋呀。」

當天　參謀本部

雖說是徹底執行燈火管制的夜間，參謀本部也依舊不放棄作為不夜城，是個宛如帝國心臟的行政部門。

儘管是夜間時分，盧提魯德夫中將也還是被刺耳響起的電話鈴聲給打斷了小睡。

「盧提魯德夫中將閣下，下官是烏卡中校。抱歉打擾你就寢了，但下官有事要報告。」

「辛苦了。是什麼事？」

小睡時被電話吵醒，是早就習慣的事了。在盧提魯德夫中將的催促下，烏卡中校儘管過意不去，也還是向他進行了報告。

「閣下，低地工業地帶又遭到夜間轟炸了。」

西方空戰儘管處於穩定狀態，不過雙方仍舊是想盡了壞主意，徹底進行著騷擾行為，也因此演變成相當偏離盧提魯德夫中將喜好的陰險對決。

「……沒辦法阻止敵機嗎？」

「迎擊戰是由航空艦隊負責，目前正在統計戰果報告。擊墜率的比率聽說並不壞，不過要阻止全部的敵機，數量優勢就……」

一本正經的反應啊——盧提魯德夫中將一面苦笑，一面向烏卡中校問起重點的對應策略。

「烏卡中校，傑圖亞採取的對應是？」

「前些日子已聯合外交部，準備以違反戰爭法的主旨進行譴責的宣傳活動。會在第三國強力宣傳並批評他們對市區進行突襲轟炸的事情。」

他就像吐槽似的忍不住開口問道：

「……儘管是有問過了，但戰務攬這麼多事情在身上，人手不會有問題嗎？」

「我們主要負責的部分就只有彙整損害報告。」

『人手不足時，不要給部下過多的勞動量』——可不能忘了傑圖亞中將警告自己的事。

本來是想稍微問問擔心一下，沒想到烏卡中校卻以完全不以為意的口氣回說「所以這不是什麼大不了的工作」……就這部分看來，確實是必須要留意一下使用方式。

「真是勤勉。然後？我們的抗議與宣傳戰有給對方造成影響嗎？」

「就形式上，是完全沒有。跟這次的空襲事實幾乎同一時間，聯合王國就經由中立國大使館做出答覆了。表示方才的空襲是『聯邦軍航空部隊』所為，與『聯合王國當局』毫無瓜葛。」

盧提魯德夫中將忍不住嘆了口氣。

「就沒有從擊墜的機體上抓到聯合王國人的俘虜嗎？」

「據說他們就名目上是外派到『聯邦軍』航空艦隊的聯合王國人。」

「強詞奪理！那群該死的三寸舌混帳！臉皮究竟是用什麼做的啊！」

本來並不打算破口大罵的，這可不行啊——回過神來的盧提魯德夫中將苦笑起來。

儘管不是不懂法律議論的邏輯，但怎樣也喜歡不了這種迂迴的講話方式，與拐彎抹角的表現方法。

「……抱歉，烏卡中校。在雷魯根上校回來前，就陪我一下吧。」

「不會，傑圖亞閣下有交代要我全力輔佐閣下。如有任何吩咐就請儘管交代。對前線的支援，就只會是後方的責任。」

以將校來說這或許是模範意見，不過就連在深夜值班時都能若無其事地說出口的話……就只能傻眼了。

「貴官也太認真了吧。」

「咦？」

烏卡中校愣住的回應，讓盧提魯德夫中將遺憾起這是在用電話交談了。假如是面對面的話，就能期待他會露出怎樣的表情來了。

「虧你這樣還能在傑圖亞中將底下做事沒被他操死，那傢伙對他人的要求太過嚴苛了。」

「我有好幾名同學正在前線奮戰。所以我相信，我也有義務要以在我的戰場上所能做到的事情來支援他們。在後方把椅子坐暖的人，沒資格要求太多吧。」

「以物資動員負責人的發言來講，這會是理想的回答啊。」

很好，很優秀——自覺到這讓話題扯遠的盧提魯德夫中將就將話題重新拉回到工作上。

「烏卡中校，正在進行的安朵美達補給計畫相當危險。傑圖亞中將雖然指導我鐵路路線會是魔法的關鍵……不過現狀下，運輸本身沒有問題嗎？」

「鐵路路線本身由於自治議會的治安作案奏功，所以是實質上擺脫了匪賊問題。軌道規格的問題是有點嚴重……但至少現在不是冬季與泥濘期間，所以能靠限定的回收車輛與軌道翻修工程應付過去吧。」

這部分沒有問題——烏卡中校儘管做出保證，但另一方面他也說出了讓人心情沉重的事。

「瓶頸會是供給，不是補給線。由於工業生產地帶不得不導入夜間轟炸對策，所以讓生產效率漸漸遭到犧牲。」

「具體來說是？」

「就算只是燈火管制，也無法避免會對二十四小時連續作業體制造成負面影響。」

這也是沒辦法的事。所謂的燈火管制，總而言之就是會阻礙效率。這對要在深夜擔保連續作業的體制來說是最糟糕的吧。

只不過，要是沒辦法同時維持燈火管制與連續作業體制，後勤就會撐不下去。

「……產業基礎位在西方是帝國的痛處嗎？」

如今就只能詛咒帝國的主要產業集結在聯合王國軍的敵航空續航距離圈內的歷史發展了。就是因為這樣，才讓人整天煩惱會不會遭到夜間轟炸，並對真的遭到轟炸的事實抱頭苦惱。

「得趕快推動防空計畫的改善。辛苦你了，烏卡中校。就繼續負責物資動員吧。」

「遵命，下官就先失陪了！」

盧提魯德夫中將喀噠地放下聽筒，在嘆了口氣後抽出一根雪茄，兼作為打氣的抽了起來。

重新理解到傑圖亞中將在物資動員的問題上花費了多少苦心，也挺讓人難受的。

……要煩惱的因素也太多了。

既然敵人打算轉緊我們的水龍頭，我們也該去轉緊他們的吧。

盧提魯德夫中將重新打起精神，叼著雪茄拿起熟悉的聽筒，撥打起號碼。

「作戰部，是我。大半夜的抱歉了，不過那個『國籍不明船團』怎樣了？」

「據北洋艦隊的巡邏機與潛艇群的報告，規模正在日益增大，尤其是擴大了護衛艦隊的規模。據推測，恐怕是聯邦軍正在急速填補上次會戰所損失的裝備。」

簡潔且簡明的報告。敵人的物流增強到令人厭惡程度的事實浮上了檯面。

「就沒辦法臨檢嗎？差不多想阻止了。」

「據海軍的說法，這有困難。實際上，由於受到聯合王國本國艦隊的艦艇護衛，所以我方的水面艦艇實在是……」

身為作戰部的負責人，他也不想說出這種話吧……無法與聯合王國海軍正面對抗，是讓人不想去聽的那類報告。

但不知道是幸還是不幸……這種報告我早就聽慣了。雖然也認為得想辦法處理就是了。

「為什麼沒使用海陸魔導部隊。就算是海軍，也應該想得到這種方案吧。」

「據表示，海軍的航空魔導部隊是小規模。人手並不足。而且，非海陸的航空魔導師會有海上導航的問題，不適合進行偵察搜索戰。」

「也就是需要時間擬定對策了。」

就沒辦法了嗎？——盧提魯德夫中將發起牢騷。

……安朵美達是以敵人缺乏餘力為前提的突進。儘管我方很痛苦，但敵方也很痛苦的前提要是瓦解了，對攻勢的把握也會變得很可疑。

無法掌握敵情這點也很可恨，根據裝備充實度，往後也將不得不注重維持占領地的防衛戰了。

「有辦法掌握流入南方各地區的裝備量嗎？」

「聯邦的防諜工作該死的完美。內務人民委員部的羅利亞這名變態是個能幹的變態，所以非常難搞。」

「有這麼難搞？」

「是以難以置信的熱忱與偏執性的嚴謹在徹底執行保密工作。在人工情報這方面上的情報收集，我們不得不仰賴舊聯邦體系的自治議會，不過在他們民族分布地區以外的地方就……」

盧提魯德夫中將就像在說「好，夠了」似的打斷發言。

「叫他們加快空中偵察的分析。敵人的暗號破解呢？」

「負責暗號戰的小組有點超出負荷了。說是過去應該很好破解的聯邦軍暗號，強度突然增加了。」

「感覺就像是中了幻術一樣。居然必須在這種情況下繼續戰爭。」

真是對不起——盧提魯德夫中將打斷部下的這句道歉，同時思索起來。既然他們鑽法律漏洞，那就禮尚往來……我們也該仿效他們的做法吧。

「無論如何都要阻止敵護衛艦隊送入物資……不是有個至今為止還沒嘗試過的方法嗎？」

在轉緊水龍頭的手段上，應該有一個受過研討的計畫。

「那個，是叫什麼來著？就是之前討論過的……」

「是說經由潛艇的無差別封鎖嗎？」

對，就是那個——盧提魯德夫中將回應著。

「……觸犯國際法的風險非常大……要實施嗎？」

聽到作戰部遲疑的聲音，盧提魯德夫中將儘管不耐煩地心想「又是法律嗎？」也還是回答了。

「這種時候應該要想辦法規避國際法的問題，以合法的方式著手吧。我要你們去研究繞過法律的方法。」

「海軍的法務部門是主張引用戰時禁運品的規定，並經由設定安全航道給予限制。不過法學專家表示，由於臨檢規則在制定時並未考慮到潛艇戰的情況，所以會出現很大的意見分歧，很危險。」

雖是讓人很想回一句「哪管得了這麼多啊」的專家爭論，但也沒辦法無視。

我在這瞬間深深痛恨起把傑圖亞趕去東方的最高統帥會議。由獨特的用語與文法構成的法學解釋，怎麼可能會是我的擅長領域。

要是能完全推給那傢伙去搞的話，會有多麼輕鬆啊？

「……啊，辛苦了。就先繼續研討吧。」

「是的，那下官失陪了。」

放下聽筒後，盧提魯德夫中將就抽著雪茄沉默了一會兒。心中浮現了一些念頭又逐漸消失，只不過，平常時以當機立斷作為宗旨的男人很難得地……盧提魯德夫中將迷惘了。

「迷惘嗎？」

儘管真不像我，但會迷惑也是沒辦法的事。

「那傢伙不在身邊，看來我怎樣都會不太對勁的樣子……這是自問自答嗎？」

[chapter]

IV

第肆章

遇敵／交戰

Encounter and Engage

反對加班。全世界的勞動者，反對加班吧！
雷魯根戰鬥群的標語／出自索爾迪姆528陣地

統一曆一九二七年六月十八日　東方戰線／索爾迪姆528陣地

索爾迪姆528陣地的陣地構築進度遲緩……寫上這種評語會很矛盾吧？陣地沒辦法構築好陣地這種話，確實是有違軍事常識。

不過，這就是現實。資材致命性地不足。結果讓人得發揮名為現場智慧的創意巧思，總而言之先拿手邊現有的東西應急。

最典型的，就是將地下儲藏庫轉為地下壕溝使用的例子吧？就連防衛指揮官——譚雅・馮・提古雷查夫中校所置身的場所也不例外。

面臨聯邦軍大規模攻勢的這瞬間，也是她躺在難以入睡的地下室假床鋪上貪圖小睡的瞬間。耳熟的聲音。

被砲彈的彈著聲吵醒，是習以為常的事了。

「……嘖，還是老樣子，以起床通知來說這也太吵了。」

咒罵著從床上彈起後，她就立刻將軍帽戴在頭上，同時回想起萊茵戰，沉浸在討厭的回憶裡。

雖說回憶總是最美，但萊茵一點也不美好。

不對——譚雅就在這裡搖了搖頭。至少，也有著局部性獲得改善的地方。

比方說，環境。

有別於浸在泥巴裡的戰壕，雖說是半壞的，但能從位在半地下式房間裡的假床鋪上直接前往戰場，或許該恭喜這是令人感動的在家工作吧？

「敵襲！敵襲！全員應戰！重複一次，全員應戰！」

從慢了一拍響起的警報聲與召集的叫喊聲中流露出的緊張感，是不可能漏聽的大規模戰鬥的前兆。正因為這幾天已從敵壓力的增強預料到了……所以能輕而易舉地領悟到，這毋庸置疑是聯邦軍的大規模攻勢。

「該死的共匪。超時工作可是違反意識形態的行為喔！」

勤勉地準備攻擊態勢，部署部隊，砲兵與步兵的聯合攻擊等等……都不是能定時下班的工作。就連像沙羅曼達戰鬥群這樣徹底落實軍紀教練的部隊，要以一天工作五小時的進度做好這些工作，都需要花上好幾週吧。共匪明明就打著維護勞動者權利的幌子，實際上卻比資本主義還要有效率地在榨取勞動力。

胸懷著對不正義、不正當與違規的憤怒，譚雅暗中決定絕不原諒勞動力的傾銷行為。不正競爭是不容原諒的行為，凡事都必須進行公平的競爭。

當譚雅懷著義憤慌慌張張衝進司令部壕後，等待她的是值班中的阿倫斯與梅貝特兩位上尉的狀況報告。歸納好的報告重點，就只有敵人打過來了這一件事。

就連在聽取報告的空檔中，司令部裡也很忙碌。謝列布里亞科夫中尉伴隨著正率領大隊在快速反應待命的拜斯少校的傳話一同現身。同時，通訊人員也在向B集團司令部緊急報告現狀，請求航空艦隊的支援。

要說的話，就是照著對應程序在走。

拜這所賜，讓身為指揮官的譚雅能在面對狀況時，獲得些許比黃金還要珍貴的思考時間。

「既然敵人來了，就唯有應戰一途嗎？」

譚雅喃喃低語。

對防守方指揮官來說，這與其說是該有所預期……倒不如說是某種既定事項。要坦承的話，就是在應對時沒什麼能發揮創意巧思的餘地。

「阿倫斯上尉，裝甲戰力呢？」

「依舊是分散掩藏著。沒有出現損害。」

不需要問，梅貝特上尉就察覺到自己的意思開口回答。

「砲兵也一樣。除了零星從事步兵直接掩護的班，我方砲兵徹底保存了戰力……不過，砲彈遭到引爆，損耗了約一成的殘彈。」

「前陣子的那場意外很傷啊。連糧食也一起被炸爛了，是個可恨的失敗。」

雖然懷疑那究竟是準備砲擊、騷擾行為，還是在炫耀重砲的威力，但總之索爾迪姆528陣地在聯邦軍砲兵隊的砲擊之下產生了一定程度的損害。

資材不足導致陣地的構築進度緩慢。儘管不是致命性的，卻也棘手到難以樂觀的程度。相較於萊茵戰線時代，是慘到讓人想哭的戰爭。

如果是以前的話，能像不用錢似的投入資材。如今就連保存彈藥、糧食的空間都不夠用。因為受到防衛的區域不足。拜這所賜，讓貴重的砲彈與糧食就跟野營一樣放置戶外，結果讓敵人的流彈炸毀了一部分的臨時儲藏庫。

如果是小麥之類的物資，還有辦法將燒燬的部分回收利用吧。不過，爆炸開來的砲彈要重新運用就非常困難。資源回收也是有限度的。

「好啦，等敵步兵來到外圍地區後……就總算是要進行全面攻勢了吧。」

敵人的動向是依照典型的襲擊格式。讓步兵緩緩逼近，在經過連日的準備後發動攻擊。相對地，守城方也要將所有的砲彈儲備起來嚴陣以待的典型攻防。

就在這時，譚雅忽然注意到缺了某個應該要有的東西。要說的話，該說是突擊前的喇叭聲，徹底的準備砲擊正是現代版的海姆達爾號角（註：北歐神話的海姆達爾神持有的號角，會在巨人進攻時吹響）吧。即使是航空魔導部隊為了爭奪空中優勢的空中攻擊，也一樣不能少了這個。

這可是標準理論。

如果是戰術性的奇襲行動，短時間內的集中射擊也會被視為是一種最佳解答，不過通常來講，砲兵的支援砲擊就只會是無論如何都不可或缺的要素。

「明明不是夜襲，卻沒有徹底進行準備砲擊，這讓我有點在意。」

「不過，中校。會不會是敵砲兵也缺少殘彈？」

不過，就算點頭同意梅貝特上尉的意見，譚雅也沒辦法屈於誘惑，成為樂觀論的夥伴。

既然沒辦法籠統地斷言就是這樣，假設就是假設。最重要的是，最近這陣子的聯邦讓人感到莫名的噁心。那可是靠數量說話的國家。雖說敵人也很痛苦，但有可能會只靠著打從方才的零星砲擊就讓步兵進行突擊嗎？

「也必須留意這是不是故意要讓我們這麼想的偽裝吧。」

然而，實際上正因為敵人的砲擊也確實經常中斷，所以才讓人煩惱。

「現狀下，敵砲兵一時性地沉寂化了。就當這是個好機會採取應對吧。問題是會讓敵步兵推進到哪裡。儘管也要看托斯潘中尉的部隊能支撐多少時間……」

「沒辦法太期待」是我的真心話。

最壞的情況下，或許得要仿效聯邦軍再度幹起類似督戰隊的勾當吧。甚至有所覺悟，必須要與謝列布里亞科夫中尉兩人一起踢著步兵的屁股，幫他們準備尿布了。

守在司令部通訊機前的副官大喊起來，打斷譚雅的沉思。

「托斯潘中尉有事稟告！」

「什麼？妳說托斯潘中尉？」

拿來——從謝列布里亞科夫中尉手上一把搶過聽筒。就在剛做好覺悟時的頭痛預感，甚至讓譚雅不由得渾身顫抖。

光是共匪就讓人忙不過來了。可以的話，就連貓手都想借來用。當然，會借到可貸額度的上限為止。在這種繁忙時期，托斯潘中尉這傢伙有膽就給我搞出多餘的事情試看看。我會讓他知道我儘管是個常識人，不過忍耐力可不是無限的。

「我是提古雷查夫中校。托斯潘中尉，長話短說。」

「是的，那能請中校下達命令嗎！」

「命令？」

出乎意料的請求，讓我反問了回去。有關防戰的指示早就下達完畢了。制定了防衛計畫，部署了人員，也徹底讓眾人知道應對程序了。

都被聯邦軍包圍，遭受來自各方面的全面攻勢了，事到如今還要我向部屬在防衛線上的步兵指揮官下達什麼命令？

當然是只能進行防戰了。這不是需要特地向位在戰鬥群司令部的譚雅重新詢問的事。

「托斯潘中尉，不好意思。命令是指什麼？我應該早就向貴官發出命令了。如果是防戰的預定計畫，我事前就下達完畢了吧。」

「是的，中校。有關這件事情，根據軍方想定，當部隊遭遇到如此眾多的敵人時，原則上是要求『後退』。不過，當具備著無法後退的理由時，能以部隊指揮官的權限下達『死守』命令。」

「……等等，後退與死守？……是步兵操典嗎！」

「是的，希望中校能下令死守。」

我撤回前言，甚至不惜進行自我批判。

無意識地，譚雅抿嘴露出了微笑。

「他真是太棒了。」

譚雅將聽筒拿離耳邊，以周遭軍官所能聽到的音量發出讚賞。

所謂頑固的無能也是會堅決完成命令的有益祭品。在這點上，機敏的人會由於腦袋靈光而試圖逃離危險。就算愚昧，只要具備墨守精神……就會是稀有的肉盾，是該大肆歡迎的人才。

托斯潘中尉啊——譚雅想發自內心祝福部下的愚直。

如果是我，就絕對會逃吧。

不對，是肯定會逃。就讓我向視堅守到底為天經地義的貴官表示敬意吧。

譚雅將聽筒拿到嘴邊，在話語裡注入力道，向托斯潘這名齒輪回覆著她身為一名齒輪的共鳴。

「托斯潘中尉，我中意你！」

「咦？」

「我立刻就將以雷魯根上校名義發出的死守命令文件送過去。」

所謂的名義就只是原則上的藉口。這實際上是譚雅自己發出的死守命令。對自己做出的行為，要以行為負責才符合道理。

「順道一提，你要將送文件過去的傢伙當成增援使用也無所謂。要堅守防衛。是堅守。畢竟我們可是遭到包圍了喔？究竟還能後退到哪裡去啊？」

至今與他組隊的格蘭茲中尉被傑圖亞中將閣下拿走，讓托斯潘中尉的步兵部隊火力也相對下降了。雖然原本是希望能保留戰力，不過這邊應該要派維斯特曼中尉的魔導中隊去彌補吧。

這種時候，就算自己的手牌只有兩個魔導中隊也不礙事。只要步兵能支撐下來，就算手邊只有阿倫斯與梅貝特兩位上尉的砲兵與裝甲部隊，作為戰略預備部隊也很夠了。

「是，中校。不過這是規定，所以有必要進行確認。還請中校諒解。」

「很好！很好！非常好！我當然會諒解，托斯潘中尉！」

解說

【步兵操典】

步兵戰的指南。所有軍官都被要求記住軍中非常不切實際……抱歉，是受過教育的大人物所認定的指南內容。

步兵，獨立的步兵。

簡單來說，就是戰爭的核心。

就算是企業，也無法只靠董事就成立；就算是控股公司，也跟參謀本部一樣。沒有在下頭遂行業務的人員，就沒辦法實際存在。

總之，就是讓譚雅發揮了殘酷的管理技能，狠狠使喚著愚直的托斯潘中尉與他旗下的步兵。

「我會派維斯特曼中尉的魔導中隊過去。雖然沒格蘭茲好用，但你就妥善運用吧。」

「感激不盡！」

對於理解自身工作的部下，必須要做出適當的考核。只要有死守命令就會死守的精神，對譚雅來說可是非常方便的。

當然，這在平時會是超沒用的非自發性精神吧。然而，在戰時的防戰中，沒有比這還要難能可貴的部下資質。也難怪古時候的將軍會說，一旦理解就會堅決完成任務的頑固士兵會比聰明的士兵來得理想了。

用起來真是太方便了。不會抱怨的人才！對管理職來說，這強烈接近著永恆的理想。就算姑且不論個人的感傷，只要步兵能作為核心發揮機能，就算是戰爭也會變得相當好打吧。

「有聽到吧？維斯特曼中尉，將死守命令送給托斯潘中尉後，隨即進行支援戰鬥。」

「遵命。」

譚雅對軍官幹勁十足的答覆點點頭，稍微轉了轉肩膀。

該說在後方，或是至少最起碼在安全的司令部裡，對部下頤指氣使也不是件壞事吧。雖然以個人來說很理想……但考慮到托斯潘中尉的奮戰，發出死守命令的人還是進行指揮官先行，事情傳出去才會比較好聽吧。

梅貝特上尉本來就是值班軍官，有掌握到整體的狀況。就算把司令部交給他也不會有問題。名聲，名聲，名聲。

沒辦法。誰叫人是政治動物。如有必要就得去做必要的事。

「梅貝特上尉，這裡的指揮就交給你了。」

「遵命！請交給我吧！不過，中校要去哪裡？」

「前線。」

這是當然的吧——譚雅擺出認真的表情斷言。老實說，儘管想跟梅貝特上尉交換留下來，但立場不允許我這麼做。

既然如此，就該盡量賺取分數吧。

「我可是個小女孩呢。精神沒這麼強韌，能在向部下發出死守命令後，繼續坐在後方的安樂椅上擺架子喲。要是我有這種神經的話，說不定人生也會過得比較輕鬆吧。」

哈哈哈——乾笑表情會在司令部內部蔓延開來，是部下儘管保持著適度的緊張感，卻也沒有因此被壓垮的佐證吧。

笑在心理衛生上的效能果然很偉大。近期內要是能找喜劇演員過來勞軍就好了……不過帝國的話，還是找馬戲團會比較好吧？下次說不定要找機會確認一下。

「謝列布里亞科夫中尉，我們也去外圍地區進行火力戰。就去讓托斯潘中尉他們輕鬆一點吧。這就是崇高的同袍精神。」

「遵命！請容我隨行！」

謝列布里亞科夫中尉伶俐的答話是一股清涼劑。就算是提不起勁的工作，只要能跟有幹勁的部下一起就能歡迎。

於是，譚雅就這樣來到形式上仍保持著自發性的托斯潘中尉指揮防戰的第一線陣地附近。

本來在戰時狀況下，敵襲會是司空見慣的景象。

然而，在那裡所目擊到的卻是應當唾棄的醜惡光景。

「……難以置信。」

在喃喃自語的譚雅眼前有著敵兵的屍體。

不對，該用複數型態說是屍體們吧。敵兵的屍體太過隨便地倒臥在大地上。

這要是萊茵戰線最初期，統一曆一九二三年的話倒還好說。

如果是尚未對機槍威力建立起戰鬥教訓的時代，密集突擊教義說不定也能獲得正當化。

然而，現在可是統一曆一九二七年。

他們到底是認為戰爭持續了幾年啊？還是說，聯邦的意識形態扭曲了時空？這裡究竟是統一歷幾年的時空？居然採用密集步兵突襲，他們難道打算找古羅馬軍團出來打仗嗎？

當然，就算是聯邦軍，也懂得在某種程度內讓士兵分散。即使如此，這實際上也是在朝著做好守城防衛的帝國軍火力點進行人肉衝鋒。而且，還疑似是為了方便指揮而「特意」讓士兵聚集起來的衝鋒態勢。最起碼要是有準備煙幕的話也就算了，這樣是在打野鴨吧。

輕快的輕機槍回擊聲是很可靠，在譚雅眼前將人漂亮地逐一幹掉。

「該死的共產主義者，把人命當成什麼啦。」

這種浪費，不論是在人道上，經濟上，就連在軍事上都完全無法合理的正當化。硬要說的話，就只有共產主義會肯定這種做法吧？

他們究竟是把人力資源誤解成什麼了？

這群相當於存在X邪惡的邪教混帳，讓身為善良個人的我感到作嘔。

「負責下令的人要是沒責任感可就困擾了。這是必須要改變的情況。」

她忍不住義憤怒道。聯邦要怎樣浪費聯邦的人力資源，確實是不關譚雅的事吧。

敵人很蠢也是件讓人非常高興的事。

然而，譚雅．馮．提古雷查夫不得不伴隨著身為善良市民的自負發出感慨。達基亞基於無知的愚蠢，還能當作是不懂道理的笨蛋行為一笑置之，不過聯邦軍是在「理解後」仍舊無視道理，所以讓人想笑也笑不出來。

只不過，譚雅懂得明確區分自由思考與現實中的本分。

這裡是防衛陣地的最前線，一旦敵人衝過來，能多有效率地量產敵人的屍體，物理性地摧毀敵人的戰意，就是譚雅的工作。

因為是敵人，所以要讓他們死在這裡。就算會對他們的白白送死感到同情，但這是兩碼子的事。就連在法律上，要是面臨到殺與被殺的選擇，也有著卡涅阿德斯船板的例子。

「吸引注意力！準備彈幕射擊，等等，還不要發射！」

儘管氣勢十足地掃射也是種輕鬆的手法，不過舒適與偷懶在戰場上可是應該忌諱的要素。很可悲的，跟萊茵戰線的時候不同，在東方，不論是輕機槍的子彈還是槍身都太過貴重了。

就連進行制壓射擊的餘力都沒有，所以沒辦法盡情地展開彈幕。現況下，就只能將近距離掃射的時機交給熟練的射手掌控，然後一味地忍耐。

這讓人重新感受到彈藥不足的可恨。萊茵戰線是一場令人傻眼的浪費，是以難以置信的規模做出愚蠢的國家級浪費——也能改用這種說法。然而，這也是獲得國家理性支撐的後勤網路確實供給著超乎常規的物資數量的一場瘋狂騷動。

不知道是理性支撐著瘋狂，還是瘋狂支撐著理性。

不過在東方，是有什麼變得不足了吧。能窺見到後勤的極限。尤其是該充分供給的砲彈不足，太過露骨到讓人甚至無法視而不見。

「敵重砲來了！」

副官大聲喊出的警報，讓譚雅猛然回神。

直到方才都毫無動靜的敵砲兵隊重新開工了？是在最討厭的時機發射的敵重砲。該死，也就是說，敵人果然是在保存殘彈了。

在敵步兵逐漸接近的時機，前鋒遭到敵砲列壓制。只要對聯邦軍步兵部隊被聯邦軍砲兵隊的流彈波及所造成的犧牲睜一隻眼閉一隻眼，這就會是最佳解答。

「太狠毒了！敵步兵被當成棄子嗎！」

所謂的令人戰慄的邪惡，就是指這麼一回事。共產主義難道不知道什麼叫作人權嗎？

「敵魔導師呢！」

「正誇耀著反應，在遠方保持距離。」

解說

【卡涅阿德斯船板】是在緊急避難時，在倫理上視為ＯＫ的例子。是在說當只有一個人能獲救時，能否允許有人為了獲救而把另一個人推下海之類的事。

該怎麼做——譚雅就在這時瞬間思考起來。前鋒被敵砲兵壓制的防戰是最糟糕的。可能的話，想下令進行反制砲兵戰或疏散人員……當想到這裡時，野戰用的電話機鈴聲就開始響起。

衝過來的謝列布里亞科夫中尉抬起頭，向譚雅做出報告。

「是梅貝特上尉。請求立刻准許反砲兵射擊！」

「否決！」

謝列布里亞科夫中尉一臉迫切地轉達的話語非常誘人。想讓敵砲兵安靜下來。只要是遭到砲擊的將兵，不論是誰都會深有同感吧。

那怕如此，譚雅還是當場搖頭。

當然，以信條來說想讓部下砲擊。如果能下令把煩人的敵砲兵炸飛的話，會有多麼痛快啊。

很可悲的，砲彈儲備量已達到就連專業笨蛋的梅貝特上尉都有所自覺的底線。已毫無餘力了。

「可是，中校！」

面對譚雅的結論，一旁的副官就像遺憾似的開口。

「請容我發表意見！光是一直遭到砲擊，也會影響到士氣的。」

「不行！」

「至少請允許反擊！」

「囉嗦！手邊的量絕對不夠用！不准再誘惑我了！」

不肯退讓的謝列布里亞科夫中尉臉上浮現的拚命感，自己並不是無法理解。倒不如說，譚雅也在心情上與她有所同感。

這究竟是該高興能與部下共享心情、團結一致呢？還是該感慨自己不得不說出違心之論的命運呢？——是該感慨吧。

遭到存在X玩弄的此身，不幸地也遭到組織邏輯擺布。這是何等悽慘的被害者啊。自己可憐的程度，讓譚雅不禁在心中潸然淚下。

「可是！照這樣下去，很可能會遭到壓制的！」

「沒問題！讓魔導師去防禦！」

去把拜斯少校叫來——譚雅就在這時接著說道。就在拿起聽筒，回鈴音鳴響的數秒間，譚雅自問著「這樣好嗎」？

讓他們警戒敵魔導師會比較好吧？

可是，敵魔導部隊在現狀下貫徹著伴動行為。既然如此，過度警戒他們，讓拜斯少校等人淪為游離部隊的風險會比較大吧。

「中校，我是拜斯少校。」

「副隊長，辛苦了。是工作的時間了。」

「是，請儘管吩咐。」

爽快的回應在這種時候還真是可靠。

「少校，去把煩人的敵砲彈打下來。以魔導部隊進行反砲兵防禦。」

「這種規模的陣地，只靠我們……進行防衛嗎！」

譚雅激勵著提不起勁的心情，特意向拜斯少校丟下嚴厲的命令。如果不是這種狀況的話，自己也會跟他一塊憤慨吧。

就算只是一句發言，人也會受到立場的束縛。就算感慨自由受到職業上的必要性所束縛的現況，這也不是感慨就能解決的問題，所以徒勞感也格外強烈。

「如果是這方面的訓練，有讓你們經驗過了。回想起懷念的本國吧。在大隊編成時，應該有在美好的大自然裡做過才對。」

「中校！兵力密度太稀薄！防衛目標區域過廣，無法靠兩個航空魔導中隊徹底防衛！」

「拜斯少校，我在演習場上是怎麼教你的？該不會，過去的我是教貴官要找人訴苦吧？」

用精神論阻止部下提出合理的反駁，這種人在世上就叫做無能。沒有比自己說出跟這種無能相同的言論還要不愉快的現實吧。

這是個嚴酷的世界。

只能說這就是中間管理職最為悲哀之處了。繼托斯潘中尉後，還得對拜斯少校說著空泛的激勵敷衍他，讓人很想哭吧。

「遵……遵命，下官會盡力而為。」

聽到他僵硬的答覆，譚雅還來不及煩惱「要適當地激勵他幾句嗎？」，戰局就出現變化了。

「範圍內敵步兵正在接近中！」

不知是托斯潘中尉還是步兵部隊的士官。總之下級指揮官大聲喊出的警報讓譚雅抬起頭來。

畢竟打從一開始就在抑制射擊。敵人會前進也不無道理吧。等注意到時，敵兵已逼近到就快能看清長相的距離。要是再繼續抑制射擊，就有著很可能會讓敵人衝進防線的危險性。當然是要全力應戰吧——一想到這，譚雅就注意到一件事。

雖然得多費點工夫，不過些許工夫往往也會直接導致巨大變化。試著做看看也不是壞事吧。

「魔導師，先等等！只由步兵開始射擊！」

「咦？」

就在友軍步兵無視著愣住的魔導師開始射擊時，譚雅就朝著身旁的謝列布里亞科夫中尉笑道

——這是在模仿敵人的手段。

「誘使他們作個好夢。偽裝成魔導師不在這裡，模仿一下偽裝成砲兵不在這裡的聯邦人吧。」

「敵人會上鉤嗎？」

對於抱持懷疑態度的謝列布里亞科夫中尉，譚雅狂妄地回道：

「辛苦妳了，『魔導中尉』，但試著用步兵的心理思考吧。」

「咦？」

譚雅只覺得所謂的魔導軍官，往往都會覺得自己等人能做到的事情「不過如此」而給予過低的評價。既然不是步兵，就算是譚雅也只能推測。不過就算是推測，也能輕易想像得到敵步兵有多麼害怕敵魔導師的橫行。

該注意他們會提心吊膽地仰望天空，查看有沒有魔導師在的行為吧。更進一步來講，一旦想連同分隊一起逃離機槍的掃射，步兵就會意圖躲到遮蔽物的後方。

……那麼，當他們認定沒有魔導師在時，還會有多少人盯著上頭呢？

上頭，是上頭嗎？——譚雅就在這時苦笑起來。

問題一直都是由上頭拋下來的，這是普遍的真理。

「傑圖亞閣下也有以傑圖亞閣下的……真是會強人所難。」

「強人所難？」

譚雅朝著對自言自語產生反應的副官聳了聳肩。

「謝列布里亞科夫中尉，妳這是在慫恿長官洩露機密嗎？」

「不……不是的。」看到副官搖著頭，譚雅就隨口回一句「我開玩笑的」。躲在遮蔽物後方朝著聯邦兵的人潮不斷開槍，對人的精神性不太好吧。

說認真的，這近乎是最糟的勞動環境。

「……就準備反擊，藉此發洩壓力吧。」

只要從遮蔽物的邊緣處窺看，就能看到敵步兵動作愈來愈機敏地朝著這裡逐漸逼近。

簡單來說，就是確實盯著地面，特意忘記空中威脅的衝鋒。雖是有效率的前進，不過在二次元世界結束一切的戰爭，還是留在前現代吧。

畢竟，近現代可是三次元的時代。就趁敵步兵慶幸著沒有遭到術式攻擊，安心地認為「魔導師不在這裡吧」而鬆懈下來的時候發動攻擊。

「引過來了嗎？引過來了吧？……上吧！」

就宛如指揮官先行的精神，譚雅飛了出去。

一口氣取得高度，同時將裝滿術彈的衝鋒槍朝向下方。在槍口與聯邦軍步兵部隊疊合的瞬間，就只是讓放在扳機上的手指悄悄用力。

伴隨著噠噠噠噠的輕快反衝聲響，術彈之雨傾注在大地上。

「怎麼了！」聯邦軍步兵部隊就算想做出反應，也已經來不及了。儘管他們勉強仰望起天空，但恐怕就連發生了什麼事……都沒辦法正確判別吧。

意圖干涉世界的魔導之力在術彈內部顯現。

散開來的爆裂術式為避免造成建築物破損，極力偏向爆炸火焰的輸出，並沒散發太多碎片。

僅僅一擊。然而，卻是經過充分計算的伏擊。

只要在術彈爆炸的同時，無數曾是聯邦兵的各種元素灑灑大地的話，大勢就已定了。

「Clear！Clear！敵兵正逐漸喪失戰意！」

不論是誰都不想死。只要面臨到死的恐怖，就會本能性地想要逃避。就算要以軍紀教練抑制這種本能，也會有個極限。

「01呼叫各隨行人員！不准太過破壞遮蔽物！給我顧慮一下托斯潘中尉。打壞太多藏身處，要去賠罪的人可是我喔！」

「中校！敵魔導部隊有動靜了！是針對我方的對應展開快速反應的樣子。衝過來了！」

辛苦了——譚雅在點頭回應謝列布里亞科夫中尉的報告後，隨即呼叫起正在進行反砲兵防禦的副隊長。

「拜斯少校，是敵人。敵人的魔導部隊來了！」

「總算出來了！」

「就像是遲到的學生呢！在戰爭中遲到很有人類的感覺，非常好。該感謝他們的怠工吧？」

「就是說啊！遲到的傢伙要受到怎樣的罰則？」

是呀——譚雅用力點頭。

「就去陪他們玩玩吧！」

「遵命！能借用謝列布里亞科夫中尉嗎？」

「無所謂。中尉，過去掩護。」

既然把副官送走了，就有必要找個替代品來。不過，所幸如果只是要在地上防衛步兵的話，就不是個難易替代的角色。

就像是剛好似的，譚雅就逮住正在一旁與托斯潘中尉的步兵共同作戰的年輕人，做出邀約。

「維斯特曼中尉，貴官就跟我在地上玩捉迷藏！去把敵步兵趕走吧！」

「遵……遵命！」

很好，譚雅就抓他當替代品，加入殘留敵兵掃蕩戰的行列。不過如果只是要趕走喪失戰意的敵步兵部隊，事情就非常單純。連剛出軍官學校的新任少尉都能在某種程度內勝任愉快吧。

就像是要見識他的本領似的，譚雅觀察起維斯特曼中尉運用魔導部隊的表現，最後在心中的考核表上記下「不成熟」的評語。

指揮手法並不壞，但沒有充分意識到要與托斯潘中尉的步兵部隊進行合作。如果基於這是臨時合作，沒辦法掌握到對方詳細能力的情況，也不是不能給予一定程度的斟酌，但考慮到他們是同一個戰鬥群內部的人員，也能做出「應該要知道」的批判。

不過，譚雅就在這時承認，有必要對評價做出些許的修正……就從教育與經歷來看，這也是無可奈何的事。

不限於維斯特曼中尉，魔導軍官就本質上全都不習慣「步兵運用」。雖說軍官學校應該有教導某種程度的步兵運用，但魔導軍官大半都太過習慣沒有運用步兵的魔導小隊、魔導中隊，這種小規模的運用了。

因此，譚雅就在心中將對維斯特曼中尉的評價改為「差一點滿足要求水準」。

「處理完畢。已完全擊退敵兵了。」

「辛苦了。」

等工作結束後，譚雅就將所注意到的幾點問題向維斯特曼中尉做出忠告。

「貴官很努力，不過要再稍微去理解一下步兵。在魔導中隊的運用上雖然還不成熟，也有某種程度的樣子了，不過要是無法理解其他兵科的動作，戰鬥群就沒有聯合兵種的意義了。」

「中校的忠告，下官會牢記在心。」

「話雖如此，但你表現得也很不錯。不對，雖然也算不上好……實際上，只能說以經驗不足來講，你算是做得很好了。」

雖是嚴厲的說法，卻也是極為適當的評語。

「……感謝中校嚴厲的誇獎。」

能坦率接受評語的維斯特曼中尉，可以說還會成長吧。如果只是經驗不足的話，就靠教育去彌補。有著接受指導、教育熱忱的人才，能教育到一定的水準。

譚雅邊對教育的偉大深受感動，邊讓意識回到工作上，朝著友軍的步兵部隊走去。

「托斯潘中尉在哪！」

「下官在這。」

遮蔽物邊緣突然探出一張戴著鋼盔，略為焦黑的臉。

「怎麼，你也在前線指揮嗎？」

這種愚直的人，不懂得偷懶的認真笨蛋，也得看要怎麼用。

最近在譚雅心中，托斯潘中尉的股價可是漲停板。雖說有很大的理由是因為原本太低了。

不管怎麼說，既然他人就在附近，那事情就簡單了。

「兩位中尉，有工作了。」

「是的！」

答覆就只有一聲。

只有托斯潘中尉的聲音。

「……維斯特曼中尉？」

是的——點頭答覆的年輕軍官，渾身充滿著工作結束後的那種安心感。真是傷腦筋。鬆懈應該就只限於在工作結束後喝咖啡的瞬間吧。

雖然剛剛才誇獎過他，但說不定是太早誇了。唉——譚雅拍起部下的腰。

「要鬆懈也太早了喔，中尉。」

「是的，咦？」

他那「還有敵人嗎？」打算重新提高警覺的模樣，露骨地顯示出經驗的淺薄。當他以敵人的有無改變警戒程度時，就散發著可悲的外行人感。

「這是個好機會，我就在現場重新教育吧。我們要去補給了。」

「咦？中校是說補給嗎？」

面對維斯特曼中尉一臉意外似的錯愕詢問，譚雅點頭回著「沒錯」。

「是去回收失物，可說是愛護自然的資源回收活動的時間。」

環保是基於自私而不得不去做的行為。這擔保了可持續性。只要環保合乎經濟合理性，就會是最棒的行為。具有法律的正當性、經濟的優勢，並意味著市場的均衡。

「維斯特曼中尉，是拾穗。去從敵人的屍體上回收武器與彈藥，然後可能的話也順便回收能用的東西吧。」

那附近一帶就是補給源喔——譚雅朝他笑起。

「對了，目前沒必要抓俘虜收集情報。雖然也沒必要殺掉，但可別隨便靠近讓人開槍喔？」

「……這不正常。」

「你說要正常地戰爭？真是荒謬。」

抓住部下的話柄，譚雅橫眉豎目地警告。

「你是想清廉、正直，比方說保持著理性與平時的模樣，高興地投身在殺戮之中嗎？別開玩笑了。這是壞掉的人的末路。愁眉苦臉，借助酒精的力量參與戰爭，還比較像是個人太多了。」

是感到不服吧，稍微板起臉來的維斯特曼中尉向譚雅發出怨言。

「那麼，就連中校也醉了嗎？」

還真是讓人給看扁了。就算將舉例的事情照著表面的意思理解下來，我也很傷腦筋啊。這是所謂的比喻耶。

「真失禮，要是覺得我看起來像個成人，就去把眼球換掉吧。未成年是嚴禁抽菸喝酒的吧。我當然一直都是清醒的。」

我可沒有會自發性地虐待部下的興趣——譚雅一臉困惑地說出反駁。「最重要的是……」然後譚雅接著把話說下去。

「總覺得貴官好像誤會了，但我可是極為溫和的順應主義者。相信正因為是戰場，才必須要遵從紀律與法規。更進一步來講，也會以相同的基準要求部下。」

「恕下官失禮，我不太懂中校的意思。」

「這話非常簡單明瞭。」

部下往往有著視野狹隘的傾向。從過去的經驗類推，就連像拜斯少校這樣沙羅曼達戰鬥群的資深老手都有著這種傾向，這個事實還真是讓人不由得害怕起來。

不過，這就是戰爭的現實。

正因為置身在戰爭之中，所以譚雅才沒有忘記身為一個人最重要的核心。

「我們是軍人。會因為奉命開槍而開槍，畢竟這是合法的命令。總歸來講，我們就只是依照司令部的命令扣下扳機。有誰會喜歡與人廝殺啊。」

「可是，就算是這樣……」

譚雅苦笑著指出一件事情。

「不想做出類似掠奪屍體的行為嗎？別說這種像小孩子耍任性的話，中尉。我，還有我的部下就只是在工作罷了。會叫你去補給，也是因為有補給的必要，就只是上頭發出的命令產生了進行補給的必要。」

「……那麼，中校的意思是軍方，是軍方下令要這麼做的。」

「怎麼啦，維斯特曼中尉，你是來前線從事愛國志工活動的嗎？」

「下官並沒有說自己沒有愛國心。」

唉——譚雅嘆了口氣。維斯特曼中尉在資質上說不定是塊璞玉，但有著奇怪的思考習慣這點讓人很在意。默默等候指示的托斯潘中尉還比較可愛也說不定。

譚雅把頭轉向托斯潘中尉，直接了當地說出要交代的事情。

「托斯潘中尉，派步兵去巡邏兼拾穗。去回收聯邦軍掉在外頭的土產。」

「去撿掉落物品嗎？下官立刻就去。」

當場回答。甚至不感到半點迷惑。就算是只懂得照命令行動的人，也能昇華到這種程度。看在譚雅眼中，這也是人才是可以培育的顯著事例。總覺得最近發現到投資人力資本的樂趣所在了。

「快看，維斯特曼中尉。這才是基本的正確工作態度喔？」

譚雅向他發出「給我好好記住」的建言，同時轉身面向托斯潘中尉。一面指定所能前往的最遠邊線，一面確認遭受假定敵人反擊時的程序。

坦白說，討論的過程非常有效率。帝國軍的拾穗程序已受到高度標準化，就連像托斯潘中尉這類的人都能依照確認程序直接進行討論。

該高興能徹底落實效率化吧。但老實講，我也不太願意想起帝國軍被迫在這方面上追求效率化的事實。

「話說回來，中校。能提一件有關拾穗的事情嗎？既然難得派出步兵，要不要考慮構築外圍陣地？如果是現在的話，就還有辦法擴張。」

譚雅困惑地回望托斯潘中尉。

提議？那個托斯潘？

「……你說擴張？」

「是的，中校。現在的話，敵人的抵抗也會很有限吧。」

合理來想，考慮構築陣地，以確保空間來爭取遲滯作戰時間的提議也有其道理在。不過，譚雅有太多理由讓她沒辦法答應這個以托斯潘中尉來說很有常識的提議。

「……否決。貴官的戰術判斷很妥當。只不過我們缺乏資材這麼做。說到底，正是因為資材不足，我們才要去借東西回來用吧？」

「日子真難過，居然得靠別人弄丟的東西打仗。」

「就是說啊，托斯潘中尉。我深有同感。」

諷刺的是，有東西的時候沒人，有人的時候東西也不夠。譚雅就像在發牢騷似的，迂迴地朝著部下宣洩不滿。

「深深懷念起補給了。各位中尉，不論是撲克牌還是什麼都好，總之給我去從聯邦軍那邊搶一輛貨物列車回來吧。」

「……那個，中校？」

譚雅朝著愣住的托斯潘中尉聳聳肩，搖了搖頭。

「當我沒說。發這種牢騷還真不像我。」

要是早已習慣的謝列布里亞科夫中尉在的話，就還會以稍微……機靈一點的反駁安慰譚雅的心情吧……期待托斯潘或維斯特曼這兩位中尉，或許是太嚴苛了吧。

不過——譚雅繼續發著牢騷。

「這可是就靠一個戰鬥群在做市區防衛。不免是會讓人想抱怨幾句。」

這最起碼也是該讓師團去做的工作。以戰鬥群進行據點防衛這種事，照常理來想可是嚴重偏離了編成目的。

「我也是人，當然也是會抱怨的。」

不對，但也沒人想聽上司的抱怨吧。譚雅坦率地向什麼也沒說的部下道謝。

「還真是謝謝兩位有禮貌的沉默。各位軍官，感謝了。那麼，就讓我們像個文明人，嚴守時間行動吧。托斯潘中尉，回收就交給你了。維斯特曼中尉，去負責掩護。」

「「是！」」

他們一敬禮完就小跑步衝出去的身影，讓人同時抱持著不安與期待。硬要說的話，是該對部下抱持期待吧。對譚雅來說，由於就只能將手邊的人力資源做最大限度的活用……所以抱持著期待也不壞。

譚雅一面目送部下的背影，一面祝福正漸漸靠自己雙腳站立的他們能有著最棒的職涯發展。我不打算成為會阻礙部下出人頭地的無能。活用能幹的部下及所培育的部下，才稱得上是管理。

儘管對於本是人事部的我來說太遲了，不過該承認我在重新確認到教育可用性的同時，也讓沉睡在自己體內「培育人才」的才能開花結果了吧。

「不足……不足是工夫不足……是不該懈怠培育的努力吧。當然，現場也是有極限的（註：日本在太平洋戰爭時的戰時標語）。」

需求是發明之母，人力資源的不足讓譚雅開拓出新的人力活用方法。畢竟帝國的人員基礎，已脆弱到讓譚雅得抱持著成本意識去「特意」教育托斯潘與維斯特曼兩位中尉了。

真困難呢——譚雅搖搖頭。

統一曆一九二七年六月十八日　東方方面軍B集團司令部——作戰會議室

擠滿B集團司令部作戰室的將校，全都一臉凝重地探頭看著攤在室內正中央的地圖。

這也就算了。

參謀將校看地圖，就像是人在呼吸一樣自然的歸結。

問題就只有一點。

即是在傑圖亞中將作為監察、監督人員坐鎮在名目上的上座，以凌厲眼神尋求發言的睥睨之下，不論是誰都三緘其口這一點。

「各位，請發表意見。雷魯根戰鬥群已被包圍一週以上了喔。」

B集團參謀互相偷使眼色，推卸著這張下下籤。

「雷魯根戰鬥群完全孤立於敵地……」

在浪費不少時間後，總算有一名將校起身說出極為平凡的內容。

「各位，不好意思，能容我坦承一件事嗎？其實我也會看地圖耶。」

因此，傑圖亞中將就像是要速戰速決似的打斷那傢伙的發言。

「倘若再加上地圖上所寫的敵部隊情報，索爾迪姆528陣地很顯然地就只能稱之為孤壘。」

也就是說，聯邦想要奪回鐵路沿線城市的幹勁，也毫無誤解的餘地……明明在南方進行著大規模激戰，卻還能在難以說是主戰線的中央地區調動如此龐大的兵力，真讓人不得不驚嘆。

但也正因為如此，才必須打擊敵人的兵力。就在現在，這個打擊的時機。

「這些事不用特意說明，也只要看就知道了。啊，不過，還是得感謝你親切的說明。」

只不過，面對傑圖亞中將這強烈的諷刺，會議室內充滿的卻是沉默。

「救援計畫的制定會拖這麼久的理由是什麼？」

傑圖亞中將儘管再度催問，卻得不到任何反應。就像難以置信似的，中將的視線在會議室內徘徊起來。

「我們有準備戰力。應該是以應對聯邦軍移動的形式在事前集結完畢了。雖說B集團的戰略預備部隊遭到大規模抽出，但應該也有集結到足以進行快速反應的數量。」

「……閣下，真的就只有必要的最低限度。」

「十分充分的數量不是嗎？」

對於B集團參謀的訴苦，傑圖亞中將冷冰冰地說道。

就算以盧提魯德夫中將為首的參謀本部作戰家偏愛戰力集中原則，但也不至於會放任側面毫無防備。還準備了保有完整編制的裝甲師團與機械化師團、步兵師團這三個師團作為壓箱寶。

「為何不讓部隊出動？」

「既然不允許失敗，就不得不採用高勝算的方式。帝國軍在東方方面的整體兵力情況，我想閣下也是知道的。」

我是很清楚——傑圖亞中將探頭看著地圖苦笑起來。相較於理想狀況，現狀是讓人隱隱生寒。一個師團所負責防衛的區域，是本來要用三個師團才能勉強接受的廣大。

就這層意思上，也不是不能理解B集團的遲疑。一旦投入反擊、滅火用的緊急部隊，就沒有後路了——參謀們的這種危機意識本身很妥當。

如果只靠常識戰爭的話……

不過在這方面上，聯邦軍看似無窮盡的人員基礎，還有在外部援助支撐下的物資數量難以置信的驚人。聯邦軍兵力的人力資源基礎，在過去的敵戰力評價中被太過低估。或是說，超出帝國的常識太多了。

要打倒聯邦兵很簡單。然而，要打倒聯邦軍這個組織是極為困難。

考慮到帝國只要失敗一次就有可能毀滅的現狀，就只能嘆氣。如果說「不能總是成功渡過危橋，立足點就會崩壞」這種事情事不關己，就會是個笑話吧。還真是被逼進相當過分的狀況了。

……不過，總歸來講。

既然不允許失敗，就只要不失敗就好了吧。

是沒有辦法指望永遠地成功下去吧。話雖是這麼說，但這也不表示沒辦法在今天，在這裡獲得成功。

「總而言之，我理解各位的擔憂與現狀了。並基於這種理解，下官要求各位摸索前往『救援』的方法。」

「閣下，兵力過小，救援的勝算也……」

「我們的兵力有限，但時間也同樣有限，給我想起這個事實吧。」

作為戰略家的傑圖亞中將也會對狀況感到苦惱。不過，作為戰術家的傑圖亞中將大都是依靠自己的力量。

最重要的是，他比現場的所有人都還要理解時間與時機的要素。

安朵美達作戰在戰略層面上，是無法允許在進行聯邦南方各都市的攻略戰時，因為B集團的危機讓A集團的尖鋒變鈍的。

「說到底，各位遲疑的原因是什麼？既然確定要前往救援，就該去摸索救援的方式吧。」

「就算有必要，可是該考慮東方整體情勢的要素也……」

「目的，保持B戰線。目標，敵野戰軍。情況非常單純。考慮得太複雜，是邁向失敗的英雄般的第一步吧。」

就在以「你們難道不懂嗎？」的眼神詢問時，傑圖亞中將注意到自己的質問毫無意義。

B集團的參謀，總之就是腦袋與心悖離了。

腦袋是有辦法理解吧。不允許對友軍見死不救。同樣也能注意到B集團就只能以機動戰開出活路這件事。

這裡如果是軍大學的校舍，肯定全員都會一齊選擇賭在機動戰上。

但是，他們的「心」充滿不安。基於B集團的嚴峻狀況而遲疑發起挑戰，是他們並非用腦袋而是用「心」在思考的佐證。

即使講道理，姑且不論他們的腦袋，心是不會被打動的。

……可能的話，是想期待B集團參謀的自發性。然而，要是心已經受挫到這種程度的話，就不得不放棄活用這些「秀才型參謀」了。

傑圖亞中將吞回嘆息，在地圖前再次沉思起來。

要在充分引誘，並趁敵人踏穩腳步之前施以打擊。該貫穿敵人的尖鋒太過不可靠，就連些許的晃動都可能是致命性的。一切全是時機的問題。太早的話會讓他們逃走吧；太慢的話，我方很可能會遭到擊退，並且失去雷魯根戰鬥群。

「決心」——這正是指揮官的責任。

既然要用心，就不要用來迷惘，而是要用來決定。就為了做出一個決定，自己才會待在這裡。我所肩負的是將兵的生命與祖國的命運。

僅僅一人所做出的一個決斷。

要是能與沉重、痛苦還有反胃感無緣的話，那就不會是人了。為了轉換心情，傑圖亞中將抽起從盧提魯德夫中將那邊搶來的雪茄，將冷靜喚回腦袋裡。

有自覺到責任重大是很好，但要是被責任的重大壓垮，就跟B集團的參謀沒有兩樣。這也太過本末倒置了吧。

光是盯著地圖，自然而然會迎來極限。重要的是，要在地圖上畫什麼？

所幸的是，敵人完全上鉤了。

既然如此，作為勤勉勞動者的帝國軍就必須得去努力收割播種的成果。這該視為收割工作的時間吧。

「是時候了吧。」

自己喃喃說出的話語聲，讓傑圖亞中將揚起笑容。這種疑問獲得冰釋，用力卸下肩膀重擔般的快感，還真是難以言喻。

能抱持著「這就是適當機會」的確信，讓人感到無比的可靠。

再來，只要不錯過時機施以打擊就好。單純，目的也很明瞭。

敵人想運用鐵路路線的意圖很清楚，正因為如此，聯邦軍部隊也肯定充分假定了帝國軍會經由「鐵路路線」進行增援、逃離的可能性。

事實上，收到的報告也述說著他們在用心警戒著鐵路沿線。

不過，這也是種拘泥。聯邦軍因為確保鐵路的目的，將焦點集中在鐵路這一條道路上。只要能抵達，不論走哪一條路都行，這種心理準備他們還做得不太夠。

因此，針對現狀下的敵人，迂迴會是最痛的一擊。

要打擊沒有將鐵路以外的選項納入視野，也沒有進行徹底的包圍，而是半吊子地將注意力分散在鐵路上的敵人……就算敵我的戰力差巨大也是有可能的吧。

好機會來了。

用議論消磨時間是不錯，但戰理要求行動。因此，儘管捨不得離開，但就讓我從這裡告辭吧。

考慮到接下來的事，傑圖亞中將就基於安排的必要性把一旁的勤務兵叫來。

「……辛苦了，能稍微麻煩你嗎？」

他以若無其事的語調提出要求。

「我要兩杯咖啡。就送去我的勤務室。同時，能幫我找格蘭茲中尉過來嗎？」

對收到命令的勤務兵來說，這就像是為了離開會議室所點的咖啡。不論是看在誰眼中，都只會認為傑圖亞中將放棄這場會議了。

傑圖亞中將就在這時小心起見地說道：

「儘管議論紛紛，不過看來各位參謀，各位似乎有理解並尊重我的要求；另一方面，我也理解到各位想討論的部分，對各位來說很重要。」

特意以疲憊的口氣在眾人面前深深嘆了一聲。做出會讓人以為是在警告之餘表明失望的態度。

「因此，我就以本國所認可的部隊監察與指導的權限，與議論保持距離吧。等制定好完美的作戰方案後，再來通知我。」

「遵命。」

「很好……我期待各位能盡早得出結論。」

話雖是自己說的，但這還真是過分的詐欺行徑——傑圖亞中將在心中苦笑。

這也是盧提魯德夫那傢伙把能用的將校全拉去重視積極性的攻擊作戰那邊，所造成的弊害吧？剩下來的B集團參謀，儘管不是沒有才智……但偏於保守，而且還染上怯懦，損壞了主體性。是在東方的戰場上太過磨耗了嗎？

這麼說是很難聽，但作為零件已經沒辦法用了。有必要緊急進行大膽的更換。他們喪失了作為參謀將校的精髓，已不能再視為參謀將校看待了。

一宣告會議暫時閉會，傑圖亞中將就快步離開作戰會議室。

那裡已經沒有用處了。

需要的是會採取行動的人。一回到分配給自己的勤務室，傑圖亞中將就伸手拿起桌上的電話。撥出的號碼，是東方軍B集團為數不多的戰略預備部隊的師團長本身的電話號碼。

「克蘭姆師團長，是我，傑圖亞中將。」

「不是在會議中嗎？失禮了，請問閣下找下官有何……」

「想邀你去散步。克蘭姆師團長，讓我們出門一趟吧。」

朝著打算反問「請問要去哪裡？」的克蘭姆師團長，傑圖亞中將以若無其事的語調向聽筒的另一頭投下語言的炸彈。

「就稍微去打場戰爭吧。」

「恕……恕下官失禮……這是命令嗎？閣下。」

對於以平穩語氣說下去的話語，克蘭姆師團長忍不住回嘴，讓傑圖亞中將笑著回道：

「不，正式來講，我這是將對東方方面軍進行戰爭指導與要求的權限行使在師團單位上。你就算拒絕也無妨喔。」

「咦？」

「東方軍的參謀理解並尊重了我的意圖。換句話說，就是會花費充分的時間在會議上。」

所以──傑圖亞中將仔細地向他解釋。以平穩，或是說裝出聽起來平穩的語調說下去的話語是劇毒。

東方軍的參謀太不想動了。戰爭可是一旦決定開打，就要看能如何地迅速揮出拳頭。考慮要慎重，但是實行要果斷。絕不能反過來。

「所以我就決定讓他們盡情去開他們最喜歡的會議。然後，我則是打算趁這段時間，與各位進行一場認真的戰爭。」

「……閣下是在開玩笑的吧？」

「要是這樣的話就好了，但讓人傷心的是，這是現實。」

傑圖亞中將以毫無誤解餘地的話語爽快否定，並打斷克蘭姆師團長遲疑似的話語。

「是戰爭喲，克蘭姆師團長。你意下如何？」

「……是『友軍的救援』嗎？」

當然──傑圖亞中將做出保證。

「目的，保持B戰線。目標，敵野戰軍。雖是救援，但毫無疑問是這些行動的結果吧。」

克蘭姆師團長沉默了一會兒，在微微呻吟後勉強擠出的聲音，傳到了傑圖亞中將的耳中。

「如果是要救援友軍的話……希望至少能了解一下計畫。」

「你是軍官的楷模啊，很好。我就簡潔說明吧。」

正因為是知道何謂名譽的軍人，操弄他對老奸巨猾的軍人來說才會是易如反掌。

參謀將校與師團長之間的差異極為單純。前者雖然也離無能相距甚遠，但就偏愛積極行動的意思上，後者顯著是高人一等。

在用腦袋理解之前，會先用心去理解。非常單純，很好講話。

「基本上是迂迴、迂迴、直擊。還記得我事前要求你們去研究的計畫嗎？」

「是的，戰略預備部隊的所有師團都有基於收到的研討要求進行徹底的調查。我記得那是機動戰的典型例子……」

興奮的語調，就算隔著聽筒也不會讓人聽錯。瞬間就能理解他躍躍欲試。

以機動戰救出友軍！

這是不會有軍人討厭的。縱使帝國軍內有這種沒良心的人在，也頂多是敵軍的間諜吧。

「有與其他師團長協商過了嗎？」

「因為有提出要求，所以有協商過了。」

一名積極的師團長已與周邊協調完畢……只要能出動，這場賭博就跟贏了一樣。

「很好！師團長，我要感謝你。這樣就有辦法了吧。」

傑圖亞中將伴隨著確信，在形式上說出嚴厲的要求。

「我以參謀本部所託付的權限，要求你讓我們的左翼前進，打擊處理敵人的一翼。」

「那麼？」

這終究是形式上的藉口。不過只要有藉口，軍人往往就能採取行動。

「去救援友軍吧。」

「……正合下官所意。請指示。」

就一如身在組織之中的傑圖亞中將的預測，他們被可能「救出友軍」的藉口釣到了。

提供藉口。

這是傑圖亞中將在東方，唯一有辦法動用各部隊的確實手段。

「以機動戰順時鐘展開單翼包圍。殲滅包圍雷魯根戰鬥群的聯邦軍。藉此，防範敵軍在中央地區的反攻於未然。摘除對南方主攻勢的擔憂要素。」

「遵命。」

「對了，還有一件事。不對，這不是要求，而是商量就是了。」

「咦？」

「我會去跟你借一輛車。抱歉先斬後奏了，但還是想知會你一聲。」

這點小事的話是不要緊——在對克蘭姆師團長的答覆道謝後，傑圖亞中將隨即掛斷了電話。

「閣下，失禮了。格蘭茲中尉奉命前來報到！」

正想說要不要催格蘭茲中尉，他人就剛好出現……提古雷查夫中校看來教育得很徹底。仔細一看，連拜託送咖啡來的勤務兵都在一旁等候，細心地在門外待命。

這種程度的話，就可以期待了。

「辛苦了，先坐下吧。」

傑圖亞中將露出溫柔的表情，以彷彿是想找人聊天般的輕鬆感勸年輕的中尉坐下，同時以命令勤務兵準備的咖啡招待他。

「抱歉沒問過你愛喝什麼，就陪我喝杯咖啡吧。」

「這……這是下官的榮幸！」

恕下官失禮了——對以緊張不已的表情伸手拿起咖啡杯的格蘭茲中尉來說，這是一場相當具有緊張感的茶會吧。直到勤務兵離開房間之前，傑圖亞中將也還是平穩地向他微笑著……但目前的時間太過寶貴。

假如這裡不是戰場，傑圖亞中將會表現得再稍微淘氣一點也說不定。

「我就單刀直入地問了，格蘭茲中尉……好啦，提古雷查夫中校交給貴官的部隊狀況如何？」

「沒有問題！正在快速反應待命當中。始終保持著一有命令，就能立刻展開行動的狀態。」

對傑圖亞中將來說，這是足以讓他滿意的答覆。不對，是高於期待。考慮到東方的士兵平均訓練程度的情況，這會是值得震驚的表現。

真不愧是提古雷查夫中校送來的部隊。下級軍官的機敏度，還有即使充滿著幹勁與戰意，也依舊維持著秩序的氛圍。

實在是教育得太好了。以作為暴力裝置的一項零件的軍官來說，他是極其模範。在這個會端上泥水般咖啡的東方，他們就等同是散發著真正的芳香。

「不對，拿來跟這杯咖啡的過分程度相比是搞錯對象了吧。」

「閣下？」

「沒事。只是回想起參謀本部的餐廳罷了。」

傑圖亞中將苦笑起來，就像在述說自己有多辛苦似的向他聳了聳肩。實際上，參謀本部的餐點也很過分。要是只論被丟到最前線附近的傑圖亞將軍的飲食生活，甚至能斷言是左遷後的比較優質。

而會有禮貌地保持沉默，打量自己臉色的格蘭茲這名年輕魔導中尉的存在也是原因之一……不論是身在何處，各地也都有著各地的長處。只要能發現長處，這就意味著偉大的一步吧。

就這點來講，正是手中握有如同珍珠般貴重的一個魔導中隊的事實，讓毫無任何權限，孤身從參謀本部來到東方軍赴任的傑圖亞中將有辦法做出膽大包天的決斷與行動。

「格蘭茲中尉，能勉強你稍微幫我做點事嗎？」

「是的，閣下！」

他擺出一副好心老爺爺般的溫柔表情，說出這句話。

「你就稍微幫我當一下戰車騎乘兵吧。」

「咦？」

在渾身僵住，看似無法理解意思的年輕人面前，傑圖亞中將瞇起眼。看來一拍即響的反應，也是會有極限的。

很好，就再說明一下吧。

「中尉，是戰爭。讓我們開始戰爭吧。」

「閣下是……是說戰爭嗎？」

「啊，不對，用詞應該要正確。實際上，目前已經是在戰爭了……所以正確來講，要說是我們的戰爭吧。」

即使把東方軍牽扯進來，這在本質上，依舊是一齣只有譚雅與傑圖亞中將知道的劇目。在說到「我們」時，不需要特別強調。

這該說是尊嚴，或是說一抹的寂寞。

雖是難以形容的情緒，不過，傑圖亞中將就伴隨著自豪訂正用詞。

「格蘭茲中尉，這是我們的戰爭。怎麼能少了你，少了各位哩？」

「閣下……？」

「怎麼啦，中尉。想問什麼就儘管問吧。疑問可不是該積在心裡的東西。」

「閣下到底想做什麼？」

他的重點抓得很好。迂迴的詢問方式是儘管特意裝作糊塗，也想確認關鍵部分的優秀話術。

「你怎麼還說得這麼見外呀，中尉。」

傑圖亞中將向格蘭茲中尉做出保證。

「是索爾迪姆528陣地。你應該知道雷魯根戰鬥群遭到包圍了吧？這雖是當然的事，但我們要前去救援。」

「那麼！」

態度明顯出現變化的中尉，讓傑圖亞中將打從心底感到羨慕。天真的歡喜，或是「能信任上頭話語」的心境。

不知懷疑為何物的年輕，竟會如此耀眼。

「也就是為了救援轉守為攻。我們要身先士卒。不這麼做，東方軍那些傢伙……怎樣也不會採取行動。儘管想認為這是B集團自己的問題……但他們就只用腦袋理解我方的危機。」

正因為如此——傑圖亞中將解釋起理由。就像對師團長做過的一樣。說明、引發共鳴，然後提供藉口讓他認為——

這麼做是對的。

「拚命感不足。因此，我們要去踢他們的屁股。就讓我們稍微去督戰一下吧。」

「遵命！」

只不過——或許該這麼說吧。

理解指揮官先行的精神，並立刻面露喜色的格蘭茲這名年輕中尉，軍紀教練果然是做得太過徹底了也說不定。

就算說只是徒具名義，但傑圖亞本身的官方身分仍是參謀本部的副戰務參謀長。是絕對不推薦搭乘軍用車前往最前線的立場。

況且，要是還親自配戴著步槍與手榴彈的話，想要不引人注目是不可能的事。會毫無疑問還與高采烈隨行的人，應該會是例外吧。

實際上，一般人應該會感到不對勁。比方說，克蘭姆師團長。

當傑圖亞率領著格蘭茲中尉與旗下中隊抵達出擊前的師團司令部時，前來迎接的克蘭姆師團長臉上……很快就露出困惑的神情。

「嗨，克蘭姆師團長。百忙之際，真是不好意思。」

「閣下，怎麼了嗎？」

「你這話還真是不可思議，師團長。部隊的狀況如何？希望能跟上我的車子，別被拋下了。」

就連武人風範的師團長都嚇到說不出話來的樣子。僵了幾秒，總算是重新啟動的他理解到自己的意圖，大叫起來。

「我們會出動的！閣下！還請你務必留下！」

拜託請留在後方的懇求，以克蘭姆師團長的本分來講是天經地義的反應吧。不過，這樣的話……就沒辦法維持住了。

對傑圖亞來說，現在無論如何都要維持住「參謀本部的大人物」待在前線的狀態。即使是B集團的膽小鬼，也只要這麼做的話，就會猶豫做出丟下「傑圖亞中將」撤退這種胡來的命令吧。

「你是不是誤會了什麼啊？」

傑圖亞中將打量起師團長愣住的表情，向他嘆了口氣。

「克蘭姆師團長，你難道忘記自己是特任師團長嗎？你是認真的嗎？帝國軍自建軍以來，一直都是以指揮官先行作為大前提啊。」

傑圖亞中將維持著極為平靜的語調丟出結論。

「雖說是請求方，但我可是提案人。誰提案的就誰要去做喔。身先士卒也是我天經地義的權利，同時也是明確的義務吧。」

目瞪口呆的少將儘管只要一下子就能恢復過來，不過在這幾秒內，傑圖亞中將早就跳上車，確認起自己的裝備。

「閣下，你是認真的嗎？就算不用演到這種程度，我們也……」

他忍不住發出詢問。由於被問到是不是認真的，所以傑圖亞中將就伴隨著嘆息回答。

「……就讓我說清楚一件事，訂正你的誤會吧。」

聽好，克蘭姆師團長——就像在這麼說似的，傑圖亞中將溫柔地瞇起眼。自己能理解過度認真的野戰將校往往會警戒「被騙」吧。也不是說自己不會耍這種手段。

不過，自己目前也是參與「野戰」的「一介將校」。

「你要認為我是在演戲也好，但面對單翼包圍的好機會，就讓我做回自己……不對，是當個參謀將校吧。你以為我的興趣是用屁股磨亮椅子嗎？」

「……閣下，這次的目的難道不是要湊出救援兵力嗎？」

「想踢B集團的屁股？當然，就是這樣沒錯。」

然後——接著說下去的傑圖亞中將，就伴隨著發自內心的真心話說下去。

「當然，這是救援。目標是敵野戰軍。打擊敵人，救出友軍。除此之外，什麼也不是。」

簡潔的話語中毫無虛假。

對傑圖亞個人來講，他不希望對友軍見死不救。要是有能派去救援的部隊，當然會派去救援。

「就只是順便稍微……沒錯，就真的只是稍微而已。為我被東方軍的各位參謀討厭的事情付出代價罷了。」

傑圖亞中將維持著就像是要在杯中增添砂糖般的語調接著說——重點只要這樣就夠了。

「這就只是要多管閒事，將聯邦軍一掃而空的明確救援行動喲，克蘭姆師團長。減少敵人，幫助夥伴。實在是簡單明瞭。」

沒辦法比這還要更簡潔了——傑圖亞中將向他微笑。

「各位，就讓我們也渾身泥濘的戰爭吧。又不是會討厭衣服髒髒的笨蛋。」

爭論就到此為止了——傑圖亞中將一笑起來，就朝擔任護衛的格蘭茲中尉說道：

「開車，格蘭茲中尉，路上就麻煩你了。」

「是的，全照閣下的命令。只不過，閣下，這輛車好嗎？」

「什麼意思？」

「這就連裝甲車也不是，所以作為護衛，下官希望閣下至少要搭乘輕戰車之類的車輛。」

儘管對一旁用力點頭說「沒錯」的克蘭姆師團長不好意思，但就唯獨這件事不能聽從。因為現在有必要向周遭誇耀將官就在最前線的事實。

「否決。請求是不伴隨責任的行為。最重要的是，為了讓周遭知道我在這裡，我也該拿自己這副身軀去賭吧。公平這個詞彙，就是為了這種時候存在的。」

「太危險了，閣下，至少由我的師團拿出一兩輛……」

「克蘭姆師團長，戰車的速度太慢了。如果只要求速度的話，這是最好的選擇。總之，畢竟也有必要讓部隊迅速展開。不論是戰車騎乘兵還是什麼都好，把兵運過去。」

「這樣犧牲會……」

「我並沒有要你用戰車騎乘兵衝進敵陣。作為步兵的迅速展開手段，讓戰車充當代步工具吧。是緊密的步兵、戰車聯合作戰。」

這是在鐵鎚作戰時得到的戰鬥教訓。

作為重新研究聯邦軍的運用型態，或是說研討提古雷查夫中校的運用方式後所得出的結論，戰車作為代步工具使用「意外地」有效果，這個事實已經由實戰證明完畢。

「一旦發現敵人，就下車戰鬥嗎？」

「沒錯。」

「……我想起雷魯根戰鬥群曾這麼做過的最終任務報告了。」

「是呀，是在那次空降的時候呢。哎呀，讓步兵搭乘戰車迅速展開，進行側面攻擊。這是唯有在擁有遼闊戰場的東方才有辦法做到的戰術喲。」

只是——傑圖亞中將把正要說出口的一句話吞了回去。

戰車騎乘兵、迂迴攻擊，還有包圍殲滅戰術。這三種戰術的搭配，反過來說也是對機動力的過度依賴。

畢竟帝國軍的兵力密度極為稀薄，就連考慮其他戰術選項的餘地都已蕩然無存了。

「總之，一切的勝算都掌握在速度上。克蘭姆師團長，就作為全軍的尖鋒前進吧。」

「遵命。」

「那麼，我們也要前進了。對了，向其餘的師團長再次發出請求。事到如今，也不認為會有師團長感到猶豫吧？」

當天　索爾迪姆528陣地

遭到包圍的部隊指揮官，精神往往都會備受煎熬。正因為如此，為了保持身心的健全性，才不可缺少適當的睡眠。睡眠是精神最好的朋友之一。極少會有人討厭睡眠吧。

所以，除非緊急時刻，否則不准叫醒我的要求，甚至是指揮官的權利。換句話說，就是副官的謝列布里亞科夫中尉把自己叫醒的行為，總是足以作為推測有麻煩事情發生的有力根據。

儘管如此，但還來啊。

「中校，抱歉打擾妳就寢了。是上級司令部的急報！」

副官再次衝進房間把我叫醒。儘管這不是謝列布里亞科夫中尉的錯吧，但要是像這樣接連被吵醒的話，也會讓人想抱怨幾句。真是可悲，就算是小睡般的淺眠被人打斷，一旦是上級司令部的急報的話，身為組織中人就不允許再貪睡下去。

「急報？拿來。」

又要強人所難了嗎——譚雅就在做好覺悟，伸手拿信看起時，對意外簡樸的內文感到困惑。

「發：傑圖亞，致：『雷魯根戰鬥群』，『雷魯根上校』即刻開始『指定』的行動。即刻開始『指定』的行動？就這樣？」

「是的，就只有這樣。」

既然謝列布里亞科夫中尉不知道其他內容，表示這就一如字面意思的只有這樣了。

再度凝視起摸不著頭緒的電文，譚雅思索起來。是自己把用來擾亂敵人的假電報看得太過深奧了嗎？

儘管想認為是心理作用，把這件事一笑置之，但是太過簡明的內文也很讓人在意。

這可是在遭到包圍時，由外部友軍傳來的電文。如果帶有某種訊息的話，這要是看漏了，好一點就是會淪為笑柄；要是弄得不好，甚至有可能會被友軍拋棄吧。

「指定的行動是指什麼啊？」

是某種事的暗喻嗎？或者單純是用來欺騙敵人的假電報？只不過就算跟我說指定的行動……

「……嗯？」

「雷魯根戰鬥群」、「雷魯根上校」、「指定」？

就信文所強調的重點來看，雷魯根戰鬥群與雷魯根上校這兩句，可以理解成是「場面話」。

這樣一來，當然能認為「指定」也是場面話。

也就是說……只要屏除掉這些場面話來看就好了吧。

「即刻開始行動？……行動？」

喃喃自語後，有什麼讓人感到在意。

行動，總而言之是積極的自發性。

在帝國軍的參謀教育中曾無數次的教導過，指揮官的職務是「達成所賦予的任務」，「不是服從命令的形式，而是服從命令的意圖」。

「意圖？……問題是意圖。這則命令的真正意圖是？」

也就是發令者傑圖亞中將閣下做出了怎樣的決心嗎？重點是上司的意圖。而且，譚雅不是會藐視上司決定的那種人。

只要上司說是白的，在公司內就算是黑的也會是白的……雖然無法規避法律的全黑案件就只能換船逃生了，不過傑圖亞中將閣下似乎沒有這種問題，獲得了高得分。

重視法律，善良且現代市民性的自我意識是譚雅的精神。要是發出會違背自己的自由意志的非法命令，就不得不面臨到深刻的心理糾葛。就這點來講，要慶幸還好帝國軍參謀本部富有守法精神。

硬要說的話，就是儘管有許多「讓人不想去做的命令」，但也全都是合法的命令。

是與沒問過我的自由意志，就單方面強逼人去遵從的存在X般的禍害完全不同次元的對應吧。就是這樣，惡魔的親戚才讓人困擾。不對，存在X就連契約條件的說明都會怠慢，所以惡魔還比較誠實吧？

沒有管束這種異物的跋扈，神確實是死了；既然神已死，就只能靠依循自然法則的現代精神來對抗邪惡，進行自我防衛了。

還真是艱苦的世界啊。

不對——譚雅就在這裡甩了甩頭，把思考拉回現實上。

傑圖亞中將閣下是怎麼想的？這必須以思想實驗進行模擬。

「在這種狀況下，如果是閣下的話會怎麼做？」

就將旋轉門、斬首戰術，還有徹底的後勤專家等傑圖亞中將閣下的過去經歷一塊兒加進來思考吧。

他毫無疑問是幾乎肯定會拒絕束手無策地落於被動的性格……是對自主主導權的偏執嗎？等等，既然如此，也能說他偏好以積極的行動打開局面。

「積極性？……即刻是這種暗喻嗎？」

一抬起頭，譚雅就忍不住大吃一驚。該說有可能吧，她明白這是什麼意思了。傑圖亞中將雖然看起來那樣，不過也有著相當偏激的一面。

看樣子，上頭是在要求我即刻開始行動。既然是在要求參謀將校行動？這就只會是「開始作戰行動」、「採取最適當的行動」的命令。義務總是不變的。是要以自己的腦袋想辦法解決問題的自助。也就是說，必須為了打開現狀，去摸索必要的一步。

現狀是什麼？也就是遭到包圍的苦惱。

那麼──譚雅的腦海中逐漸亮起一道光芒。

答案很單純。

儘管一時之間難以接受，只不過，這說不定是有可能的。

「是解圍作戰。難以置信，傑圖亞閣下居然打算在這種狀況下讓軍隊積極地行動！」

只要知道上頭的目標是機動戰，自己的職責也就不容置疑了。

既然期待我善盡參謀將校的本分，那就只會是現在，只會是這一瞬間。

「呼應友軍的行動！」

譚雅下定決心，宣告要即刻起迅速開始行動。

「開始行動！去召集全部隊長！用跑的！」

「中校，話說回來，覆電要怎麼處理？」

對喔──譚雅這才發現自己把這件事給忘了。太過興奮而把單純的事實給忘了。

努力、細心，還有勝利。

組織人的黃金法則，就是如此地單純卻深奧。

「妳很細心呢，謝列布里亞科夫中尉！貴官說得沒錯，要是沒有對傑圖亞閣下的情書做出回覆，可是會被笑說是不懂得將校名譽的傢伙喔！」

很好——譚雅就下令以同樣簡樸的短文回覆短文。

「發：雷魯根戰鬥群長，致：『傑圖亞閣下』，『雷魯根上校』會即刻開始『指定』的行動。以上！」

然後——或許該這麼說吧。

這封電文就經由魔導軍官，毫不延遲地送到傑圖亞中將本人擅自認定為前進指揮所的車上。

「有電報，閣下。是雷魯根上校的了解答覆。」

「給我原文。」

「是的，請過目。」

傑圖亞中將朝格蘭茲中尉用寶珠接收電文後抄寫出來的電文看了一眼，隨即微微點頭。

「發：雷魯根戰鬥群長，致：『傑圖亞閣下』，『雷魯根上校』會即刻開始『指定』的行動？居然就只有這樣……太棒了。」

Gehen

所收到的文章非常單純。

簡潔明瞭。

如果沒有察覺到自己的意思，就不會以這麼單純的形式覆電……是能確信有將行動的意圖傳達給她知道的瞬間。

「一切都很順利喔。格蘭茲中尉，這是好消息。雷魯根戰鬥群有呼應我們的作戰展開做出準備。這樣我們就能挾擊敵人了。」

那麼——格蘭茲中尉就像是理解了什麼似的，向傑圖亞戰戰兢兢地問道。

「……閣下該不會早就跟提古雷查夫中校擬定好既定方針了吧？」

「不，我們什麼也沒有決定。」

「咦？那……那麼，剛剛那是？」

「格蘭茲中尉，參謀將校就是這種生物。」

傑圖亞中將拍著看似無法理解的年輕魔導軍官的肩膀，忽然在心中苦笑起來。會對似乎沒辦法觸類旁通的這名年輕人感到不太滿意，是我對部下的要求水準太高的關係吧？

「記好，中尉。如果沒辦法在必要時了解必要的事，那就稱不上是參謀將校了。」

在「該怎麼做」這點上，有基於共同基礎建立起共識的高級軍官集團。這正是讓帝國軍這個暴力集團以最大效率發揮機能的祕訣。不對，這算不上什麼祕密。

不論是誰，就連三歲小孩也知道——參謀將校正是帝國的精髓。就只是沒有人知道這句話的「意思」罷了。

「你有聽過一部分的人把提古雷查夫中校稱為怪物吧？要我說的話，她那樣可是傑出的參謀將校。」

參謀將校的強處。

就是在具備判斷力的同時，還具備著「察覺行動」的預測可能性。能理解我方的意圖或是攻勢的目的，按照所賦予的目標進行「自主判斷」這種參謀將校的靈活性。

能理解命令的意圖並獨斷獨行的將校所組成的有機性結合體是極具效率性的。

複數的腦袋共為一個頭腦；全為一，一為全。這是參謀本部的理想，是參謀教育的精髓，而野戰的根本也正是如此。

「與其這麼說，倒不如說她是正確的吧？」

參謀將校被期許要能在理想的環境下做出相同的判斷。理解自身的職責，並為了達成大目標而設定目的，獨斷獨行，然後作為結果實現有機性的連鎖反應。

提古雷查夫這名魔導將校是名非常優秀的戰士。然而遠在這之上的，她如實展現出自己是名卓越的參謀將校。這還真是令人愉快。

「哈哈哈，達到這種程度，反倒能說是愉快啊。」

以前還會對把小孩子運用在戰爭上感到一抹苦澀，但要是出類拔萃到這種程度的話，比起顧慮或良心的譴責，甚至是會有一種「爽快感」。

她就是這種人。

既然是這種人，就是要這樣用。

「比起跟那些龜在後方，不開口一一說明就無法理解事情的傢伙，她要來得好溝通多了。一拍即響，還真是讓人相當輕鬆啊。」

將校也終究是一個齒輪。

只要當成區區的零件看待，會成為問題的就只有信賴性與表現。簡單來說，就是能力。能力以外的要素，在戰爭裡就只不過是雞毛蒜皮的感傷。

「難能可貴的將校，優秀的指揮官，總之就是邪惡的參謀家。哎呀，該說後生可畏吧。」

我們現在肯定是在喊著相同的話語吧。

傑圖亞中將愉快地……不對，是打從心底感到歡喜地發出吶喊。對將校來說，哪裡還有如此滿足夙願的事哩？

「開始攻勢！前進。開始攻勢吧。」

[chapter]

V

第伍章

口袋

Pocket

當從鬥志觀點考慮時，就跟槍決提督一樣，
也只能讓幾名將軍在前線倒下。

——漢斯·馮·傑圖亞／時期不詳

統一曆一九二七年六月十八日　東方戰線／救援部隊最前鋒

在一望無際的廣大土地上，那個人造物不過是個小黑點。一點一點散布在大地上的顆粒。要是有人以俯瞰角度眺望著，說不定會認為這些是不值一提的黑點，就這樣視而不見。

不過，一旦靠近的話，就會被其威容給嚇得屏住呼吸吧。那是只能說是極其厚重，作為現代技術精華的裝甲戰力——帝國軍裝甲師團的尖鋒。

是在毫無阻礙的大地上刻下車痕，一路朝著索爾迪姆528陣地突進的集團。領頭的是為了統帥部隊而搭載著大型無線電的指揮官戰車，緊接著是載滿著通訊設備的數輛軍用車。

儘管略為突出部隊，但這也是具體表現出指揮官先行精神的行動。而在大規模裝甲戰頻發的東方，也為了要能及時做出判斷，現場指揮官站在最前線的情況已成為日常，變得不再罕見。

不過，從周邊行駛的戰車與步兵運輸車上不時望來的好奇眼神，深深述說著這對少數保有完整編制且戰歷豐富的裝甲師團將兵來說是非常奇特的景象。

答案只需傾聽無線電傳來的聲音就能立刻明白。

「接敵了。是聯邦軍的防衛部隊！」

警報的聲音對師團將兵來說確實是很耳熟。既然聽到有敵人，就當然會緊張吧，不過這並不罕見……所以不至於會讓人投以奇異的眼神吧。

儘管如此，唯獨今天是人人都帶著些許的困惑與期待在觀望著戰鬥車輛群的反應。

理由就在那名突然從戰車中探出頭來的人物身上。就像要用眼神燒死敵人似的瞪向敵陣，並回頭望了一眼後，他搖了搖頭隨即喊道：

「通知師團全員。重複一次，通知師團全員。這是師團長命令。無視他們！迂迴前進！不准跟他們打！」

不是中隊長，不是大隊長，甚至不是連隊長，他是師團長。

行駛在最前排的克蘭姆師團長的咆哮，透過大型無線電傳送到尾隨在後的所有車輛上。

「不顧一切地往前衝！」

他那就像是在喊「跟我前進」般一個勁地揮動手臂，鼓舞著後續部下的身影充滿魄力。只不過，要是只有他的話，師團的將兵頂多是覺得「我家的老爹還真行」，就稍微看上一兩眼吧。

克蘭姆師團長在發揮指揮官先行的精神親自搭上一輛戰車後，就說出一句「請讓下官隨行吧」，率領著師團開始猛烈突進。

這全是坐在他後方的軍用車輛的後座上，似乎笑得很愉快的傑圖亞中將所播下的種子。

「……哎呀，被克蘭姆師團長奪走我的鋒頭了啊，格蘭茲中尉。我們就像是觀眾一樣。」

「閣下，恕下官直言……」

「什麼事呀，格蘭茲中尉。」

「對克蘭姆師團長閣下來說……」

難道不是傑圖亞中將要親自前往最前線的意志，導致了這種事態嗎？伴隨著這種眼神，擔任護衛的中尉就像是想要說些什麼，看來是不會在戰場上猶豫提出意見的樣子。

提古雷查夫中校這傢伙，到底是怎樣教育的，居然有辦法讓年輕的軍官擁有著能以中尉階毫不畏懼地向將官直言的精神性。她要不是有野戰的才智，我肯定會毫不遲疑地把她丟到後方擔任教育……還真是讓人煩惱。

這是愉快的煩惱啊——傑圖亞中將如此破顏一笑，拍起格蘭茲中尉的肩膀。

「我知道你想說什麼，中尉。不過，前線視察也包含在本官的職務，也就是檢閱官的任務之中。那麼，前線在哪裡？就在這裡吧。」

「請恕下官冒犯，閣下。還請閣下自重。」

「當然，等這件事結束後，我會注意的。」

一領悟到無法讓他回心轉意後，格蘭茲中尉就帶著曖昧的微笑保持沉默。傑圖亞中將一面遺憾他鬧起來不好玩，一面重新看向克蘭姆師團長的戰車。

從艙口探出身子，不顧自身安危的姿態非常勇敢。

「哎呀，他也很勇猛啊。」

傑圖亞中將一面喃喃自語，一面將「本來的話，所有師團長都該跟他一樣」的感慨吞回去。行駛在東方遼闊大地上的車陣，看起來就像是紀律與訓練普遍化的樣子吧。會有多少人知道這很「罕見」啊？

雖說是逼不得已，但靠著大動員過度擴張的帝國軍，一方面讓組織急遽擴人增加職位，一方面加上受過充分教育的將校自開戰以來的損耗，導致了有非常多的缺員無法補足。

實際上，別說是「師團長人事」，就連「連隊長人事」都讓人惴惴不安。B集團參謀的精神衰弱，本來也應該要撤換的。就連能接手的人員都找不到，明確述說著帝國軍的人才已經告罄。

正因為如此，能親自重新確認到像裝甲師團這種重點部隊仍在品質、幹勁的雙方面上保有高水準，是不幸中的大幸。

「這是讓人隱隱發寒的現實。」

既然是要以有限的兵力防衛東方這種遼闊的戰線，就算是為了以最大效率達成任務，也無論如何都不可缺少優秀且積極的將校。

「然而，卻不夠……將校的數量缺太多了。」

這是只要置身在東方最前線，就不容拒絕地不得不體會到的現實。

像提古雷查夫中校那樣的野戰將校，還有像克蘭姆師團長那樣的裝甲師團長，這種能滿足戰前要求水準的人員……在目前的帝國軍中已成為相當罕見的例外了。

因此，就只能準備了。然而，這卻不是一朝一夕就能準備好的存在。要教育出能真正派上用場的將校，無論如何都很費時。就算要從士官中選人昇上來，卻就連士官的基礎也同樣面臨到損耗與人才不足的問題。一旦要在這種狀況下培育能承受住實戰運用的將校集團，將會費上一個世代的時間吧。

不知是該傻眼還是該感慨，帝國在戰前將「受過軍紀教練並徹底教育過的將校」視為理所當然的存在，等到失去後才開始理解他們的真正價值。

本國大半的人，說不定如今還活在幻想的世界裡；甚至深信著帝國軍「就跟戰前一樣依舊是個精悍的組織」。

帝國本國的意圖是希望衝進東方的泥沼。所以，帝國軍就甚至是把將兵胡亂地撒在荒蕪的大地上施肥。

坐在軍用車的後座上，朝周圍放眼望去是一片雄偉的大自然。如果是在觀光旅遊的話，就這樣享受著自然交織而成的宏偉景象也不壞。儘管不是過度支持回歸自然，但也覺得這樣也沒什麼不好吧。

但這反過來說，也只證明了這裡是「一般的未開發空間」。對帝國來說，這裡離故鄉太遙遠了。自己熟悉的故鄉遠在他方，這裡就連邊境都算不上。

「……這裡完全是荒蕪的戰線。」

傑圖亞中將心中的話語，喃喃地從嘴邊滑落。

「有什麼錯了。」

對那難以言喻的什麼感到煩躁，也已經不是一天兩天的事了。

在現況下，帝國軍的作戰目的是確保能支撐戰爭經濟的資源地帶。這我不是無法理解。畢竟資源地帶是個很有魅力的獎盃吧。只要安朵美達作戰成功，帝國的物資狀況就毫無疑問會獲得改善。只要成功，就是非常好懂的的勝利。

也能對開始散發困窘感的後方戰意帶來正面影響吧。只是，不得不補上一句「看在後方眼中的話」是很理想。

攻勢的勝利與占領地的擴大，對現場來說就等同是一場惡夢。只要置身在最前線，會不懂這麼做有多麼沒意義的人還比較有問題。

這不需要運用到多少知性，太過一目了然了。

這一片遼闊的泥濘，哎呀，確實是很優秀的黑土吧。但要是種不出果實的話，就真的只是毫無意義了。

「要是能提高自治議會的農業產量，或許確實能期待獲得多少改善……瓶頸會是肥料嗎？但也沒辦法停止製造火藥。分配比例的拿捏會相當……」

困難吧——思考起天秤傾斜度的傑圖亞中將苦笑起來。

這不是自己現在的工作。

不知是幸還是不幸，自己現在就只是一片置身在最前線的浮萍。

「嗯？」

讓車體突然搖晃起來的震動和無線電中滿是迫切感的叫喊聲。

「確認到敵影！一點鐘方向……是敵戰車！」

接敵。而且還是難以迴避的敵裝甲戰力。移動快速的敵人總是叫人打從心底憤恨不已。

雖然也有做好意外遭遇戰的覺悟，但這是會讓人有點希望避開的那類對手。不過換個角度來想，也能認為這是個能在毫無損耗之下與最為棘手的敵人展開激戰的好機會——如果是要迂迴敵陣，打通前往索爾迪姆528陣地的道路的話，這將會是最好的發展。

「準備應戰！警戒反戰車砲，把他們解決掉！」

隔著無線電傳來克蘭姆師團長勇敢的激勵聲。傑圖亞中將回過神來，凝視起敵情。是敵戰車群。

你打算怎麼做？——望向克蘭姆師團長的車輛……看來他不打算後退。

不過，或許該說這是沒辦法的事。畢竟總不能讓指揮車輛待在最前頭吧。所以戰車小隊就在率先衝出後，為了迎擊敵戰車，描繪起相互掩護的複雜機動。

克蘭姆師團長的戰車也停留在砲戰距離，讓主砲開始發出咆哮。好啦，敵戰車會怎麼樣反應哩……傑圖亞中將就像是慶幸有機會親眼目睹似的重新握起雙筒望遠鏡，然後在翻開記事本時，收到意料外的通訊。

「閣下，請退後。」

聽筒傳來的師團長聲音，說出讓人不得不困惑的話語；硬要說的話，就是不解風情的話語。是打從心底難以理解的那種發言。

「克蘭姆師團長，抱歉，我無法理解貴官這話的意思。」

「咦！」

「為什麼就只排擠我，貴官的戰車也會留下來吧？」

下一瞬間，無線電發出咆哮。

「閣下！這是戰車！是有裝甲的！」

克蘭姆師團長恐怕是吼得臉紅脖子粗吧……所以說，這又怎麼了。非裝甲車輛的話風險會太高的提醒，確實是很正確。

儘管正確，不過也毫無任何意義。

「感謝忠告，克蘭姆師團長。不過，請不用擔心。」

「咦？」

「我有借了魔導師負責護衛吧？他們會把事情搞定的。不用在意我，去戰爭吧。」

朝著說出這話，把無線電聽筒拿離耳邊的傑圖亞中將，格蘭茲中尉就像難以置信似的，口沫橫飛地提出反駁。

「閣下！」

「根據提古雷查夫中校的報告，應該有過將魔導師作為實質上的裝甲運用的戰車騎乘兵的實例，而貴官還是這件事的執行者。」

「可是，當時搭乘的是有裝甲的戰車！」

克蘭姆師團長也好，格蘭茲中尉也好，就只會說同一件事嗎？傑圖亞中將向他蹙眉。

說不定只是最近的人太過拘泥裝甲了……但這也是會讓人對典範感到不安的內容。

「格蘭茲中尉，裝甲是很重要的部分沒錯，但這是技術。極端來講，技術是要運用的東西，而不是要被牽著鼻子走的東西喔。」

「那怕是一發流彈，對這輛敞篷軍用車來說情況也完全不同！裝甲可不是裝飾啊！」

原來如此——傑圖亞中將微微點頭。格蘭茲中尉提出的意見，以他的立場來說非常正確。

支援戰車跟護衛一般移動用軍用車的難度不同，這話是很有道理。傷腦筋的是，傑圖亞中將的立場是絕對沒辦法答應這件事的。

「所以？敵人一開砲，就要我找塊裝甲躲到背後去？這種商量我完全沒辦法答應喔，中尉。」

表情就像難以置信似的僵住的年輕中尉心中，甚至是對自己的魯莽閃過輕蔑吧。

實際上，這很魯莽。

搭乘一般車輛陪同戰車戰，簡直就是個脆弱目標吧。有關自己帶給周遭的人很大的麻煩這點，我在心中向他們謝罪。不過，這是有必要的。

在軍務上，必要的事情……光是如此就足以將一切的行為正當化了。

「中尉。雷魯根戰鬥群的救援是我強行推動的。提案人一旦後退，救援的勝算就很可能會被視為亮起了紅燈。要是提供了這種藉口，救援也會遭到拖延吧。」

「恕下官直言，這是軍方正式的軍事行動！」

「很耿直的答覆啊。」

如果相信的話。

儘管就個人來說，傑圖亞中將不是很熟悉格蘭茲中尉，不過知道他是在那個提古雷查夫中校底下訓練出來的軍官。這就足以認為他是一名久經野戰的軍官，而這種人早就懂得場面話與現實的差距吧。

「你是想主張自己不知道提案人現在要是逃走的話會怎樣嗎？當然，行動會變鈍吧。不再是尖鋒，讓解圍變得沒有把握。」

「這……撤離！撤離！」

霎時間，格蘭茲中尉才正要點頭，就突然臉色大變地叫起。同時，前座的駕駛臉色大變地轉起方向盤，傑圖亞中將也遲了一步注意到異變。

「真不想變老啊，眼睛跟不上念頭了。」

就算做好見敵必戰的心理準備，關鍵的視力卻衰退的話可就毫無意義了。一面自嘲，一面追隨著格蘭茲中尉的視線……前方是疑似正在將主砲朝向這裡的敵戰車輪廓。

居然在敵人面前議論起來，看樣子是在後方待太久了，和平痴呆的情況很嚴重啊。

「魔導師，反砲彈防禦！防禦殼會讓車子被炸飛！不要硬擋，用防禦膜偏離彈道！」

格蘭茲中尉嘶吼起來，共乘的魔導師握緊寶珠。幾乎同一時間，震動般的聲響爆炸開來。是敵戰車的主砲。

「……！」

該說是現代科學與現代魔導的組合引發了奇蹟吧；或者該說，就只有在這種時候才會受到主的庇佑吧。敵彈應該確實是朝這裡逼近了，但或許是彈道被稍微偏離了吧，散發著討厭的破空聲朝著遠方飛去。

他們能在這種距離下偏離水平射擊的本領，真是叫人驚嘆。

……提古雷查夫中校給了我好東西啊。原來如此，也難怪她會非常不甘願地表示「不想給了。她會恨我把人拿走也說不定。

「幹得漂亮，中尉！」

「很榮幸受到閣下讚賞，但還請退後吧！這裡有敵戰車！」

「我當然知道這裡有敵人。不過，這跟下官無關喔，格蘭茲中尉。要說得話，是貴官們要想辦法解決的事吧。」

「可是，那是敵人的新型！」

「正因為是新型才有看的必要。我可是來檢閱的喔？有道是以眼還眼，以戰車還戰車……」

說到一半的話語中斷，拿出的記事本從手中滑落，傑圖亞中將瞪大雙眼錯愕地看著眼前的景象。

儘管是在行進中，友軍戰車仍然猛烈地朝敵戰車發動攻擊；儘管是行進間射擊發射主砲，也還是漂亮地直擊目標的戰車兵，本事很是優秀。

不過，只有一個問題。

「……被彈開了？真難以置信。」

對於聯邦軍的戰車，友軍的戰車砲雖處在砲戰距離內，卻不足以達到效力射；雖然擊中了，雖然擊中了，但敵戰車依舊健在。

如果能順利破壞敵戰車的履帶，就能加以料理；就算敵戰車以裝甲自豪，拋錨後也只要集火攻擊，就有辦法讓它們起火燃燒。不過，這就只是在對無法動彈的敵人集中火力後，才總算是得到的戰果。

……在敵人的裝甲前，友軍的砲彈幾乎就跟無力一樣。

這我曾在報告書上看過。不過，在報告書上看到跟親眼目睹所受到的衝擊是天壤之別。

就連應該是毫無疑問受到友軍戰車的主砲彈直擊的敵車輛，都能若無其事地繼續戰鬥的模樣，是讓人一時之間難以接受的景象。是個就算腦袋理解了，也依舊只能傻眼的空間。

「格蘭茲中尉，那就是那個新型嗎？遇到的機率有多少？依你的體感就好，能跟我說一下嗎？」

「滿地都是喲。儘管都拆到會膩了，但還是這麼多。」

坦然述說的格蘭茲中尉臉上儘管有著厭煩的表情，但也帶著習慣應付的神色。

「……這讓我重新體會到，就算腦袋知道，感覺上也還是會有差異。」

早在數年前，五十～七十ｍｍ程度的戰車砲還被認為是威力過剩且欠缺機動力，所以推薦採用三十七ｍｍ砲彈。

結果現在呢！

居然得認真考慮將超過八十ｍｍ、一百ｍｍ的大砲作為反戰車砲的標準運用！

「戰車也完全是恐龍般的進化嗎？」

面對步兵、騎兵，還有砲兵，少數的魔導師究竟能不能勉強達到實用化？當傑圖亞中將還是傑圖亞中尉時所學到的戰爭，是更加神祕並充滿名譽的事物。

統計的戰爭，總歸來講就是近乎極限地將人類視為可替換的零件，運作著精密且具有有機性，所謂戰爭機器的暴力裝置。

「結果現在呢？」

宛如恐龍般難以置信的敵戰車在眼前嘶吼，我方的步兵與戰車聯手展開迎擊的模樣，在開戰前只會被當作是科幻小說的虛構場景遭人一笑置之。

「新部隊！是聯邦軍的戰車部隊！」

「是聯邦軍的預備部隊嗎！」

「十一點鐘方向也有！是敵人的戰車！」

就算是隔著無線電，傳入傑圖亞中將耳中的戰局也不太樂觀。友軍儘管在眼前勉強料理了敵戰車，卻因為敵人的硬度耗費了相當大的工夫。擊破速度緩慢。無法期待迅速殲滅敵人。

這樣一來，想要突破就是在痴人說夢。

就算要帶入機動戰，我方的衝擊力也太過遲緩。儘管只能迂迴，但是在敵裝甲戰力面前迂迴，就像是在向敵人說「請來截斷我的後勤路線吧」一樣。

就算要以變形蟲般的形狀進軍，也不能一面讓大野狼在背後追著跑。雖然早就知道這會是很勉強的進軍，但應該能保有速度才對。但速度卻比傑圖亞中將所知道的還要衰退，阻擋在前方的敵人是令人生厭的強大。

B集團的參謀會感到遲疑，是因為親身體驗過這些的話，就確實是有他們的道理在。傷腦筋的是，就只是有道理罷了。

「弱化」後還如此強大的敵人。

我軍還能再跟他們對峙多久？

「……該死，沙漏裡的沙子不夠。要怎樣才能添加啊。」

要不是在車上自言自語是我平常時的習慣，我恐怕會驚慌失措的慘叫吧。硬撐下去的精神論也要看是怎麼用的。如果是一小撮的鹽巴，就能用來掩飾缺少的味道……但要是只有鹽巴的話，東西就會難以下嚥。

換句話說，現狀就是非常苦鹹。

「……比想像中的還要柔軟。累積起來的資料派不上用場，還真是難受。」

這雖是沒辦法的事，但就是這樣我才沒辦法喜歡上戰爭。是後方的輿論莫名地太喜歡戰爭嗎？我完全無法理解。

從漢斯・馮・傑圖亞參謀本部副戰務參謀長這個職位來看諷刺的是，愈是去想後方的事情，就讓我愈是憂鬱。甚至無法確定在熟悉前線的空氣後，等回到帝都時，自己還能不能保持著理性。

「是後續部隊！友軍的後續部隊正在趕來！」

得救了——某人大喊著。

友軍的機械化步兵戰力能以對抗敵增援的形式及時趕到，純屬僥倖。儘管這跟分批投入只有一線之隔，不過能以加強後的部隊進行對抗，讓勝算勉強是保住了。

「下車戰鬥！快發動攻擊！」

「反戰車指揮官，開始反戰車戰鬥！」

軍官、士官的怒吼聲氾濫，從車上跳下的步兵迅速地開始參與戰鬥。狀況正逐漸獲得改善。至少，帝國方的戰力獲得加強了。

但相對地，喪失了進擊速度。

「閣下，請退吧！」

面對這聲懇求，傑圖亞中將笑道：我又不是特別想找死。這實在不是自己能留下來說三道四的情況。

如果是混合步兵的戰鬥，那麼前往陣地最前線也不無道理。

「哎呀，我也不是不講理的人。就跟著克蘭姆師團長走吧。」

傑圖亞中將嘿咻地從軍用車上跳下，結果一不小心差點跌倒，不由得向前用力踏穩腳步。光是在用屁股磨亮參謀本部的椅子太久，讓作為野戰軍官的體力嚴重衰退這件事，讓他受到了衝擊。

如果是以前的話，就算要站在步兵部隊的第一線帶頭衝鋒也沒問題；也能夠打近身戰。如果是在自己當中校的那時候，就還有辦法這麼做吧。然而，現在姑且不論念頭，呼吸就先喘不過來了——被迫認清這件事還真叫人難受。

「唯獨這種時候，會羨慕起年輕人。」

傑圖亞中將一面拿起槍抱怨，一面就像不減當年威風似的，依照步兵戰鬥的基本，朝應該是友軍布陣的地帶望去，然後對自己大致上還沒有連作為「指揮官」的感覺都變遲鈍的情況鬆了口氣。要是連克蘭姆師團長等人為了下車戰鬥的人員展開部隊的動作意圖都無法理解的話，自己作為軍官就算是過去的遺物了。

所幸只要站在友軍的陣地上，就能大致明白他們想要怎麼做。儘管如此，偶爾還是會遇到讓人瞪大眼睛的事物。

其中一例，就是在附近集結起來的反戰車砲陣地吧。

「喔，很罕見的運用方式啊。」

「閣下？」

「格蘭茲中尉，反戰車砲……」

不是應該要適當直接交由各步兵部隊持有，藉此進行緊密掩護嗎？——所幸不用問出這句話就能知道答案了。在感到疑惑的傑圖亞中將眼前，他們對逼近而來的敵戰車所做出的對應，提示了問題的答案。

「步兵部隊，不准讓敵步兵靠近！全砲門狩獵突出的聯邦戰車！」

年輕指揮官發出反戰車砲一齊射擊的口令後，十幾門的反戰車砲就一齊瞄準一輛戰車。是在說明只要確保局部性的火力優勢，或是單純將威力提昇到相當於重砲口徑的話，就算是從遠距離也一樣能擊破敵戰車的景象。

「反戰車砲的集中運用，對指揮官的授權……原來如此，畢竟沒理由要老老實實地跟敵戰車一對一單挑，所以那是正確的做法。」

……同時也是假如不這麼做，甚至連反戰車戰鬥都不太會有勝算的佐證。以前可是教導不需要用到魔導師，只要能讓步兵貼近攻擊就有辦法擊破戰車，但如今這已是相當困難的事吧。

正因為如此，感到佩服的傑圖亞中將就向現場的解說人員尋求意見。

「格蘭茲中尉，那種反戰車砲的運用方式，在東方是標準的運用嗎？」

「在我們戰鬥群裡就沒這麼常見了。實際上，由於魔導戰力充實導致缺乏必要性，所以反戰車砲的運用是以反輕型車輛與步兵直接支援為主；不過，火力薄弱，無法以魔導戰力或裝甲戰力讓敵裝甲戰力喪失機能的部隊，就作為應急措施，在集中射擊上找出了活路。」

「是窮極之策嗎？不過，很有效。」

需求是發明之母。技術與運用都是基於需求所產生的。一旦是攸關生死的戰場，無所不用其極的創意巧思就會加速度地進化吧。

現場總是充滿著驚奇。就在我點頭佩服的瞬間，鄰近區域就突然爆出一陣震耳的歡呼聲。

「……是航空魔導師！」、「來了嗎！」、「來得正是時候！」、「準備信號彈！發射！」、「魔導師，我們在這裡喔！」

被士兵大聲稱快的歡呼聲所吸引，跟著抬頭望向天空後，就看到三個編隊。是航空魔導大隊的衝鋒嗎？……這是B集團有在確實動作的佐證。

獲得航空艦隊的支援，就表示這至少不會是克蘭姆師團獨自遭到孤立的軍事行動。

「能暫時鬆一口氣了。東方的部隊也肯動了嗎？」

不經意說出的一句話，是自己的真心話。回過神來的傑圖亞中將在心中苦笑。

『……哎呀，真沒想到會有這麼一天要在實戰中對友軍感到不安』這句話實在是難以啟齒。正因為是毫無虛假的肺腑之言，所以才不得不隱忍不說。

就像是要遺忘內心的糾葛，傑圖亞中將重新望向天空，讚賞起前來增援的友軍航空魔導部隊。

「航空魔導部隊的增援還真是不錯。在親身體驗過他們的救援後，這確實會大快人心。」

儘管沒辦法搖擺機翼，但呼應識別敵我的信號彈做出橫滾機動的模樣，是讓人忌妒的帥氣。有關航空魔導領域，傑圖亞中將有自己是中途參加的門外漢的自知之明。

也難免會有所成見、刻板印象，還有誤解。

實際上……會對東方的航空魔導師在進行作戰這件事感到嶄新的驚奇，也是一種刻板印象吧。

說不定是在選拔第二〇三航空魔導大隊時，被什麼光學系欺敵式騙到的許多東方軍所屬人員的模樣太讓人印象深刻了。

不對——傑圖亞中將就在這裡對心中的評價做出保留。畢竟是打了好幾年的戰爭。只要能活下來，就算不想也會學到最低限度的技術吧。

「學費還真貴。名為經驗的混帳教師，要是能再稍微打點折扣就好了。」

不過，儘管貪得無厭，但經驗也確實是名出類拔萃的優秀教師。有關教育效果超群出眾這點，是任誰也無法否定的事。能正好在場，果然是個幸運的好機會。趁著這個機會，自己也要在現場獲取應該獲取的知識與教訓，才是正確的選擇。

只不過……自己並非航空魔導領域的專家。就算親眼看到，也無法否認自己缺乏理解的知識，不過很幸運的，這次有著經驗以外的教師跟在身旁。

既然機會難得，這種時候就該詢問一下毫無顧慮的意見吧——傑圖亞中將要求解說。

「格蘭茲中尉，這你是怎麼看的？」

「咦？」

傑圖亞中將指著眼前的景象繼續問道。

「我想聽專家的見解。」

「閣下有那裡不清楚嗎？不論什麼事都請儘管詢問吧。」

守候在旁的年輕魔導中尉一本正經的答覆。就算傑圖亞中將在此進行檢閱，在官方上也不會有任何瑕疵吧。不過，這在最前線是會讓人感到不太對勁的態度。

置身在前線的氣氛之中，他為什麼能這麼平靜？

「有關他們的本領，你就毫不客氣地評論一下吧。」

「是航空魔導部隊的戰技評價嗎？要是提古雷查夫中校在的話就好了，可惜自己並沒有具備戰技教導資格。」

謙虛是很好，但那是在後方的感覺吧。

「這並不是正式的測驗。你想的話，不論是要盡情破口大罵，還是要讚不絕口都行。就算要幫我實況也無所謂喔。」

「閣下？那個，你說的實況是指？」

「你沒聽過收音機的實況轉播嗎？哎呀，觀看實戰也會想要有個解說員啊。」

「……這種事下官連想都沒有想過。」

認真的年輕人還真是一板一眼。太過真摯地面對戰爭這種狗屎般的混帳事了。

戰爭是魔物。

就算是軍官也應該只去面對「戰爭」的部分，要是思考起什麼「戰爭的意義」，心就很可能會遭到吞沒。因為玩心很少的軍官，心會很堅硬。堅硬的心是脆弱的心，要是不堅硬就無法保護住心的話，情況就真的很嚴重了。

「我不是說認真不好，中尉。不過，你就稍微注意一下想法吧。」

「想……想法？」

「你是想太多不必要的事情了吧。就我看來，貴官是名相當認真的軍官。戰場可是會將一切逐漸毀掉的地方喔？儘管如此，你卻還能保有理性。既然如此，就等你退到後方後再去思考吧。」

砲彈、砲聲、悲鳴，還有刺鼻的異臭。在人類史上，究竟有多少問答是在這當中進行的啊？傑圖亞中將發現到小小的趣味。

置身在友軍戰車與反戰車砲群在陣地前與敵戰車激烈交戰的戰場上，我還真是從容——傑圖亞中將帶著微微的苦笑把話說下去。

「煩惱是件奢侈的事。因為煩惱會花費時間；反過來說，在沒有餘力煩惱的時候，就別去煩惱吧。就算想太多，情況也不會改變吧。」

也沒理由要特意走在這條道路上，直到一切為時已晚。傑圖亞中將想起環境的要素，微微苦笑起來。可不能忘記他是所屬於那個「提古雷查夫」中校的部隊。

總而言之，畢竟長官是她。既然長官是個連對下級軍官的要求水準都高到難以置信的人，要他什麼也不想，說不定會是個相當嚴苛的要求。

「待在那傢伙身邊的話，這說不定會相當困難……算了，就當作是老頭子的碎碎唸。就算忘了也無所謂。」

傑圖亞中將重新打起精神，稍微揮起雙筒望遠鏡，指向仍在戰鬥的友軍航空魔導部隊。雖然把話題扯遠了，但由於機會難得，所以想聽聽專家的講評。

「言歸正傳吧，中尉。你覺得友軍的航空魔導部隊如何？」

「只論訓練水準的話，還算是合格吧。對地攻擊的模式也不壞。」

拐彎抹角的說法。儘管沒有貶低，但這與其說是評價，更像是相當語帶保留的說詞。說得直接一點的話，語意近乎是完全否定。

「沒有稱讚的理由是？」

「戰術僵化……這種評論說不定是言過其實了。不過，能看得出來就像是只有集中訓練幾個動作的跡象。」

「有根據嗎？」

格蘭茲中尉為了稍作思考而緘默下來。

「……在自己會採取不同做法的局面下，他們不斷做出類似模式的動作，所以才讓我做出這種判斷。」

「你的意思是，他們不是配合狀況靈活自如地採用最適當的手法，而是從『有限的模式』中選擇對應方式嗎？」

是的——格蘭茲中尉點頭斷言。

「反應稍嫌生硬，整體來講動作缺乏意外性。恐怕是只有教導這些動作的速成教育導致的弊害吧。」

就跟西方空戰一樣嗎？不論是哪裡都沒有餘力了。所以，才會想以總之快點趕上的形式補齊人數。

而這麼做的結果，就是逐漸發展出有效運用訓練不足人員的方法……這是理想論。實際上，戰前的航空魔導中隊與如今的航空魔導中隊，能力相差太多了。這全是因為教育時間出了很大的問題。

任務明明就多樣化了，但軍方卻欠缺滿足訓練水準的將兵已久。儘管基於人手不足而採用短期速成教育補齊人數，但這反而讓這個問題變得更加複雜。

導致作戰制定人員所知道的帝國軍能力，與現存帝國軍的能力產生了近乎無法彌補的差異。這個問題已嚴重到束手無策的程度。甚至包含著足以成為頭痛因素的風險在內。

「……如果不介意的話，我想問你一件事。中尉，要是第二〇三航空魔導大隊與那批友軍進行模擬戰的話，你覺得會怎樣？」

「甚至不用同等人數交戰。別說是半數，就算只有三分之一也能輕鬆取勝。」

格蘭茲中尉立刻回答的答覆，是應該要認為他自信過剩，一笑置之的那種大話——本來的話。

然而，只要試著置身在戰場上讓他們護衛的話，就能理解即使是這種大話，也會是一如字面意思的事實。

「真是驚人。」

傑圖亞中將打從心底感嘆起來。儘管腦袋有理解到手上的棋子有多麼優秀……但等到親眼目睹後，則是在另一個次元上感觸良多。

「那麼，反過來讓那批友軍與聯邦軍魔導部隊交戰的話，會怎樣？」

「不會是一場不利的戰鬥吧。如果人數相同，就能打得勢均力敵，或者略占優勢吧。總之，不用擔心會輸。」

「……打得勢均力敵，或者略占優勢？你沒說錯嗎？」

困惑與不安突然脫口而出。帝國軍航空魔導部隊居然會跟聯邦軍的魔導部隊勢均力敵，這簡直是難以置信。

「是的，根據至今所交戰過的聯邦軍水準，下官判斷不會有問題。只要不是遇到傳聞中的聯邦軍近衛魔導部隊，就不用擔心會遭到單方面的驅逐。」

請儘管放心——做出這種保證的他是誤會了。

會擔心與聯邦軍魔導部隊之間的技術差距，是嚴重偏離了事情的本質。

問題很簡單。就只會是處於數量劣勢的帝國軍應該能勉強自豪的品質優勢受到動搖了。勢均力敵即是最為雄辯的凶兆。一比一的擊墜比率，對帝國的人力、國力基礎來說可是個怎樣也無法忽視的數字。如果是這種比率的話，就跟帝國軍在完全溶解之後，也仍然會留下保有優勢的聯邦軍部隊是同等的意思。

「感謝你的解說，中尉。讓我上了一課了。」

傑圖亞中將消除自己的表情與感情，一面有禮貌地說著空泛的謝意，一面用雙筒望遠鏡窺看著。航空魔導部隊所展開的對地掃射，洗鍊到跟開戰前所假定的航空魔導部隊的運用方式就像是不同次元的水準，不過在東方的實戰經驗者口中，這卻是「速成」的表現。

看來是我老了。就連能不能跟上進步的腳步都非常可疑不是嗎？——我不得不在心中強烈地自嘲著。

「總之，喔，看來是收拾掉了。」

傑圖亞中將特意以平穩的語調說道。

「反戰車陣地、航空魔導戰術，還有裝甲車輛群的集中投入。就算很小，但也確實開出了一

解說

【擊墜比率】

指敵我之間的損耗比率。是當我方擊倒一人時，對方能擊倒多少人之類的意思。

道缺口。」

照這樣子來看，還有辦法突破敵人，重新展開包圍機動吧——就在做出評估的瞬間，這項計畫就被打亂了。

「傑圖亞中將閣下！是克蘭姆師團長！」

「給我。」

「傑圖亞中將閣下，航空艦隊傳來惡耗。說是聯邦軍部隊對我方做出反應，正在轉移陣地。」

「喔，有客人嗎？」

「閣下！」

哎呀——傑圖亞苦笑起來。

老在參謀本部磨亮椅子的自己，說不定是對闊別許久的外勤工作感到太興奮了。前線儘管複雜，卻也很單純。比最高統帥會議的氣氛還要讓我喜歡太多了。

「克蘭姆師團長，貴官所謂的危機……反過來講也是個好機會喔。我儘管沒有興奮的意思，但也無法否認是熱血激昂。」

「好機會？」

「固守在陣地裡的敵兵可是大搖大擺地衝出來了。既然如此，我們可是曾在萊茵戰線把這樣的敵人踢到大海的另一頭去喔。」

「哈哈哈哈，可是那次也是相當危險的前進。如今則是比當時還要危險吧。」

「要視狀況解釋吧。我們的側面確實包藏著風險……但只要雷魯根戰鬥群呼應我方的攻勢，逐漸挾擊敵人的話，情況也就不同了。」

「閣下的意思是，包圍成立了嗎？」

「是還沒有。」

傑圖亞中將帶著些許焦躁，補充說道。

「我們就只是掌握到包圍的可能性。而這個可能性，正隨著時間從手中滑落……正因為如此，才必須要下點工夫。」

「閣……閣下是說工夫嗎？」

「怎麼了嗎，格蘭茲中尉？」

「不……真……真是非常抱歉。」

「一旦要在這種狀況下花費工夫……你是在擔心這點嗎？就跟你擔心的一樣，照這樣下去，雷魯根戰鬥群的奮戰與忍耐就很可能只會是戰術上的徒勞無功。」

「能請教閣下打算怎麼做嗎？」

這與其說是詢問，更像是確認吧。只需看克蘭姆師團長凝重的表情，就能清楚知道他做好覺悟了。

因此，我伴隨著敬意向他宣告。

「是誘餌，克蘭姆師團長。」

「遵命，閣下。不過，請容我說一句話。」

「什麼話？」

傑圖亞中將沒有傲慢也沒有不遜到會拒絕辛苦的人提出意見。

「既然有跟雷魯根上校商量好挾擊策略……也要作為事前計畫通知我們一聲才說得過去吧。」

「我沒跟他商量過喔。」

「「「咦？」」」

周遭的人一齊浮現問號，朝自己注視而來的反應，讓傑圖亞中將向他們苦笑起來。

「很奇怪嗎？我並沒有跟雷魯根戰鬥群制定過什麼事前計畫喔。」

「可……可是，挾擊……」

「我並沒有命令他進行挾擊。參謀本部的職務雖是代替上帝保衛祖國，但實在沒辦法在事前預測到這種事態，下達命令吧。但慶幸的是，率領戰鬥群的人也是參謀將校。我只是相信，就算在最糟糕的情況下，他也會做出最低需求的反應喲。」

你相信他嗎？——面對如此反問的師團長，傑圖亞中將開朗地笑道——當然。

「儘管已經說過了，但我就再說一次吧。畢竟，他可是參謀將校喔。」

有學習過共同的典範。況且，那傢伙還是在軍大學被選拔為十二騎士的那種人。

「所以說，這會是必然的吧。」

「那……剛剛的電文是？」

「心理性的偽裝、重擔，還有通知。如果一通電報就能同時玩弄敵人與友方的話，不覺得事情就非常單純了嗎？」

不需要多餘話語的軍官會當機立斷，快速反應，然後毫不遲疑地採取必要的行動。提古雷查夫中校這個人說不定確實是壞掉了，不過作為軍官的她並沒有壞掉。

為了故鄉，那是應該祝福的能幹。

「好了，各位。我在此提出要求。將敵人吸引過來吧。要盡可能地盛大。」

正因為如此，儘管這會是不可能的任務，但就相信她吧——只要我們在這裡吸引敵人，就能讓挾擊成立。這雖是難以稱為戰術的謬論，但既然無法採用正攻法，這就是沒辦法的事。

明知魯莽，也仍要一意孤行。

「那麼，閣下。對於要求，下官就給予正式的答覆。『我等將前往攔截』，重複一次，『我等將前往攔截』，以上。」

簡潔的狀況報告，是明確的報告就該如此般的理想。

儘管如此，卻仍維持著指揮系統上的曖昧性，是很漂亮的一句話。要是再考慮到傑圖亞的立場與狀況，不如說這是藝術性的精華吧。

也就是說，他也下定決心了。

「很好，非常好。『祝你武運昌隆』，以上。」

「遵命！那麼，閣下。請恕下官冒犯，但就讓我們趁著今天這個機會下定決心，作為元帥與上將攻進英靈殿吧。」

「雖不清楚是誰會先到，但沒問題。就讓我陪你吧。」

傑圖亞中將注意到目送他們跑離的自己露出了笑容。儘管沒有鬆懈，但充滿希望的要素也讓心情變得輕鬆了吧。

「……年紀大了，就會意外地變得多愁善感嗎？」

問題堆積如山。

不過，有辦法讓這座山崩坍。

就連要挖空也不是夢想。

活路啊，汝究竟在何處？

「好啦，我也不能輸人。必須再工作一下。」

拿起槍，要前去加入步兵防衛戰的傑圖亞中將正要邁開步伐，一名臉上滿是緊張感的魔導中尉就擋住了他的去路。

「閣下，請退下，不能再前進了！」

「你是想說很危險嗎？這不用你說我也知道，格蘭茲中尉。好啦，現在可是關鍵時刻吧。準備步兵戰。我也是懂得開槍的。」

「請自重，閣下！」

擋住去路，意圖讓自己遠離戰場的格蘭茲中尉是個優秀的護衛吧。很感謝他配合我的強人所難，直到最後都還毫無怨言地擔心著自己的安危。

但是，這我辦不到。

敵人都打到眼前來了，怎麼能就只有自己後退。

「中尉，現在可是關鍵時刻喔。」

「我們會處理的！閣下，還請退下。下官可是奉了提古雷查夫中校的嚴令擔任閣下的護衛！」

「……其餘的師團還沒到嗎？也向他們發出要求吧。要求他們前進。」

「閣下！」

「怎麼能不中彈就後退啊。」

格蘭茲中尉儘管還激動地想說些什麼，但他就像忍不住似的朝著耳邊的聽筒大叫起什麼事來。

「據報克蘭姆師團長負傷後送！現由副指揮官舒茲准將繼承指揮權。閣下，再這樣下去……」

「聽到了嗎？就讓克蘭姆師團長退到後方去吧。」

不允許再爭論下去，傑圖亞中將握緊槍前往最前線。寂寞的是，輕機槍的輕快啟動聲稀稀疏疏。

有鑑於萊茵戰線的戰鬥教訓，帝國軍是近乎偏愛地愛著大砲與機槍……但在東方卻不太能維持住滿足這種喜好的補給網。儘管有製造砲兵用的砲彈，卻沒辦法送到最前線；至於輕機槍，甚至是慢性蔓延著槍身與彈藥不足的情況。

基礎建設癱瘓的事實成為沉重的壓力已久。畢竟光是物資無法送達，就會讓軍隊痛苦不已。這讓帝國軍難以在東方實現以大規模砲兵運用粉碎敵陣地的理想；而步兵火力密度的下降，也讓本就處於數量劣勢的帝國軍步兵部隊的戰鬥條件極度惡化。

結果，讓帝國軍的高級指揮官全都不得不將勝利賭在針對「敵後勤路線」的間接攻擊，還有以迂迴為前提的機動戰上。

而這也是盧提魯德夫中將以南方資源地帶為目標發起的安朵美達作戰會作為大規模機動戰制定的根本原因。除了依照時程表進行的機動戰外，我們已毫無攻勢的勝算了。一如負責鐵路事務的烏卡中校苦著臉吐出的怨言，帝國能容許「誤差」的餘地已經消失了。

暴露出這項矛盾的，即是東方軍B集團的彈藥不足。即使狠狠使喚了老練的時刻表負責人，軍方所能籌出的物資量仍舊是非常危險。帝國軍的現況就是如此嚴重。

只要在前線有過積欠物資的經驗，不論願不願意都能理解到這一點。

「舒茲代理師團長中彈了！閣下！」

「抱怨也沒用。要他們以臨機應變繼續作戰。當著士兵的面，軍官怎麼能抱怨啊。我們就只能維持現狀喔。」

「就連連隊長層級都已有多人負傷！不能再繼續下去了！閣下，請後退！」

「格蘭茲中尉，別再抱怨了。作戰已經開始了。在這種狀況下，你有膽就後退看看吧。這很可能會導致全軍崩壞。如今的狀況可是跟萊茵戰線當時不同啊。」

事前計畫、預置的儲備物質、適當的鐵路時刻表，還有豐富的預備戰力。

這一切，東方全都沒有。

要是中斷一度開始的行動，帝國軍就很可能會在中斷的瞬間瀕臨瓦解。就算很痛苦，也只能繼續下去。

那怕這可能是座危橋，也只能渡過去——否則，就是死路一條。

……因為這是在戰爭。作為難以逃避的命運，我們就只能笑了。

「高級將官死了。這是件好事。能讓後面的傢伙也稍微清醒一下。」

仰賴著受過訓練的士官與中下級軍官的創意巧思，讓將官賭上性命的蠻幹。

這實在難以稱之為戰術。

如果是在幾年前，這是會被我視為「因為愚昧的消耗戰」一笑置之的醜態。要擊敗敵人，還缺少了些許火力；為了補足缺少的火力，而主張起精神論；要是精神論還不夠的話，就只能靠鮮血與覺悟去填補。

……還真是愚昧至極。

「把人引過來！誇耀我就在這裡！把軍旗高高舉起吧！」

「會遭到敵兵攻擊的！」

「這就是目的！無所謂，去做！」

特別是事到如今，自己的功能頂多就是擔任誘餌。

但願能引誘住聯邦軍，讓攻勢獲得成功……早在下賭注時，這就是件非常拙劣的事吧。怎樣都難以說是正常作戰等級的知性。

只不過……就算是死，也不會毫無意義。將能對本國帶來衝擊吧。

如果能將東方窮途末路的情勢伴隨著衝擊帶給後方知道的話……

「……這是我所能想到的最有效的運用方式。將兵的屍體必須要以最大的效率運用。哼，戰爭也達到極限了嗎？」

只不過，正因為如此，現在就只能奮戰了。

「有空說話還不趕快動手！給我回擊！」

軍令，或是上司的強人所難。

不管怎麼說，當察覺到東方的友軍正為了救援索爾迪姆528陣地開始行動時，譚雅就放棄優雅的輪休了。在繁忙時期，加班只要有勞資協議就是合法的。更何況帝國軍人是「公務員」，所以沒辦法怨天尤人。

命令一下，就能讓全體部隊二話不說地進入快速反應態勢，對從事勞務管理的中間管理職來說是理想的狀況。這如果不是戰爭的話就完美了，但這也是沒辦法的事。

嚴格命令托斯潘、維斯特曼等中尉在前線警戒，並為了維持指揮系統，指示梅貝特、阿倫斯兩位上尉在司令部待命。

準備好能專心自由運用部下的航空魔導大隊的狀況後，譚雅就在心中暗自思考起以航空魔導部隊與解圍部隊聯合打通的計畫。儘管很慶幸傑圖亞中將保證的救援部隊出動了，但友軍部隊出擊並不等於自己成功獲救的意思，這對譚雅來說是顯而易見的事。

坦白講，只要翻開歷史，就也有許多失敗的救援作戰。

所以才要豎起耳朵，盡一切努力地不漏聽任何一點消息。錯失機會的全滅，她可是敬謝不敏。

「聯邦軍的通訊狀況出現變化！」

聽到通訊人員大聲喊道的聲音，譚雅就「我等很久了」的抬起頭來。是在司令部等待多時的通知。

貼近聽筒，自己也專心聽起。原來如此，通訊量激增加上全是明碼訊息。這與其說是加密不全，更像是沒有這種餘力吧。

不過，卻聽不懂關鍵的通訊內容。

「謝列布里亞科夫中尉，幫我說明。我雖然也有學過聯邦語……但遠遠不及母語的程度。要聽懂這種帶有口音的通訊狀況，對我來說太難了。」

就從混著大量明碼訊息的無線電狀況來看，能察覺到這不是有大規模的情勢變化，就是發生戰鬥了吧。

不過，卻聽不懂關鍵的「內容」。不對，是不可能聽懂。

畢竟是在監聽驚慌失措的通訊。不只是譚雅，想要靠斷斷續續的監聽母語不是聯邦官方語言的人以聯邦官方語言進行的通訊內容即時判斷狀況，除非是當地人，否則是不可能的事。

就連貼著聽筒，拚命豎起耳朵傾聽的副官臉上都微微冒出了汗水。想要聽懂就是如此困難。

「重要目標？……司令機能？真是非常抱歉，由於通訊狀況混亂，外加上監聽狀況不佳，明確的內容……」

根據沮喪的副官報告，她就只有聽懂片斷的監聽情報。不過，我們並沒有準備正式的監聽設備，只靠著沿用手邊的通訊設備，這樣算是盡力了。

「不過，有可能是友軍的司令部位置洩露了。」

「洩露？……又不是達基亞公國軍，傑圖亞閣下會洩露？這很有可能是誤報吧。或者，難道不是聯邦軍被欺敵部隊騙到了嗎？」

「無法否認這種可能性，只不過，這是很頻繁出現的字彙。」

什麼？——譚雅忍不住探頭看起副官的表情。在問道「沒弄錯吧？」後，她就戰戰兢兢地，不過也毫無動搖地做出肯定。

「哈哈哈，哈哈哈哈哈哈哈。」

譚雅笑出來了。

是甚至能抱持確信的最棒的瞬間。那個……那個傑圖亞中將怎麼可能會犯下失誤，特意讓共匪抓到自己的所在位置啊。

「居然說洩露，哎呀，這還真是優秀的嶄新解釋啊！」

我可以根據經驗知識斷言，一旦是像戰務這樣後方辦公室工作的專家，除了保密外，應該也會精通特意洩露情報的手段。情報可是個就連洩露方式也能發揮創意的東西。

「這是不熟閣下的人的蠢話喔。哎呀，這明明就像是廣大世界的枕邊細語也都該如此的明確邀約……這讓我好久沒有明明是在戰場上卻還笑得這麼開心了。儘管很不謹慎，但這實在是可笑到不行啊！」

難怪俗話會說，掌握一個人的為人，是在判斷時的最佳辨別材料！

甚至還忍不住發出奇怪的笑聲。就譚雅所知，參謀將校全都十分謹慎。在野戰之際，更是陰險到會洩露出其性格的惡劣。

「中……中校？」

「維夏，妳就好好記住吧。」

應該要提醒愣住的副官，小心這種「經由訓練的偏執性」吧。這種時候呢——譚雅帶著滿面的笑容把話說下去。

「不是司令部的位置被敵人找到了，而是讓他們找到了喔。」

這不是在玩文字遊戲，而是主體性的問題。與其這麼說，更該說是對現象的適當理解吧？

「可……可是……假如這樣的話，風險也太大了。」

「妳說得沒錯。洩露司令部的位置，本來會有過高的風險。畢竟招待聯邦軍享用斬首戰術的不是別人，正是我們。」

「……下官無法理解傑圖亞閣下的想法。覺得這樣做太沒有好處了……」

正因為是實戰部隊的謝列布里亞科夫中尉，才會有這種發言吧；正因為她也對聯邦軍有著某種程度的了解，所以才會擔憂。

實際上，聯邦軍、聯邦人，對於針對司令部的斬首戰術「非常」過敏。司令部防衛的徹底程度，可是徹底到會讓人想嘲笑他們難道是躲在洞裡的獾嗎？

「貴官很正派啊。」

「咦？」

「有機會的話，就去調查看看參謀將校是在軍大學接受怎樣的教育吧。簡單來講，就是被教育要率先去摸索別人討厭的事喔？」

儘管是連在生意人之中都很少見的類型，但帝國軍可是有組織性地在特意選拔培育這種傢伙。簡單來講，就是信用與信賴在某種意思上受到擔保的人力資本集團。

……然後，正因為譚雅理解參謀這種生物的思考模式，才不得不選擇行動。

環顧身邊的軍官，就連梅貝特、阿倫斯這些上尉都沒發現到的樣子，但高官拚命到這種程度可是個異常的例子。

坦白說，太過異常到讓人可疑。簡單來講，就是譚雅難以捨棄「這難道不是在製造他有嘗試救援的不在場證明嗎？」的嚴重懷疑。當然，在根本的部分上，她是相信傑圖亞中將。儘管相信……但組織理論有時就連中將這種高級軍人的保證都很有可能毀掉。

「總而言之，反向思考正是參謀將校的基本原則。在這種情況下，傑圖亞閣下洩露的司令部位置就是一盞巨大的掛燈。」

「嗯？」

「好，就來稍微上點社會課。中尉。」

「是……是的？」

在教育性的顧慮下，譚雅以輕鬆的語調詢問部下。

「在聯邦軍面前，帝國軍的反擊部隊洩露了司令部的位置。接下來，情況會有怎樣的發展？好啦，妳覺得會怎樣？坦白說沒關係喔。」

「那個，所以會遭受到聯邦軍的攻擊……」

「完全正確。」

答案非常簡單，答對率毫無疑問是百分之百。

畢竟……司令部機能遭到剷除，然後被包圍、全滅的痛苦經驗，聯邦軍可是充分品嘗過了。認為他們在發現到敵人的司令部後，會毫無想挑起復仇戰的衝動是沒認清楚現實。

復仇的滋味甜如蜜，以其人之道還治其人之身痛快至極。正因為如此，聯邦軍也肯定會對「能打擊敵司令部」一事感到手舞足蹈。

就算推測他們滿腦子都是無論如何都要「打擊」的想法，想必也不會有錯吧。

「那麼就換個問題吧。引誘敵人……假如是特意這麼做的話，會怎樣呢？」

「將能成為完美的誘餌，只是，我不懂這麼做的用意。就算把敵人引誘出來了，我認為也沒有能用來打擊的部隊。」

「謝列布里亞科夫中尉，貴官該不會是變成幽靈了吧？」

譚雅輕輕踢著愣住的副官的腳，「妳的腳不是還在嗎？」微笑說道。她是實際存在的。因此，就在這裡。打著雷魯根戰鬥群這個幌子的沙羅曼達戰鬥群就在這裡……老實說，要是可以的話，真不想被操得這麼厲害。畢竟就以精悍且失去會很可惜的程度來講，我的戰鬥群可是很貴重的。

只不過，也很懷疑究竟有沒有那個價值，讓沒有餘力的東方軍B集團不畏犧牲地強行救出。在這種狀況下，超越上司資質與善惡的組織利益，對譚雅來說是很可能將事情輕易導向殘酷的結論。考慮到萬一，天真地等待救援就會是無法原諒的愚蠢行為。

因此，譚雅選擇採取跟上頭的立場相同的決定。這樣要是有最好的結果就好，就算會是最壞的結果，也還能選擇自我保身。

這事還真是單純。

「不懂嗎？還真是讓我驚訝。要說到能將貪圖誘餌的蠢蛋，從背後悠悠哉哉地一腳踢飛的部隊，確實是存在的喔。」

感受到司令部裡充滿著「在哪裡啊？」的無聲詢問。譚雅嘆了口氣。姑且不論通訊人員與士官，居然連受過軍官教育的戰鬥群軍官都是這種反應。

要是大家能再稍微確信一下部隊確實存在就好了。或許該感嘆，他們太過天真地信奉軍組織了吧？

譚雅忍住想發牢騷的心情，特意以輕鬆的語調把話說下去。

「就在『這裡』喲，各位。」

譚雅就像是咚咚地踏著踢踏舞步般，用腳輕輕踏著地面，接著說道：

「我們就在這裡吧？」

基於包圍的事實，聯邦軍毫無疑問會將索爾迪姆528陣地視為一個點。沒錯，孤立的點是難以成為後方的威脅吧。然而，身經百戰的航空魔導大隊卻有兩個中隊在這裡。只要加上維斯特曼中尉的補充魔導中隊，就是一個滿編的大隊。

要是連補充魔導中隊都帶走的話，就不免會對陣地防衛造成障礙，是太過分了吧……但為了自我保身帶走兩個中隊的逃離行程意外地有辦法正當化，是再好也不過了。

「儘管不願意，但就讓我們好好教育一下共匪，被他們遺忘的大隊尖牙有多麼銳利吧。」

理解到這話是什麼意思的軍官屏住了呼吸。

「中……中校！妳要在被包圍的情況下，從陣地裡帶走第二〇三航空魔導大隊出擊嗎！」

「沒錯。」

梅貝特上尉會傻眼也是情有可原吧。索爾迪姆528陣地可是突出的孤壘。被包圍的也只是人數略為不足的一個戰鬥群。

要是將大部分的航空魔導大隊帶走，防衛戰力就會戲劇性地下降。就算推進陣地的構築進度，將維斯特曼中尉的補充魔導中隊分配給托斯潘中尉的步兵部隊，也實在不認為有辦法在這逐漸半毀的街道上承受住敵人的猛攻吧。

「就辛苦你了，梅貝特上尉。就算要使用我下令保存戰力，現在大概閒得發慌的阿倫斯上尉的裝甲部隊也無所謂。無論如何都要守下來。」

他們是失去會很可惜的人才。

譚雅是打從心底希望他們能防衛成功；同時也為了預防被友軍拋棄的最壞情況，不得不帶領部隊前進。

這樣一來，只要順利的話，就能讓全員獲救；就算失敗，也能讓自己獲救。

「請指示。」

是毫不知情吧。循規蹈矩地保持沉默的拜斯少校就像往常一樣尋求命令，受到他的敦促，譚雅隨即下達命令。

「……航空魔導部隊，要長距離移動了。不過，要將反應抑制在最低限度。我不想讓人發現我們出擊的事。」

「咦？」

「要盡可能採取祕密行動。抑制魔導反應，同時以全速前進。」

不能將部下作為誘餌逃走。這件事必須要做得合情合理。要是不盡量隱瞞魔導部隊不在的事實，拖延敵人攻打陣地的時間的話，他們會撐不下去吧。

救部下也救自己，並順便向傑圖亞中將做出表現。就算是為了獲得三全其美的結果，也不能在這件事上做出妥協。

「在拉開距離後，就從後方將聯邦軍部隊一腳踢飛。這可是上頭替我們安排的最佳時機喔？就從愚蠢的敵兵背後發動襲擊吧。」

要是順利的話，就真的保證會有最棒的結果吧。

「各位，懂了嗎？要在偷偷摸過去後，盛大地打爆敵人的屁股。我可沒理由再多說一次喔？」

當天　聯邦軍包圍第一線附近

對德瑞克中校來說，雷魯根戰鬥群是可怕的強敵。頑強的防衛戰鬥，不時的果敢襲擊行動，最後是頑強的步兵部隊。

就算巡視敵情，不斷監視著想找出有沒有哪裡疏於防備，陣地也沒有任何像是缺口的地方，光是這樣就足以讓他心力交瘁了。

該說就一如譚雅的算計吧。即使是德瑞克中校，也跟聯邦軍一樣認定索爾迪姆528陣地是作為孤壘的一個點。既然已經包圍了，就是作夢也沒想到敵人的兵力竟然會偷偷溜走。

但命運是很不可思議的。

提古雷查夫中校向部隊下達的「為了脫離，要抑制反應」的命令，成為了不可思議的契機。考慮到要一腳踢飛敵人後背的奇襲計畫，這會是極為正當的命令。不對，與其說是正當……更該說是「常理」。

簡單來說，提古雷查夫這名將校的判斷是正統派。不論是在教科書、教範，還是大半的航空魔導將校的野戰感覺上，抑制魔導反應的祕密行動都毫無過失。

不過，伴隨著一點意料外的反作用。

在索爾迪姆528陣地，就跟睡午覺所代表的一樣，為了防止士兵的過度疲勞，極力維持戰鬥能力，會在能放鬆的地方上極力放鬆。

當然，也不會命令駐紮的航空魔導部隊進行全天候的魔導靜默。

然而，譚雅在出擊時嚴格下令「要遮斷反應」所進行的祕密行動，會讓直覺靈敏的魔導師感受到怎樣也無法視而不見的缺口。

所以——就這麼說吧。

是個足以讓在包圍帝國軍防守據點的第一線附近觀察敵情的一名海陸魔導軍官——德瑞克中校在不久後感到不對勁的變化。

「嘖，該死的銅牆鐵壁。鐵路沿線就是這樣才讓人討厭。去他的步兵、砲兵與裝甲的有機性防衛陣地。」

所謂的城鎮戰，受到遮蔽物隱藏防護的敵步兵總而言之就是難纏。這時敵人的砲兵與裝甲戰力再趁機介入……

「嗯？」

聽到自己的發言，德瑞克中校猛然僵住了。

有機性的防禦陣地是很優秀。

由步兵構築、砲兵支援，不時還有敵裝甲戰力作為打擊主力發揮機能的防衛陣地，會固若金湯是很有道理。

但是，少了一樣東西。

缺少了一樣敵人的威脅要素。

「……只有步兵、砲兵和裝甲？魔導呢？」

平時的話，驅趕敵魔導師發起的反步兵襲擊是自己等人的職責。明明是這樣，但今天卻莫名地沒有意識到這方面的事。

為什麼？——就在德瑞克中校想將疑問的答案化為語言時，才總算發現打從方才就一直感到不對勁的原因了。

敵陣地傳來的魔導反應……銳減了？

「他們在哪？」

也不是完全不見了。還有在進行某種程度的活動吧，能讀取到一點反應。不過，跟到前陣子為止的威脅相比，這就只是該稱之為殘渣的微弱反應。就體感來看……是少到極端的程度。

坦白說，感覺就跟空殼一樣。

「那些傢伙，那批該死難纏的魔導部隊不在！」

也該懷疑這是在抑制反應，想誘騙我們過去。典型的伏擊教範上也指出，伏擊的關鍵就在於如何誘敵深入。在爾虞我詐這方面上，帝國兵是名相當優秀的玩家，所以也千萬不能掉以輕心。

……然而，我以直覺理解了。

就跟判斷海風一樣。

比起胡亂多想的腦袋，更該相信本能與直覺。有時心會比腦袋來得更加正確。

特別是在面對惡意與威脅的時候。為了活下去，生存本能發揮了機能。這類的直覺是毫無道理的，但是，極為正確。會嘲笑這不科學的傢伙，不是讓生物特有的感覺麻痺的蠢蛋，就是不知道前線，只懂得紙上談兵的傢伙。

應該是處在包圍下的敵陣地傳來的強烈威嚇感煙消雲散。硬要說的話，就是少了什麼的空虛感。

只要具備戰鬥直覺就能察覺到。這不是埋伏。是他們，那批棘手的怪物離開了！

德瑞克中校忍不住飛奔起來。由於多國部隊這種麻煩的因素，沒辦法一聲號令就展開行動真是急死人了。

要從分配給聯合王國軍部隊的陣地前往司令部，就算是被當成指揮官層級對待的德瑞克中校也一樣會被聯邦軍攔下，還真是麻煩透頂。

「德瑞克中校？失禮了，請問到這裡來有什麼事……」

在戰場上說著這種蠢話，意圖攔下自己的政治軍官，即是官僚主義的典型範例吧。不過，平常時就只會是麻煩事件溫床的政治軍官，就唯獨這次能夠歡迎。只要握有決定權的人在場，事情就會非常簡單。

「塔涅契卡中尉，立刻幫我找米克爾上校過來。」

「找上校同志？……情勢有變化嗎？」

這名政治軍官果然也是不會在這種時候把時間浪費在無聊蠢話上的正常人吧。會說她算是不錯了，原來是指這種意思啊——德瑞克中校感到豁然開朗，同時滔滔不絕起來。

「敵人有動作了。他們暗中讓魔導部隊離開了！」

雖說是少了魔導部隊，但敵陣地還是該死的堅固吧。

敵人的步兵部隊狠毒到令人厭惡，敵人的砲兵技術高超到令人傻眼，至於敵人的戰車部隊則對城鎮戰瞭若指掌。但是，自從在亞雷努獲得證明以來，在市區總之算得上是無限棘手的敵魔導師銳減了。

因此，得到了無庸置疑的結論——德瑞克中校說出這句話。

「敵魔導部隊不知去向！我希望能立刻對敵陣地展開突擊戰！」

只要靠數量讓他們的處理能力飽和的話，就能壓制過去。

雖是殘酷的計算，但能期待確實的成果。這會是能獲得回報的犧牲吧。至少，比起在發動攻擊後，最後卻丟著部下屍體撤退的醜態來得好多了。

「用戰車騎乘兵打過去吧！喂，翻譯在哪！準備出擊！動作快！必須將武器與燃料統統集中起來！」

「請等一下！」

潑冷水的一句話。德瑞克中校不掩難以置信的心情，維持著錯愕表情反問。

「如妳所見，現在可是大好機會！究竟是要等什麼！」

「德瑞克中校，對敵陣地的戰車騎乘兵攻擊應該是以側面攻擊作為例外的禁止手段！我無法容許這種會讓人民性命蒙受不必要風險的野蠻行為。這種一味消耗將兵同志的行動……」

「妳是笨蛋嗎！」

就算知道這樣極為無禮，但還是不得不說。

「看吧！用自己的眼睛看吧！」

德瑞克中校手指著市區外圍地區，伴隨著盡量讓語氣平靜下來的努力把話說下去。

「帝國軍的魔導戰力幾乎全都離開了！現在的話，不對，是唯有現在，才有辦法靠我們與步兵、戰車的配合突破防線！」

「確證呢？」

「確證？妳要什麼確證？」

「你要如何確實證明這不是敵人為了伏擊而躲起來了！」

哪裡會有這種東西。

有誰會要這種東西？

這裡可是最前線啊！

「想要零風險的話，就把軍服脫了！給我埋在墳墓裡永遠安眠下去吧！我們可是在戰爭啊！」

置身在充滿不確定性的戰爭迷霧裡，要在迷惘中抓住最適合的選擇。畢竟，這是一場賭上人命的賭博。總是一直伴隨著風險。

然而，明明就唯獨這一次，能夠毫無不安地發動攻擊啊！

「微弱的反應，運用條件，還有最重要的是狀況判斷！只要看敵人的動作就能確信了。貴官也是將校的話，就給我用戰理判斷！」

「你有想過萬一失敗的話會怎樣嗎！」

「那就是武裝偵察！首先，少了魔導部隊，敵人是不可能維持住所有戰線的吧！應該能攻進一部分的市區！」

「這難以說有勝算吧！你難道不曉得黨的通知嗎？」

政治軍官這種瞧不起人的說話方式，讓德瑞克中校聽了火冒三丈。既然是戰爭的事，就無時無刻都要認真以待。

用不著政治軍官這種胡鬧的障礙物跑來指導多餘的事情。

「是指南方各都市正在激戰的事嗎？正因為如此，我方對敵人施壓也是有意義的吧！我們就是為了這件事被召集起來的！」

「給予該方面的命令是對帝國軍的脆弱部分造成威脅，藉此阻止敵人將兵力傾注在南方各都市作戰上。因此，我們只需要在這裡包圍敵人……」

打斷女性說話，在聯合王國本國是會被人拿禮儀書砸在臉上的行為吧。然而在戰場上，無分男女，混帳就是混帳。

德瑞克中校朝著怎樣都聽不懂人話的傢伙，煩躁地狠狠說道。

「既然如此，確保鐵路路線就會是最優先事項！只要包圍市區就能阻止帝國進軍，但倘若不剷除組擋在眼前的雷魯根戰鬥群，就等於是讓帝國確保了進擊路線！只要攻下來，就能對帝國軍造成莫大的影響啊！」

為什麼無法理解。雖說是政治軍官，但也好歹在軍中掛著中尉的階級章吧！

「為了掩護南方，要以包含多國部隊在內的殘存部隊向帝國軍戰線積極施壓！這才是本來的目的吧！」

雖是激戰，但也是抗衡狀態。只要順利的話，就甚至有把握防守下來——這話我才在幾天前聽過。儘管真偽不明，但只要南方能防守下來……在這裡確實打擊敵人，就會具有更大的意義，為什麼就是不懂！

「這不是我們能判斷的事！」

聽到難以置信的發言，德瑞克中校不由得啞口無言。軍官的職責是做出判斷；是基於判斷下達命令。然後，再背負起責任就好。

但是，不能做判斷？

那麼，是要誰做判斷。

「黨的命令是包圍。我們是奉命要包圍敵人，施加壓力。」

「……妳說要聽從黨的判斷？」

「當然。」

就彷彿毫無疑問的斷言，在戰地聽起來讓人隱隱發寒。假如那就是……那種態度就是聯邦軍中的正確答案的話，有軍官就跟沒軍官一樣。

「政治軍官，請容我說一句話。」

「有什麼事嗎？」

「我是被教導要理解命令意圖的聯合王國軍人。沒有意思要聽從這種嚴重放棄主導權，要人袖手旁觀就只是包圍的命令喔。」

不限於軍官，任何負責指揮的人都必須要基於命令的意圖努力達成目標。所以才需要軍官。不然的話，還要軍官做什麼！

「請幫我轉告米克爾上校。我是聯合王國的軍人，只受到兩國同意的作戰目的約束。沒有理由連我都要聽從貴國的共產黨命令。」

「在西方陣營的記者面前，我難以接受會有損我等尊嚴的提案！」

「政治軍官，儘管失禮，但就讓我再說一次。我們可是在跟帝國軍戰爭喔！」

「就誠如中校所言。我們是在戰爭喲！」

跟政治軍官大聲對罵是浪費時間至極。就連在這一瞬間，比黃金還要珍貴的時間也在逐漸流逝。當我們把時間浪費在爭論上的時候，勝利很可能就會從眼前溜走了。

「那麼，只要戰車就好！魔導師就只由我們聯合王國部隊去做！派出貴軍的戰車部隊！之後的事，我們會和他們一塊搞定！」

「辦不到！這種獨斷獨行會打亂軍隊秩序的！」

「夠了！抱歉，我有話必須要跟司令部談，而不是隨隊政治軍官！請幫我聯繫米克爾上校！」

軍官學校有教導過不要感情用事。如果德瑞克中校忘了箇中理由，或許是他也在東方過得太累了。

「就連萊茵的惡魔都不知去向喔！現在絕不能放過這個好機會！要立刻展開全面攻勢！」

因為些許的掉以輕心，他朝著不明事理的政治軍官大聲咆哮。也沒確認這話會被誰聽見——這是致命性的失誤。

唧——因為這奇怪的掉落聲忍不住回頭的德瑞克中校，隨即就見到那個臉色大變，沒發現自己摔落了水罐，還緊握著拳頭的年輕魔導中尉的身影。

是在這裡，在這個時機，最不該出現的人。

「……那傢伙……跑了？」

一切都已經太遲了。

「蘇中尉？蘇中尉！」

她毫不理會德瑞克中校意圖制止的叫喊，衝了出去。早就知道她不是那種會就這樣回到房間裡老實待著的傢伙了。

「該死，那個輕舉妄動的死丫頭！」

就連要把時間花在政治軍官身上，都已經不可能了。總之，必須制止她——德瑞克中校追著蘇中尉的背影跑了起來。

然而，她就只有在這種時候莫名的機敏。只要目睹到看似正在全副武裝待命中的義勇魔導師還來不及阻止，她就起飛升空的景象……就很顯然地是沒有成功阻止她的失控吧。只要注視起她打算前往的方向，她的路徑也會明瞭無比。似乎是要繞過敵陣地的長距離移動行程。

「怎麼會！她打算追上去嗎？」

就算是失控，要是方向性不一樣的話倒也就算了啊！

「朝陣地衝過去不就好了，居然特地跑去追敵魔導部隊嗎？在這種時候！」

德瑞克中校痛罵著，同時立刻下定決心。

事已至此，猶豫可是大敵。就老實放棄敵陣地攻擊吧。把這裡的包圍交給友軍，去跟棘手的魔導部隊正面對決。

坦白說，真不想打。打從心底的不想。

居然要獨自跑去跟敵防衛部隊的主力交戰，腦子沒問題吧？

無須捫心自問，答案就很清楚吧。這恐怕是最糟的決定。會遭到眾多的遺族怨恨吧。

甚至能輕易想像得到人們悲痛的身影。被遺留在祖國暖爐前的他們肯定會問：『這個無能的長官，究竟為什麼要毫無對策地衝向敵人的主力啊？』

不過，單以戰術來說，這也是牽制「敵主力」的軍事良機。

既然只能做的話，就只能去做了。

「通報HQ！我們要基於獨斷獨行，追擊疑似出擊的敵雷魯根戰鬥群的魔導部隊。」

如果只看這氣勢十足的詞句，肯定會認為他們對追擊戰是幹勁十足吧。但如果收到通訊的人是米克爾上校的話……希望他能理解德瑞克的心情。

「這裡就交給我們了！」

我並不喜歡順著情勢的行動。不過，凡事都有著它的趨勢。這是無法否定的事實。

同時　東方戰區空域　第二〇三航空魔導大隊最前頭

以打通為目的，靠著隱蔽航程一路前進的大隊是打算讓自己等人一腳踢飛敵人。從背後偷偷踢飛敵人的是我。

這是天真的確信，但卻在出擊之後隨即遭到動搖。

「中校！敵人有動作了！」

「什麼？太快了吧。」

聽到副官這麼說，譚雅以半信半疑的表情回應。

第二〇三航空魔導大隊可是很擅長玩捉迷藏的。就連譚雅這種能在當代帝國軍中進入前五名的魔導師，想要讀取認真躲藏起來的部下的魔導反應都極為困難。

自從萊茵戰線的壕溝戰以來，就不斷鍛鍊著隱藏技術。就算啟動九十七式這種雙發規格的寶珠，魔力也不可能會外洩。

敵人會因為這點間接性地採取行動，對譚雅來說恐怕是連想都沒有想過的事。因此，她不得不困惑。

「也就是儘管我們採取了魔導靜默，卻依舊被察覺到了嗎？」

本以為還要再過一段時間，友軍陣地才會遭受攻擊。要是敵人這麼快就掌握到魔導大隊主力不在的情況，就讓人擔心起陣地的安危了——譚雅能像是「事不關己」般的煩惱，也只到這裡為止了。

「中校！快看！」

「追過來了！」

副官指著一點一點宛如豆粒般的黑點。才想說那些黑點升空了，接著就毫無疑問是朝自己的方向衝來。是敵人，是敵人的魔導師。
別開玩笑了——譚雅忍不住大叫。
「怎麼會，是要來追我？正常來講，都是朝沒有魔導師的陣地衝去吧！」
將魔導部隊帶離防衛陣地，就像是在鬥牛面前揮舞紅布一樣。敵人會毫不迷惘地湧向陣地才合乎道理。譚雅甚至認為敵人一旦發現第二〇三航空魔導大隊脫離，就會立刻展開全面攻勢。
「……難以置信，真的朝這裡來了。」
甚至在出發前的階段，拜斯、阿倫斯、梅貝特等資深指揮官也異口同聲地說出了同樣的擔憂。正因為如此，以譚雅為首的沙羅曼達戰鬥群——不，是雷魯根戰鬥群才會徹底做好離開時的防戰準備。
當然，譚雅的腦袋並沒有樂天到會認為能一直瞞住敵人魔導大隊不在的事。只不過，也沒料到會在這種時候曝光。
「儘管有做好遲早會被發現的心理準備……但作夢也沒想到竟然會追過來。」
自己要是敵方的人，才不會毫不迷惘地追擊「棘手的敵人」，而是會跑去攻打「棘手的敵人不在的陣地」。
到底是發了什麼瘋才會往這裡衝啊？
「……早知道敵人會往這裡來的話，就採取不同的手段了。」

會向旗下部隊發出「死守命令」並同時在「外部」戰鬥，最終來講就是為了預防「最壞」的情況，打算做好保險。

雖是最糟糕的辦法，但意外地也會有不少人因此活下來。譚雅有做好自我保身的覺悟。想要活下去，這種百折不撓的意志毫無動搖。

因此。不論情況如何發展，這應該都是個美味的立場……但要是被敵人追擊的話，立場與前提條件就會顛倒過來了。

要一面與傑圖亞中將的攻勢會合，一面遭受追擊，可是前門拒虎，後門進狼。真想抱怨這也超時工作過頭了。

——但是，就只能做了。

這裡是戰場。很可悲的，這是個不文明的世界。向這個不是靠文明的討論，而是靠受到管制的暴力講話的世界降下災難吧；或是向存在X那類的傢伙降下災難吧。

不論是要提出抗議，還是要投訴怨言，都必須要等活著回到後方後，才能將堆積如山的文件砸過去。

「拜斯少校，解除魔導靜默，全力以赴做好應戰準備。壓箱寶的反魔導狙擊術彈也儘管拿出來用。」

「遵命！解除魔導靜默，全力應戰敵追擊部隊！」

也曾在心中暗自期待過——如果是聯邦軍與聯合王國軍這種雙頭體制的奇美拉的話，或許會因為有兩個腦袋的關係，所以決斷也會下得很慢吧？

看來是打錯打如意算盤了。

既然只能打的話，就在這裡開戰吧。

只不過，不能停下腳步。

「拜斯少校，要應戰是沒問題，不過要一面引誘一面前進！等追擊的敵人追上後，再跟他們打！」

「要一面被追一面前進嗎！」

朝著錯愕的部下，譚雅「當然」的點頭回道：

「停下來會出問題的！前進！前進！根據必要，一面回擊一面維持速度！」

為了打通的衝擊戰力要是在這種地方停下來，也未免太本末倒置了。首先，不發揮艾連穆姆九十七式突擊寶珠的速度與敵人混戰，就只是在浪費時間。

就在下達完一面甩開敵人，一面貫徹射擊戰的指示後，譚雅就在副官的叫喊下回過神來。

「敵人，闖入射程圈內！」衝進射程圈內的是一個中隊規模的敵魔導部隊。

儘管知道要從抑制魔導反應的狀況下提昇到最高戰鬥速度會有著些許的速度差，但就算是這樣，速度也太快了。

居然是疑似一個中隊的部隊率先追上來，真叫人不得不感嘆。甚至沒有採取迴避機動，就這樣筆直衝了過來，還真是一批乾脆的鴨子。

「就以現代的風格，讓舊時代的勇者接受長距離射擊的洗禮吧！這次要連同防禦殼都一起打穿！」

譚雅的命令一下，兩個中隊隨即回擊。數量、品質皆屬當代第一的射擊，漂亮地直擊追上來意圖發動衝鋒的敵魔導中隊，讓敵兵灑落在聯邦的大地上。

然而，戰果卻不如譚雅的預期。

儘管打算一擊剷除半數，擊墜的卻只有寥寥幾人。前排那個疑似軍官的豆粒，明明應該是成為集火對象，遭受到部下好幾發的直擊了，卻依然健在。

就算扣除長距離射擊的情況，這也還真是頑強至極。

「嘖，真纏人！這群跟蹤狂！」

譚雅邊咂嘴，邊為了顯現能打穿敵防禦殼的術式而選擇光學狙擊術式，並就在要進行齊射時，注意到敵人的超長距離射擊。

是突出的敵中隊的後續部隊，有一部分停下來狙擊我們嗎？仔細一看，發現敵人似乎也湊齊了一個大隊程度的數量。用兩個中隊對上完全充足的一個大隊，真讓人不太想打。

不過，就算是短暫交鋒，也能清楚明白對方也不是好惹的傢伙。

「闖進中近距離的距離內了！以聯邦軍來說，速度相當快。太快了。」

「識別清楚，少校。他們是多國部隊。總之跟聯邦體系不同，也具備著速度。要是被這種輕快的傢伙纏上，可就沒辦法工作了喔。」

就只能打了——譚雅下定決心。拜斯少校察覺到她的意思，微微點頭，譚雅輕敲了一下他的肩膀後，就與謝列布里亞科夫中尉組隊回轉。

為了狩獵敵人突出的中隊，兩個中隊隨即重新組成一絲不亂隊列的本領讓人為之傾倒。

而遭受到確保了局部的數量優勢，為了擊潰敵部隊奮勇挺進的第二〇三航空魔導師突擊，敵中隊命運也極為悲慘。還來不及克服從追擊方淪為遇襲方的心理衝擊，大半的人就在發揮方才的頑強度之前為國捐軀了。

讓人傻眼的是，疑似粗心地帶隊突出的敵軍官依舊健在。

「那個狗屎般的敵人是怎樣啊！」

是靠著個人的力量突出戰線嗎？

對此感到難以理解的譚雅，沒有理由蹙起眉頭，也沒有理由要一一煩惱。該對被這種三流軍官帶領的敵兵由衷表示哀悼之意吧，但首先得要讓自己活下來品嘗勝利的滋味。

現在必須重整應戰體制，迎擊衝過來的敵後續大隊。

「02呼叫01，急報。後方有敵人的新部隊！是聯邦軍！」

「什麼！」

副隊長傳來驚天動地的警報。

「怎麼會！就連共匪都這樣！他們到底在想什麼啊！丟著市區不管，跑來追擊我們！」

就算想在重整態勢之後迎頭痛擊敵人，一旦以數量劣勢應戰，就無論如何都會減緩速度。基本上，難以理解他們為什麼要追來。

他們到底為什麼會丟著索爾迪姆528陣地不管啊。

儘管困惑，但既然這是現實，也就不容許無視了。真棘手——譚雅儘管開始想方設法，不過敵魔導師並沒有禮貌到會放任她在那邊悠哉地想事情。

「敵魔導師就交給我！這就去擊墜他們！」

「就交給妳了。要速戰速決！」

趁著一旁的謝列布里亞科夫中尉衝上前去應戰，替自己爭取時間的空檔，譚雅重新掌握起狀況。

就朝戰場匆匆一瞥看來，聯邦軍的速度並沒有很快。跟前陣子交戰的老傢伙是不同系統嗎？儘管過度自信會很危險，但在現狀下應該可以判別是裝備慢速類型的寶珠。

這樣一來，就愈來愈想趕快離開了。

聯邦軍、聯合王國軍的混合部隊是打算由速度快的快速部隊追上來纏住我們，等我們被攔下來後，再由本隊施加痛擊吧？既然如此，配合他們應戰就是愚蠢透頂。

能追上我們的快速部隊已在某種程度內痛擊完畢。果然該脫離吧。

「拜斯少校，再次脫離！沒道理要同時應付著約翰牛與共匪！」

「可是，會繼續被纏住的！」

「比起陷入混戰而被攔截下來要來得好多了！」

「……遵命！」

看來是完全明白了吧。他迅速開始統整部隊的手腕，真不愧是資深老手。雖然我這邊也不能輸，不過這種事只要交給副官處理就好。

「嗯？」

自己忽然發現，謝列布里亞科夫中尉的身影不在附近。不對，因為她接下迎擊敵人的工作衝出去了，所以就算人不在身邊也沒什麼好不可思議的……不過「她沒有回來」？

「謝列布里亞科夫中尉？妳還在玩嗎？」

就算用無線電呼叫，也沒有反應。

正奇怪她是跑到哪裡去了，譚雅的耳朵就捕捉到一道斷斷續續的聲音。

「甩……不開……」

氣喘吁吁的通訊，讓譚雅確信情況有異。那個副官竟會毫無餘力，這可不是尋常的事態。

暫時切換思考，為了擊墜僅僅一名的敵人集中戰力；在探查位置，識別出目標後，隨即毫不遲疑地決定全力攻擊。

「掩護謝列布里亞科夫中尉！支援射擊三連發！」

指示著實為兩個中隊的部下同時射擊，一齊攻擊目標。

「確認到敵影！依舊健在！」

「快閃開，中尉！爆裂術式三連發！以壓制優先！」

「敵人，加速！」

「朝腦袋打下去！擋住去路！」

難以置信的是，就連這樣都還不足以擊墜。方才儘管受到好幾次的直擊都依舊健在的情況也一樣，防禦膜與防禦殼超乎常理的堅固無比。

儘管如此，速度卻很快！是跟聯邦軍式不同系統嗎？又硬又快的敵人是最糟糕的。如果再加上謝列布里亞科夫中尉也無法壓制的技術水準，就會凶惡至極。不能置之不理，但對策卻是該死的有限。

譚雅朝手邊作為備品持有的艾連穆姆九十五式看了一眼，煩悶起來。儘管不想使用這個，但是不得不用吧。

該為了保存人力資源，將自己的心理衛生消耗到何種程度，這個問題總是考驗著身為管理者及使用者的倫理性。

關於這點，譚雅也很煩惱。

不過，考慮到失去副官後所可能產生的新溝通成本，就足以容忍一定程度的犧牲。

「主啊，請以聖名擊退神敵，為世界帶來安寧吧。」

譚雅說出充滿該死清新感的詛咒話語，以驚人的展開速度顯現光學狙擊術式。將就算是聯邦軍的新型恐怕也能一擊撕裂的攻擊多重顯現，投射。

總之是擊墜了……本來應該會是這樣的攻擊卻落空了。

「射偏了……不對，是又被避開了！」

這對對精度、威力都抱持著確信的譚雅來說，有種遭到背叛的感覺。該死的艾連穆姆九十五式，難道是個光只會侵蝕精神，卻連個像樣成果都拿不出來的廢鐵嗎？

「……主啊，請將吾敵擊落大地。以主之力，為世上帶來平安！」

挾帶著煩躁，再次提高威力與精度顯現出術式的一射。這次保證是直擊路徑。

事實上，是直擊了。

應該是直擊了。

「怎麼可能，剛剛應該是直擊了吧？」

儘管如此，卻讓譚雅有點不知所措地搖了搖頭。眼前的光景，讓她不得不根本性地懷疑起自己的一擊有直擊敵人的事實。

這是特意使用反魔力規格的魔導狙擊彈顯現的狙擊術式，是理當就連防禦殼都會像用加熱過的小刀切開奶油一樣遭到突破的攻擊。

就連九十七式的防禦殼都能確實打穿，這種攻擊的直擊卻被彈開了？

「到底是怎樣的強度。開玩笑也要有個限度啊！」

譚雅破口大罵。只不過，腦袋很快就放棄以個人對抗。想要趕緊救出謝列布里亞科夫中尉，從這裡脫離。

陪他們慢慢打下去的時間，是一秒都嫌多。

「飽和攻擊！轟炸空間！用一氧化碳中毒擊墜！」

「會被波及的！」

沒空向驚慌失措的拜斯少校說明，譚雅一用無線電呼叫自己的副官，就直接宣告。

「只要不被直擊就沒問題了吧！維夏，有聽到吧！給我躲開！」

「等，遵……遵命。」

一得到同意，就開始行動。

「爆裂術式，把氧氣燒光。比起威力，更加注重有效範圍。燒爛敵兵的肺。」

兩個中隊毫不遲疑地開始顯現術式的模樣，就宛如是受到管制的暴力象徵。

「開始射擊！」

進行齊射的是兩個中隊的爆裂術式。而且還是只針對氧氣的一擊。

「謝列布里亞科夫中尉！還活著吧！」

「沒……沒……沒事。勉強，活下來了。」

正因為詢問前有看到開始脫離的謝列布里亞科夫中尉健在的模樣，所以這算是那種關心的詢問吧。是所謂的售後服務。

「謝列布里亞科夫中尉脫離了！」

「那麼就不用客氣了，很好，以爆裂術式為煙霧，混著作為主力的狙擊術式吧。這次一定要擊墜……」

「敵魔導師脫離了！」

現在沒能及時下達射擊命令的事，會在將來讓譚雅悔不當初。不過，至少在這個瞬間，得以擊退敵人的事實對急著離開的譚雅來說是個充分的成果。

「要追擊嗎？」

「我們可是在爭取距離喔？哪有空浪費時間追擊逃走的敵人啊。」

「遵命。」

就連苦笑的拜斯少校也只是在做形式上的提議吧——譚雅帶著苦笑統整部隊，為了甩開聯邦軍部隊而開始加速。

「很高興妳平安無事，中尉。」

「是的，感謝中校的關心。只不過，還是希望不要連我也一起打就是了。」

「這也是沒辦法的事。」

這是什麼意思呀——就從她鼓起臉頰抗議的反應來看，謝列布里亞科夫中尉也已經恢復從容的樣子。

就在這時，拜斯少校稍微偏離隊列，靠了過來。

「中尉，方才辛苦妳了。」

「感謝救援，少校……是非常棘手的敵人啊。」

「看就知道了。那到底算什麼啊，防禦殼就相當於聯邦的新型寶珠般堅硬喔。居然能把光學系狙擊式彈開。」

「儘管如此，卻有著那種速度。老實說，這怎麼可能啊。」

朝著嘆氣抱怨的副官，副隊長苦笑回應著。這時要是能戲弄格蘭茲中尉的話，就是一如往常的景象了。

不對，不對——譚雅就在這時切換思考。既然認知到新敵人是個棘手的威脅，要是不研討對策的話，就會顧此失彼。

「拜斯少校，貴官有辦法擊墜那個嗎？」

「……會非常辛苦吧。」

副隊長似乎馬上就明白那個在是指剛剛交戰的魔導師而舉起了白旗。

正因為是能明確地客觀判斷敵我實力差距的副隊長這麼說，所以才會讓譚雅感到一陣毛骨悚然。

就連堪稱是身經百戰的拜斯都贏不了。這讓人重新意識到那名敵人有多麼棘手。

「如果是要對付並且不被擊墜的話，說不定辦得到。一旦是要認真擊墜，就會相當辛苦。恐怕，難以單獨取勝吧。」

「也是，我也不想跟對方打。」

會演變成是看對方的防禦殼先被打掉，還是自己先精疲力盡的膽小鬼博弈吧。怎樣都難以說是一場會讓人想積極參加的遊戲。

「聯邦體系的品質提昇也是，最近還真不輕鬆。」

「……說到品質，敵人會追過來嗎？中校認為他們會連戰術判斷能力也提昇了嗎？」

就像是聽到譚雅的抱怨而突然想到似的，拜斯少校詢問起敵人的動向。而就唯獨這件事，譚雅可以做出斷言。

「會追來，這是不會錯的。」

「因為他們會不顧一切蠻幹嗎？」

譚雅忍不住笑了出來。

「拜斯少校，是更單純的理由。」

「那麼，中校的意思是。」

「他們總而言之就是獵犬。」

至少不可能只是看門狗。是軍犬，而且還是受過訓練的猛犬。不可能就只是做了露露牙齒、咆哮幾聲的工作就滿足了，不是嗎？

「好歹也是獵犬喔？會在獵物面前轉頭離開嗎？不會咬人的膽小獵犬，就算本末倒置也要有個限度。他們會來。」

「難道不會考慮到戰術判斷嗎？」

「你覺得他們能靈活地變更方針嗎？辦不到吧。」

只要看編制就能發現了。聯邦與聯合王國的聯合部隊是一個多國部隊。總歸來講，就是有著美好的多樣性！當然，譚雅是全面性地不否定尊重差異性的想法。否定多樣性會導致陷入死胡同，這句話就某方面來講也是事實吧。

不過，尊重多樣性會需要時間協調。

「說到底，就會收斂到時間的問題上。如果敵人的軍官夠聰明的話，比起把時間浪費在協調上，應該會強行採用既定方針，意圖藉此改善狀況。」

不論是多麼能幹且誠實的人才，都沒辦法完全消除溝通成本。從確認雙方已知的事情到加以決定為止，會費上相當龐大的工夫。變更方針，就跟惡夢一樣吧。

就連在離性命相搏相當遙遠的和平日本，都沒辦法逃離這種弊害。不如說，甚至更為嚴重。只要意識到在合資企業或是多部門聯合團隊裡工作時的經驗，這就是顯而易見的事。

多頭馬車的部門儘管動起來也很慢，但要變更方向會更加曠日廢時。

這種殘酷的現實如要解說的話……戰爭終究是要速斷速決。既然拙速是比巧久更加靠近勝利的捷徑，具備統一且明確的指揮系統的暴力裝置就會比較有用。

正因為如此，如果是合理的敵人，就會比起迷惘，更寧願選擇匹夫之勇吧。可悲的是，譚雅並沒有能假定敵人不合理的要素。

「被規定要作為獵犬追擊而出擊的敵航空魔導部隊，就政治面上怎樣也難以忍受在我們面前回轉吧。他們才沒得選擇。」

「就算是這樣，他們也真是纏人。想說既然都被拉開距離了，趕快掉頭回去不就好了。」

「我也有同感。就像跟蹤狂一樣纏人的傢伙，真是討厭。」

於是，經由連續加速，然後再加上欺敵機動，第二〇三航空魔導大隊成功確保了甩開敵人追擊的距離。

就這點來講，也很慶幸敵人沒有硬要突出戰線衝過來。

譚雅在嚴加周遭警戒，判斷確實沒有敵影後，就將飛行路徑調回到本來的目的地——友軍司令部位置的附近地區。

再從那裡以魔導靜默筆直飛往目的地。

所幸，或許是敵人跟丟了我們，一路上毫無阻礙。非常順利地逮住了正在與友軍交戰的敵部隊背後。

「看到了！○點鐘方向！是友軍！」

「副官，呼叫陣地！副官，準備對地支援衝鋒。從與友軍對峙的敵人背後……」

踢飛他們！——這句號令才正要出口，譚雅的五感就被那個打斷了。刺刺地就像是被人照射般的熟悉的惡意。

啊，該死。

「有大量的魔導鎖定！」

譚雅率先偵測到反應，喊出警報。

「放棄衝鋒！散開！」

是他們。是從背後死纏不放的那些傢伙。雖不知道是埋伏，還是目的地被看穿了，但恐怕是後者。是在被我們甩開後，預測路徑追上來了嗎？

優秀的推測，或者該說是妥當的推測吧。但無論如何，都煩死人了。

畢竟從背後逼近的敵魔導師，隨時都能在最糟的時候介入戰局。

如果是在文明世界的話，就能以法庭鬥爭解決了，但這裡是東方戰線。既然是基本上難以說是文明世界的暴力空間，就不得不自力救濟了。譚雅深深懷念起秩序與平穩。

「應戰！」

譚雅語帶焦躁地發出號令，開始隨機迴避。她很清楚這樣會打亂隊形，大幅減緩部隊的移動速度。

然而，就算知道並且想試圖接受，也依舊只能對這龐大的機會成本黯然心傷。

要是沒被他們妨礙的話，到底能做到多麼有意義的事啊？他們說不定不是共匪，但自發性地支援共匪的多國部隊是在共匪之上的禍害。

「嘖，偏執地纏人……用光學系欺敵術式混淆行蹤，同時準備射擊戰！」

或許是因為速度的關係吧，就算只有疑似聯合王國體系的魔導部隊也十分難以對付。要是讓敵地面部隊從震驚中恢復過來的話，我到底是為了什麼要從背後突襲啊……背後？

「嗯？……剛好！」

譚雅就像靈機一動似的想起一件事。

地上不是還有一個中隊嗎？就用那個攻擊敵人的背後。

「格蘭茲中尉，是我。」

「中校！」

是正在地面戰鬥吧。格蘭茲的背景音樂也響起混著疑似重機槍開槍聲的爆炸聲響。是相當激烈的戰鬥吧，不過，譚雅以自己的方便優先下達命令。

「進行引誘殲滅戰。等我們從上空經過後，就從敵人背後將他們狠狠踢飛。」

「咦！可是……那個，護衛呢？」

要是在這種狀況下調用他們，傑圖亞中將等人確實會很危險也說不定。就譚雅個人來說，儘管想為了自身安全調用格蘭茲中尉等人，但要做出會讓長官陷入危機，就結果來說會危害到自身立場的選擇也很讓她煩惱。

該怎麼辦才好——正讓譚雅陷入苦惱的心理糾葛，就在介入通訊的中將閣下本人的一句話之下獲救了。

「無所謂，去做吧。」

上司毫不緊張，侃侃說出的這句話，假如不是出自至今不斷強迫她去做不可能的任務的本人之口，就甚至會感動落淚吧。

「……感謝。那麼，閣下就請好好欣賞這一齣藝術表演吧。」

「我會期待的。」

既然有上司參觀，就無論如何都必須要認真以赴。畢竟就算是宴會表演，一旦失敗也是會留下後患的。

「他們正沉迷於捉迷藏之中，而忘了注意腳下喔？就讓他們回想起這不是二次元，而是個三次元的世界吧。」

正因為一直都是以兩個中隊在作戰，所以肯定就連敵人都深信我們是兩個中隊。

「01呼叫全員！術式三連發！壓制敵人的腦袋！」

術彈閃耀，轟隆顯現出爆裂術式，最後，不輸給鮮紅液體飛濺的喧囂，譚雅接著大聲喊道。

「主啊，主啊，請賜予我們光輝的榮耀、天意的鐵鎚、秩序與平穩吧！」

「跟隨中校前進！準備近身戰！」

「衝鋒前掩護射擊！」

只要擺出一副要壓制敵人的腦袋，總之就是要正面對決的模樣迎上前去，對方也會為了迎擊而應戰。深信不疑這會是要正面衝突吧。

乍看之下，是雙方都竭盡全力的衝突。

不過，並不是。

「衝鋒！衝鋒！」

能預知到會有一個中隊的闖入者從地面起飛的人，就只有下達命令的本人。

「就是現在！配合他們挾擊！」

就在即將與急速衝鋒中的兩個中隊展開混戰時，格蘭茲中尉從「下方的陣地」率領著一個航空魔導中隊升空突襲。

來自後方的襲擊漂亮地還以顏色，讓形勢一口氣再度傾斜。

要是在拚命攻擊前方時被從後方捅了一刀的話，就算是再英勇的勇者都不可能維持得了戰鬥隊列。結果，不斷頑強抵抗的敵魔導部隊也終究是喪失了秩序。

不過，就在部隊幾乎分崩離析之際，是敵指揮官及時拉緊了韁繩吧。他們就靠著還保有某種程度的組織性行動開始脫離。

「敵魔導部隊開始脫離！」

謝列布里亞科夫中尉傳來的可喜報告，讓譚雅露出微微的笑容。這就跟把跟蹤狂趕跑一樣。身為被變態纏上的受害者，怎麼可能會不感到大快人心啊。

「01呼叫全員！停止追擊！重整隊列，動作快！」

一面重新編成，一面也沒忘了稱讚這次的主角。譚雅作為上司，也很重視關心部下的重要性。

「格蘭茲中尉，幹得漂亮。」

「不會，我才要感謝中校的救援。」

「這是工作。彼此都是。」

譚雅拍起笑說「中校說得沒錯」的部下肩膀，在評估應該已適當地拉近距離感後，發出蠻橫的命令。

「你立刻降落地面，擔任閣下的直接掩護。」

不論任何時候都不能夠懈怠自我保身。畢竟要是一時疏忽把護衛留在上空，讓參謀本部副戰務參謀長閣下在地面戰鬥中光榮捐軀，譚雅・馮・提古雷查夫中校輝煌的人生經歷就很可能會被迫面臨到不光榮的戰死。

「中隊跟我前進！降落地面！」

譚雅將傑圖亞中將的安危交給氣勢十足飛離的部下，同時為了擊退敵軍將部隊投入對地支援。

「全員切換觀念，去掩護地面陣地！對地支援！組成對地掃射隊列！」

「主陣地！」

「敵步兵？該死，跟我前進！」

然而在關鍵時刻，阻止火力卻告罄了。遭到包圍的索爾迪姆528陣地的彈藥情況本來就難以說是豐富，讓大隊也對彈藥的收支平衡傷透了腦筋。最後還在途中盛大地打了一場火力戰，造成了決定性的影響。

作為指揮官非常遺憾的是，彈藥就在這種關鍵時刻不夠用了。

「嘖……是連戰造成的影響。」

手邊的殘彈用完了。遠距離武器的選擇有限，實在是讓人不爽。就算要打近身戰——一想到這裡，譚雅就想起掛在腰邊的鏟子。

儘管是準備在城鎮戰時使用才配戴的，但話說回來，三次元戰鬥也一樣能使用鏟子不是嗎？

瞥看一眼，發現視野下方的友軍陣地正遭到敵步兵闖入。如果是正規的陣地戰也就算了，那可是恐怕連預備壕都算不上的臨時防衛陣地。要是遭到蹂躪，是不可能平安無事的。

沒辦法。就只能活用名為鏟子的文明利器了。

譚雅下定決心，伴隨著鏟子的閃耀光芒俯衝而下。然後，將高高舉起的鏟子，毫不遲疑地朝著敵兵揮下。

這是以重力加速度，毫不減速俯衝而來的魔導師突擊。就跟騎兵突襲能在古今中外的戰場上大發神威是相同的道理。就算譚雅本身的質量很輕，這也早已算是一顆恐怖的質量彈了。

沉重的衝擊聲。

倒下的敵兵。

然後，以代替煞車減速的防禦殼與防禦膜「擊中」地面，將周遭的敵步兵炸飛的提古雷查夫中校，就單手持起從倒下的敵兵屍體上接收的槍枝，環顧周遭，立刻發現到目標人物。

不知該傻眼，還是該感動於他的勇敢，讓人非常驚訝的是，不是魔導師的傑圖亞中將閣下居然若無其事地在戰場上拿著步槍，混在步兵群之中。

周遭明明是一片屍橫遍野，卻留下來沒有撤退……還真是名好上司不是嗎？對譚雅來說，是一點也不覺得自己能仿效這種事。

「你沒事吧，閣下！」

「哎呀，鏟子的光芒讓我看得出神喔。」

居然讓他看到子彈告罄的情況，還真是尷尬。譚雅低著微微羞紅的臉蛋，沒禮貌地道歉著。

「讓閣下看到丟臉的一幕了。」

「沒什麼，妳讓我見識到了在參謀本部用屁股磨亮椅子時，連想都沒有想過的珍貴景象，中校。是相當有意思的餘興表現。」

「下官很榮幸能得到如此讚賞，閣下。」

也就是被當成能一笑置之的失敗，獲得原諒了嗎？正因為她認為已盡到全力了，所以才會對沒有得到劣評姑且鬆一口氣吧。

「往後會再稍微改善的。」

「很好，很好。不管怎麼說，等這件事處理完畢後，就讓我來請妳喝杯茶吧。」

「還真是風雅。」

明明是在戰場上，還真是奇妙呢——譚雅笑起。

「不覺得文化正是我們與野獸、日常與非日常的分界線嗎？」

「下官沒辦法分得這麼徹底。不過，就感謝閣下這非常光榮的邀約了。」

很好——傑圖亞中將也笑了起來。

「我這有義魯朵雅的友人在回國前送我的好茶。偶爾就來陪我喝杯紅茶吧。那麼，就給我好好幹吧。」

「遵命！那麼，待會見了！」

[chapter]

VI

第陸章

漢斯・馮・傑圖亞

Hans von Zettour

這樣不行啊。

漢斯・馮・傑圖亞／於東方戰線

統一曆一九二七年六月十八日深夜

面對開始突擊的帝國軍裝甲部隊，聯邦軍部隊依照規定展開對應。讓事先準備的預備戰力快速反應出擊，攔截意圖突破包圍的帝國軍救援部隊。

不過有別於重視數量的聯邦軍準則，阻擋傑圖亞中將突進的這些部隊，是處在未必能確信擁有數量優勢的狀況下。然而，他們卻以實力彌補了不足的數量。

聯邦軍部隊所展示的對應，在受到戰爭迷霧支配的戰場上是無限趨近於完美。準備周到的事前計畫順利發布，並毅然做出讓保存下來的壓箱寶——完全充足的裝甲師團作為援軍緊急前往救援的決斷。

是就連帝國軍參謀本部都不得不將這種安排視為仿效對象的組織性抵抗。

抑制住政治軍官的過度干預，開始追求軍事合理性的聯邦軍軍事機構有辦法建立起堅實的防備。儘管無法否認是照本宣科，但在能採用正攻法時的正攻法可是堅實無比。

如果帝國方的救援部隊遲疑出擊的話，就毫無疑問會是聯邦軍獲得勝利。將會連同戰意一起擊碎這次反擊的進軍，甚至還能長驅反擊吧。

要是說展開反擊的聯邦軍有著唯一且致死性的誤算，那就只會有一個。

那就是沒能預測到，會有一頭某猛獸從應該遭到包圍的帝國軍陣地中衝出，從背後用尖牙襲擊過來。

就在處於抗衡狀態時，來自背後的一刀也讓精悍的軍隊瓦解了。

由於貿然將預備戰力集中投入對應，持續選擇採取教科書般的正確做法，所以這不在典範上的一步讓聯邦軍的思考僵化了。

不幸中的大幸是，有一頭追逐猛獸的牧羊犬在。

儘管被迫當上拯救友軍的英雄角色的德瑞克中校非常不願意，但對軍隊全體來說這可是因禍得福。

義勇魔導部隊以被蘇中尉失控突出戰線的舉動拖著走的形式擔任起追擊，拖延了從索爾迪姆528陣地飛出的一個魔導大隊的速度，讓聯邦軍部隊勉強將致死性的一擊成功控制在致命性的一擊上。

不過，臨機應變所能做的處置也有限。

帝國軍解圍部隊的突進顛覆認為B集團戰意不足的聯邦軍預想，再遭到從背後發動襲擊的魔導大隊挾擊，手邊的預備部隊還早已派出去了。

不論是怎樣的軍隊，司令官都會抱頭苦惱吧。

但實際上，聯邦軍在遭到打通時所受到的損害，在這個階段還只是局部性的。真正的問題，是由面臨逆境的聯邦軍組織結構所誘發引起的。

也就是決斷的問題。

要是無法支撐戰線的話，該怎麼做？

反擊嗎？撤退嗎？防禦嗎？

不論是做出怎樣的決定，應該都能開闢出一條道路。然而，聯邦軍的指揮官卻沒能決定那關鍵的方針。不論是誰都沒能掌握到時間，讓一度瓦解的隊列重新組成。

其中並不是沒有能對情勢當機立斷的指揮官。

在接二連三的激戰中，聯邦軍將校的判斷能力與戰鬥經驗就以跟帝國軍互相競爭的形式琢磨發光，也兼具著經驗與智慧。

讓他們沒能做出決斷的原因就只有一個。

即使他們是優秀的將校，聯邦軍的軍官不論任何時候都是以服從為美德；不對，是以不能違背作為大原則。他們就連在緊急時刻都欠缺著獨斷獨行的組織文化。過去也不是沒人獨斷獨行。只不過，那是需要勇氣以上的某種事物才能做出的英雄般的決斷。

大半的人就只是等待著。

等待著命令。

更正確來說，是在等待「許可」。

他們就是這樣被教育的——黨比敵人還要可怕。

當然，只要領悟到會來不及的話，就會做出行動吧。

只不過，他們少踏了一步。

因此，別說是一步，全身都豁出去的傑圖亞中將強行推開了門。

是匹夫之勇，不顧一切的蠻幹，或是該稱為捨棄迷惘的果斷突進。不論是要怎樣形容，傑圖亞中將都賭贏了。

統一曆一九二七年六月十九日　東方戰線／帝國軍追擊部隊

勝利的報酬雖然有很多種，不過追擊逃亡敵兵的權勢是能確定獲得的報酬。古今中外，沒有比朝著敵人的背包開槍還要愉快的事了。

因為可以攻擊敵人的背後。

而且只要下令總追擊的話，將兵也無法拒絕。

在奉命追擊，踴躍前進的部隊當中，也再次看到了譚雅等人的第二〇三航空魔導大隊的身影。

是要組成空中突擊隊形，一路全速追在敵人背後的獵犬角色。

不過，作為指揮官飛在部隊前方的譚雅・馮・提古雷查夫中校表情卻瞬間陰沉了一下，朝著飛在附近的副隊長若無其事地使了個眼色。

同樣若無其事地靠過來的副隊長則是一臉擔憂。他也是受過訓練的軍官，這就以顧慮部下的目光來講是滿分的對應。

「哎呀，真是壯觀。想不到居然會進行追擊戰。」

「就是說啊。打通成功了，這就是防衛索爾迪姆528陣地的成果吧。」

哈哈哈——只要指揮官與副指揮官一塊笑起，就很像是在開朗的談笑吧。第二〇三航空魔導大隊雖是她一手栽培的部下，但身為指揮官也有著最低限度的規矩在。

就這點來講，譚雅與拜斯少校做得很好。有察覺到譚雅與拜斯之間瀰漫著些許隱情的人，頂多只有副官吧。

「雖說是要在掃蕩殘留敵兵的同時加以追擊……中校？」

「拜斯，我就直問了……這是有辦法追擊的狀況嗎？」

譚雅一臉苦澀地向副隊長小聲怒道。

「儘管下達了追擊戰的命令……但中校其實並不想嗎？部隊確實也疲憊了，但仍是有辦法發揮戰力的狀態。」

「拜斯少校，是就連損耗相對較少的我們都疲弱了喔？」

在打通作戰的參與部隊中，第二〇三航空魔導大隊算是狀態最好的吧。現況就連要以第二〇三航空魔導大隊在眼前這個擴大戰果的好機會下毅然進行「追擊」，都會讓譚雅感到猶豫的現況。如果只有自隊的話，或許還能配合友軍的步調硬幹吧。很可悲的，就連唯一能依靠的其他友軍部隊都很讓人懷疑還有多少能動。

考慮到B集團的現狀，早在打通成功時……軍隊就已經延展到極限了。

「沒辦法吧。」

聽到拜斯少校一臉苦澀地說出這句話，譚雅微微點頭。什麼沒辦法，是不需要說也不需要問的事實。

無法奢望全力追擊是很讓人懊悔，但也無從彌補手頭的不便。

「以航空魔導部隊單獨追擊的風險太大了。最多就是以陪同航空艦隊的形式進行支援戰鬥吧。多少的擴張能作為戰術措施認可，但我想避免在這之上的疲勞。」

「全照中校的命令。」

「就嚴格下令吧。我不想讓已經歷過激戰的部隊更加疲憊不堪。本來就已經被難纏的什麼多國部隊給纏上了。我不許部隊變得更加疲勞。」

「要中止嗎？」

儘管想考慮——譚雅就在這時煩惱起那個占滿腦海的難題。

在與部隊會合後遇到的傑圖亞中將，儘管很輕微，但確實散發著想將敵人一掃而空的味道。甚至到了中將閣下親自到陣前開槍作戰的興奮程度。

這樣的對象就在追擊前，跟著下午茶的邀約一起提出了「中校，等追擊完畢後，希望妳過來找我報告狀況」的要求。

回想起來，譚雅就嘆了口氣。

上頭總是把事情說得這麼簡單。

既然要我報告，就應該要作為土產帶點成果回來吧？還是應該要特意空手而歸呢？

不想當一個只會把上頭的矛盾丟給下頭去處理的上司。

儘管不想當——譚雅的視野捕捉到眼前有如豆粒般飄在空中的敵魔導師集團，小聲發著牢騷。

「……也難怪會想嘟囔是雞肋了。」

如果要仿效典故，就只能撤退了。只不過，曹孟德會想感嘆可惜的心情也並沒有錯。

要是能狠狠教訓之前纏上我們，害得我們相當辛苦的聯邦與聯合王國的軍魔導部隊的話……會有這種願望也不能說是毫無理由吧。

「中校？」

「沒事。儘管就感情上我是很想撤退，但也有著想找眼前的敵人報仇的心情，感到這種二律背反。既然如此，就只能稍微試探一下了。」

這種基於惰性的作戰行動，還真不像是我——譚雅自嘲著。只要置身在別無選擇的立場上，就會這樣。

雖是很殘酷的事，但殘酷的事是到處都是。

所謂的現實，就是打從存在X開始，到中間管理職的悲哀，或是說把自己推去撞電車的蠢蛋為止，都充滿著不講理。向這種邪惡的傢伙降下災難吧。

就做好覺悟吧。

去面對不講理吧。

就堅守崗位，斷然實行吧。

「01呼叫全員！驅逐眼前的敵魔導師部隊！準備衝鋒！」

既然要做，就要拋開猶豫。

率先衝鋒的譚雅率領著大隊，開始急速逼近德瑞克中校與米克爾上校等人率領的多國部隊。

當天　多國部隊　殿軍

另一方面，淪為被追擊方的德瑞克中校也很煩惱。或許該說，在戰場上，組織人所想的事情都很類似吧。不論是贏了成為追擊方，還是輸了淪為撤退方，所要擔心與煩惱的層面都不會改變。

「這樣空手而歸好嗎？」——一面遭受追擊一面煩惱這種事的心理糾葛，對聯合王國軍的海陸魔導中校，身經百戰的勇者德瑞克中校來說還是有生以來的第一次。

如果要對這新鮮的體驗說句感想，就是令人作嘔的滋味；是讓人不想再次體驗的兩難困境。

「敵人來了。儘管如此，卻在迷惘該怎麼做。還真是，呃！」

到底是說不出這麼過分的話。居然會不知道是該迎擊還是該逃離，猶豫做出決斷！

嚴格來講，自己就算空手而歸也沒有問題。然而，必須考慮到「米克爾上校」對聯邦共產黨的立場。

在多國部隊指揮官空手而歸的情況下，米克爾上校會不會很難就物理上保住腦袋的安全？本來就因為戰敗讓事態變得有點複雜了。

能輕易想像得到這也會是聯邦軍全體軍官的共同煩惱。正因為如此，德瑞克中校才甚至是不容拒絕地徹底明白到「所以聯邦軍很脆弱」。只要相信聯邦軍傳來的傳聞的話，他們是開始重視軍事合理性了吧。不過，就聯合王國軍人的感覺來看，雙方依舊有著深刻的鴻溝。

「……好啦，該怎麼辦哩？」

德瑞克中校喃喃低語，煩惱起最討厭的組織理論與聯邦內部的理論。如果只要擊墜眼前的敵人，倒還算是簡單……

但這樣就像是要讓人挾擊一樣。

「擔任後退戰鬥的殿軍，有這麼讓你在意嗎？」

「……相反吧。是在煩惱這樣要找怎樣的藉口辯解。」

「德瑞克中校？」

沒有透過翻譯，與露出狐疑表情的米克爾上校說著真心話。雖是帶有風險的行為，但只要連對政治軍官都口無遮攔的蘇中尉不在，就不免是沒空把時間浪費在形式性的對話上了。

風險，風險，風險。

只是跟聯邦保持同一步調戰爭，為什麼得要考慮到這麼多事情啊。

「請容我直問了。能沒取得成果就後退嗎？尤其是，這難道不會對貴官的立場造成障礙嗎？你認為會沒有懲罰就原諒你嗎？」

「就別談政治的話題了。能拜託你不要鼓吹我洩露機密嗎？」

意思就是說，這會關係到政治；既然會關係到政治，就表示沒辦法平安無事。聽到米克爾上校以言外之意肯定的答覆，德瑞克中校向天空發出無奈的笑聲。

「……我明白了，我會理解並尊重聯邦的文化。」

有必要帶土產回去，是政治性的請求。

儘管早就相信政治不是什麼好事，不過看來得改為確信「政治真是一件無可救藥的爛事」。

「雖說必須要有成果，但我們是作為殿軍一面奮戰一面後退。儘管要承認被蘇中尉的失控給救了會讓我很不爽，但就結果論來說，我們進行了有效果的友軍支援。」

咬住挾擊實行部隊，阻止了讓全軍當場瓦解的事態。

「所以就努力當個殿軍吧。我們也會陪同的。」

抱歉——米克爾上校的這句道歉被風吹散了。

聽不見他說了什麼。這不是戰友之間該說的話。身為男人，站在戰友身旁是不需要理由的。

戰友在這裡。

自己在這裡。

既然如此，就該有如賀拉提斯（註：指古羅馬的英雄故事：橋上的賀拉提斯）般的守護吧。這是要以祖國之名，賭上一名男人的信義。到底有什麼好怕的啊。

「至少，讓我知道吧……你的部下有幾人？」

「十三人。」

失去的部下，其實有一個中隊的規模。

要不是蘇中尉的失控……不，這是雜念。

他們是被我的指揮害死的。就去向遺族賠罪吧；就去接受唾罵吧；就去承擔這份恥辱吧。

「……但願主啊，祖國啊，要知道他們的榮耀。」

德瑞克中校輕輕地，但也微弱地祈禱著。

「中校，但是他們是跟敵人作戰而死的。」

「所以你的意思是？」

「……不習慣自己人被殺死是件好事。而且還是與敵人交戰而死。這還算是受到眷顧的死法了。」

小時候學過的故事。那是有勇氣的正義之士的英雄傳記。必須要讓在遠離祖國的異鄉付出究極犧牲的部下的獻身也加進這些傳記之中。

他們做了有意義的事。

我想這樣相信著。

至少，他們是與所相信的祖國的敵人交戰捐軀。也很少會有想像這樣恭喜自己身為聯合王國人的時候吧。祖國啊，深愛的祖國啊，要慶祝我們無與倫比的愛。

好，情緒性的憂慮就到此為止吧。

現在，就唯獨現在，必須要教導不解風情的現實何謂道理。

「我也像是被你安慰到了，是時候讓我們來認真討論戰爭的事吧。你認為敵人的追擊會有多激烈？那個魔導大隊朝我們衝過來了，不過會這樣就結束嗎？」

不得不說衝過來的帝國軍採取了非常敏銳的對應。讓我們陪著從受到重重包圍，承受著那種猛烈圍攻的索爾迪姆528陣地中衝出來的帝國軍魔導部隊——萊茵的惡魔玩了相當久的捉迷藏。

他們要是能稍微疲憊一點就好了，但那就彷彿腎上腺素全開般猛撲過來的模樣，就跟蘇中尉一樣有著讓人難以理解的噁心感。要是能像個人類，稍微精疲力盡一下就好了。

「答案很清楚吧，德瑞克中校。也很少會有比看見敵人的背包還要愉快的事吧？」

「背包？」

「怎麼，是世代差距嗎？從背後射擊敵人背在背上的背包可是古典的嗜好。可以說身為軍官的夢想，就是要看見敵人的背包。」

「我可是優雅的公子哥喲。追趕狐狸才是我的興趣。」

德瑞克中校就像是獵槍般的舉起手上的槍，嘿咻地擺出獵狐的動作給他看。這是故鄉的習俗。令人懷念的和平的文明氣息。是尚武的作風，被譽為一旦祖國遭遇危難就能持槍趕往救援的狩獵傳統。

正因為置身在戰場上，才會深深懷念起狩獵活動。天真地拿著獵槍到處追趕著獵物，是多麼單純明快的事情啊。

「這就是各自的文化差異。好啦，那就去迎接熱愛戰爭的帝國人了。得俐落地準備好歡迎會啊。」

「能期待戰鬥機部隊他們嗎？就算那個政治軍官有做出保證，但終究是那傢伙的保證。對我來說，是想要請教米克爾上校的意見。」

「……中校，你討厭政治軍官的程度有點過頭了。我說過很多次了吧，她算是比較不錯的人。」

「那樣算是不錯了的說法，就算聽過再多遍我也一樣無法理解。」

雖說不是沒自覺到自己討厭政治的傾向愈來愈嚴重，但是基於政治意圖被迫必須要擔任殿軍這種事，拜託還是饒了我吧。

「要說到最差勁的那種，可是遠遠超乎貴官的想像力喲。她還算是……該怎麼說好。就只是善良的羔羊在模仿大野狼罷了。」

「雖說是善良，但也是頭披著羊皮的狼。善良的羊會無法跟她相處愉快，並不是件不可思議的事。不過，這件事就說到這裡了。派對的時間到了。」

就在為了與強敵對峙而進行迎擊準備，且正要激勵部下去調整部隊隊列時，德瑞克中校手邊就收到了難得的好消息。

「中校！蘇中尉回報退路上也有發現敵影。」

是揹著通訊機的部下傳來的好消息。

發現敵影說不定是會個惡耗，但目前可是正在遭受追擊。敵人會來是天經地義的事。這就跟只要看到烏雲密布就會下雨一樣，算是一種自然現象了。

重要的就只會是，蘇中尉這個過度自我中心的人會確實執行命令，向我回報狀況的這件事。

「帝國那些傢伙，要是能稍微慢一點就好了。立刻應戰……不對，等等。命令她突破，確保退路。」

「是的，這就傳達確保退路的命令！」

看來就算是蘇中尉，也不會在「拯救友軍」這件事上跟德瑞克唱反調，乖乖聽話的樣子。該說她有著會為同伴著想的純真嗎？不對，即使是她，可也是個新任中尉。

正因為她是基於善意在行動，本性並不是一個壞人，所以才麻煩。不過就唯獨這次，她的個性有多少往好的方面發揮作用吧。

「順道一提，也要記得跟她講掩護聯邦軍是攸關人命的事！絕對不能貿然衝向看到的帝國軍，犯下這種不顧後果的過失。可別放開她的韁繩喔！」

「遵命！」

德瑞克中校在隔著無線電向資深人員下達完引導蘇中尉的指示後，安心地鬆了口氣。

幸好有辦法控制。

多虧了在帝國軍魔導部隊的集火攻擊下，讓她有過差點遭到擊墜的體驗，就算是那個脫韁女孩，也稍微學到要避免不顧一切猛衝的謹慎了。

好在有帝國軍幫我好好教育她。儘管作為學費帶走了不少在我指揮之下的部下，雖說是義勇魔導師，也仍然是讓我怒不可遏。

不對，這說不定是突出戰線的蘇中尉的指揮太有問題了……

「好啦，各位戰友！」

德瑞克中校有點自暴自棄地高聲喊道。

「要活著回去喔。等返回後，就將珍藏的酒統統拿出來。不過，沒有死人的份。不想自己的份被偷幹走的話，就給我使勁打！」

同時／帝國軍第二〇三航空魔導大隊

「發現敵影，是敵魔導部隊，有兩個大隊規模。」

「是呀，我這邊也看到了。」

副官舉出的敵人數量幾乎正確，真遺憾。

「……還是老樣子，明明是聯邦軍與聯合王國軍的聯合部隊，反應卻這麼快。不對，不該再用這種瞧不起人的說法了吧。」

要是因為雙頭體制讓指揮權陷入混亂的話就輕鬆多了，但他們看來不是讓指揮權一元化，就或許是聯合王國軍的指揮官是共匪吧，讓共匪的軍隊與資本主義的軍隊漂亮地維持相同的步調。

「討厭的光景。甚至會讓人感到作嘔。」

「那麼，就交給我們吧。就看我們殺入敵陣，衝散他們吧！」

就連一句牢騷都很老實地做出回應的格蘭茲中尉，相當具有幹勁。實際上，他看起來是相當開心能從傑圖亞中將閣下的護衛任務中獲得解放。

也是啦，如果是拿擔任大人物的隨從，和依照自己的步調進行自己的工作相比的話，會覺得後者比較好做事也不是不能理解……但是，幹勁是必須要適當地行使的。格蘭茲中尉現在是意識過剩了。

「無法期待敵人的訓練水準會低。否決，否決。」

平時的話只要這樣斷言，部下就會退讓。讓人傻眼的是，格蘭茲中尉或許是很想衝吧，這不是以「不行嗎？」之類的眼神望過來了嗎？

他那副德性，甚至讓人想大叫「你是小孩子嗎！」之類的話。

「格蘭茲中尉，不行就是不行。我不多說幾次，你就聽不懂嗎？」

「不……不是的，下官了解！」

在視線中灌注力道，尋求理解之後，他不免還是同意了。一方面是希望他的神經能再強韌一點，另一方面也覺得能老實服從命令也很重要。

如果他能打亂敵陣的話，譚雅也不反對果敢地擴大戰果。

「完全無法打亂的敵兵，還真是棘手。」

在眼前的是為了應戰，就像是要迎擊突擊隊列般而在調整隊形的敵魔導部隊的身影。雖說是兩個大隊規模，但那步調毫不凌亂，看似有機性地加強合作關係的姿態，一點也不像是戰敗逃亡的敵部隊。

真奇怪。我們應該是在進行追擊戰才對，那算什麼啊。

追擊是要攻擊敵人背後的工作。迎擊意欲旺盛的對手，就相當於只是遭遇戰。這完全是抽到下下籤了。

這種時候，就輪到間接路線登場了吧。

「兵分兩路，包抄退路。只要退路有危險，他們也……」

「衝過來了！」

副官的驚叫，讓譚雅發出驚慌失措的叫聲。

「又是這招！別瞧不起人了！」

明明是追擊戰，卻展開正面交鋒的反航戰？膽量不錯，但愚弄人也要有個限度。如果是這種摻雜佯攻的聯手攻擊，我早就領教過了。要是認為我還會上同一個當，還真是深感遺憾。

「警戒敵航空機的突然闖入……等等，三點鐘方向有機影！識別！」

「是疑似敵機的機影。大量接近中！」

「辛苦了，拜斯！」

有種看破伎倆的心情。魔導部隊與航空機配合的空戰戰術是很有趣，但不過就是個真相曝光的把戲。

我可是有學習能力的。就來教導他們，想靠老調重彈與新瓶舊酒獲得成功，就只是在痴人說夢吧。

「保持隊列間的距離，各自形成彈幕！」

一面阻止隊列因為隨機迴避分散，一面形成適當的阻止火力進行彈幕防護射擊。為了讓敵機漂亮地淪為高價廢鐵而展開快速反應的大隊動作近乎完美。

只不過，應戰的結果卻是白忙一場。

「嗯？敵機的動向……糟了！」

就在判斷這是突擊軌道，做好迎擊準備的大隊面前，敵機悠然地回轉離去。別說是一擊脫離，根本是零擊脫離。

完全被錯開時機，讓大隊的射擊以盛大的落空作結。豈止如此，還在為了迎擊而拉開隊列間距時，遭到敵魔導部隊騷擾般的超長距離射擊。

果然，對身為善良的現代市民的自己來說，良知會造成妨礙。萊姆佬與共佬的佬，難不成是有什麼邪神寄宿在上頭嗎？這時應該要自豪沒辦法像聯合王國與聯邦這世界兩大邪惡那樣擅長惹人厭吧？

還是該懊惱自己被擺了一道呢？

「敵魔導部隊回轉了！」

聽到謝列布里亞科夫中尉的報告，譚雅咂了下嘴。

可恨的是，敵人的進退就有如教科書般的巧妙至極。仔細一看，原本是要衝過來的敵航空魔導部隊早就頭也不回地逃跑了。放棄的速度快到讓人掃興。

「是佯攻嗎？……被擺了一道了。敵人其實也相當能幹啊。」

既然人都跑了，那麼一齊射擊、衝入敵陣，然後再完成追擊戰這種事，就完全是在痴人說夢吧。就算損害輕微，前往追擊的氣勢也被大幅削減了。老實說，要單獨追擊還組織性地保有如此活力的敵人是不可能的事。

就算能以一己之力對我方造成打擊，同時還能漂亮地撤退的敵魔導師是個危險的威脅，但也正因為如此才想盡可能地不跟他們扯上關係。

「這就算給我額外津貼也不划算啊……」

工會，工會上哪去了。不對，因為軍官是公務員……所以集體協商權是不被承認的吧。這樣一來，就只能期待勞基署了。

勞基署，勞基署在哪裡？全世界的軍官都在盼望著你啊！

「把戰鬥機部隊打下來！以爆裂術式進行空間面壓制！至少，就算只有他們！」

「住手，格蘭茲。」

「咦？」

唉——譚雅忍住想抱頭的心情，抑制部下的衝動。

領到的薪水沒這麼多，最重要的是靠魔導師進行對航空機戰鬥，就像是要打亂隊列一樣。

敵魔導部隊雖說拉開了距離，但不想在速度快的敵人還留在「交戰距離附近」的狀況下做這種事。儘管不是在講存在艦隊理論，但散發威脅的存在只要位在那裡，就會顯著地阻礙自由。

「別管他們。那批聯邦軍魔導部隊離我們太近了。最重要的是，如果要為了抵銷與敵戰鬥機的速度差而加速的話，就算是用九十七式也會極度疲勞。」

敵人雖說是一面帶著找麻煩心態的發射長距離射擊，但也一面自發性地後退了。姑且也進行過能說是追擊的交戰。可說是已盡到最低限度的義務。之後，只要再將支援地面部隊與掃蕩殘留敵兵的戰果作為傑圖亞中將閣下的伴手禮的話，就能讓他滿足了吧。

話雖是這麼說，雖是這麼說，但我們要率先去做別人討厭的事。

義務教育教導我們，這是身為一個人當然的表現。既然不論是在日本的學校、帝國的參謀教育課程，還是戰場的親身體驗上都學到了相同的道理，這就該作為萬物普遍的法則受到讚揚吧。

「但也沒道理要白白讓敵人後退吧？」

儘管對喊著「那麼！」的部下很不好意思，但沒有要衝鋒。

有別於格蘭茲中尉、拜斯少校，還有謝列布里亞科夫中尉那樣充滿活力的軍官，譚雅並沒有那麼喜歡努力工作。

勞動力也是商品。不當賤賣勞動力是在傾銷對市場的誠實性。老實說，這是犯罪性的行為。

「準備術彈！展開長距離光學狙擊術式！就朝敵人的屁股開上一槍吧！在他們身上刻下回憶的印記！」

就朝棘手的傢伙送上鉛彈代替鹽巴。他們是跟地面很相配的人。希望他們無論如何都要從空中急轉直下，與地面來一個熱烈的擁抱。

不過遺憾的是，不論是聯邦人還是聯合王國人，似乎都不想加深與地面之間的熱愛。要是有機會的話，應該要找在不怕生這方面上是傳說級的義魯朵雅人試看看吧。十分幸運的是，我們有領到和平的紅利，看來暫時是不會有這種機會吧。

不管怎麼說，即使以長距離向有如豆粒般的敵影發射術彈，成果也是極度貧乏。在十幾發齊射過後，敵航空魔導部隊就維持著秩序，從射程圈內悠然地脫離。

應該就只是要朝後退的敵人開槍的簡單追擊戰，但戰果卻很寒酸。

「不過，這樣就好。」

譚雅將對準敵人的步槍重新揹回肩膀上，向部隊表示戰鬥已經結束了。

「追不到了。再追下去，風險會太大。拜斯、格蘭茲，回去吧！」

「可是，現在的話！」

背包愛好者的格蘭茲中尉會依依不捨地指著敵人的背影，焦急地用眼神訴求著追擊的反應，也已經習慣了。

「格蘭茲中尉，你還來啊！」

「是在地面部隊的苦戰之下，好不容易才逮到的！拜託！」

「……不行。」

明白友軍付出了犧牲。用性價比的觀點來說，應該要改善敵我之間的擊墜比率也很有道理吧。

不過，譚雅討厭賭博。用投資來說，就是比起當日沖銷，最適合她的還是穩健的信託投資與終生儲蓄險，或是對自己的人力資本投資。

儘管追擊敵人也不是不好的選擇……但早已越過盈虧的分水嶺。再繼續下去，就只有風險會變得太高。把返回視為「失敗主義」瞧不起的傢伙，所需要的是知性吧。這雖是譚雅自己的自我診斷，但她應該還不至於是嚴重的知性不足。

「現在的話，就還有餘力返回。」

最重要的是安全。

安全、和平，還有確實。

基於明確的方針，譚雅斷言。

「既然我是指揮官，這就是絕對不會退讓的事。我是不會允許讓部隊承擔毫無意義的風險的。請你記住這件事。」

「……遵命。」

看到他儘管聲音有點小，但也還是明確做出答覆的表現，譚雅滿意地點了點頭。儘管想要求他俐落地做出答覆，但既然人具有著感情，就不應該總是要求做到百分之百，而是要求做到平均百分之七十的表現會比較確實，這是譚雅身為教育者的發現。

就譚雅自身的敏銳觀察力來看，在她堂堂正正的宣言面前，格蘭茲中尉也有理解到自己思慮不周之處吧。或許是在正論前深感羞愧也說不定。

這也是沒辦法的事。

格蘭茲中尉會從這次的失敗中學習並加以活用吧——譚雅期待著。失敗乃是人之常情，只要能虛心坦懷地從失敗中學習的話，就是像樣的人力資源。

「身為教育者，總有一天想把這份見識寫成書呢。」

「怎麼了嗎？中校。心情莫名地好。」

「沒什麼。因為我有了相當難得的經驗呢。甚至讓我想總有一天要寫一本有關教育的書。」

就是改變觀點的重要性——正要說下去，譚雅就立刻想到自我批判的必要性。光看自己的職場也沒辦法。差點就忽略掉能以廣泛的俯瞰觀點看到的巨大資源了。

不對，這與其說是忽略掉，更該說是漏看到「下方」的東西吧。

「快看，少校。」

「咦？」

「是敵人的遺留物。是座寶山喔。」

敵魔導部隊的進退是模範性的，但敵地面部隊的混亂在相反的意思上也很典型。硬要說的話，就是足以作為潰逃的具體例子當成教材使用吧。

是也曾在法蘭索瓦共和國進入旋轉門時看到的光景。這只能說是當負責人沒能及時指出明確的方向性時，公司、軍隊，甚至包含國家在內，幾乎所有的人類組織都會變得有多麼脆弱的典型例子。

大半的敵地面部隊都難以對驟變的狀況做出有效的決心，一一選擇了維持現有陣地這種最糟的愚蠢行為，加速度地逐漸化為混亂的漩渦。

即使少數英明勇敢的軍官做出了後退的指示，但組織性的後退與各自英雄般的後退，損害與混亂的規模可是天壤之別。

結果，就是留下了大量的掉落物。

「通知友軍。就請他們派出幾輛車，過來繳獲遭到遺棄的聯邦軍砲兵裝備吧。順便要求我們的份作為發現費用。」

「那是敵砲兵裝備吧？如果是鏟子之類的話，還能派格蘭茲中尉他們去撿，不過一旦是重裝備的話，我們有沒有辦法運用就……」

「這是要讓補給來源多樣化。而且，補給也很讓人害怕喔？」

孫子也有提到，「在敵地取得的物資」在運送成本與調度成本上，全都比從本國調度來得低廉。在日本時代時，孫子的理論就只不過是個原理原則，有點無法理解，但孫子具有「成本意識」也是事實吧。讓人遺憾的一點，就是現行國際法明確禁止掠奪經濟。

儘管不能違規，但應該要慶幸沒有連「繳獲」都禁止吧。但這反過來說，就是沒有餘力像美帝那樣全都從本國運來也是事實。

……真是辛苦啊——忍不住從口中說出喪氣話。

「照這樣子下去，近期內說不定就連我們的步槍都得要跟敵人調度呢。」

怎麼可能啊……拜斯少校正打算一笑置之，譚雅就朝著他微微搖頭。

「少校，能笑說這不可能的日子……可能就只有現在也說不定喔。」

聯邦、莫斯科某處——為了服務人民的內務人民委員部勤務室

在簡樸的勤務室內，身為房間主人的內務人民委員……人稱惡魔的羅利亞就像意外似的歪著腦袋。

「輸了？」

隔著辦公桌，在毫無皺褶的軍服上掛著上校階級章的職業軍人嚇得脊背一顫，臉上冒汗的默默點頭。

「輸給帝國軍的B集團？」

「……是的。」

就彷彿是勉強吐出的聲音中，透露著藏不住的恐懼語調。儘管他跟這名上校同志相處的時間決不算短，某種程度內也變得會說「真心話」了……但只要在一旁親眼看過羅利亞對於失敗有多麼殘酷的話，是會冷靜不下來吧。

為了讓他安心，羅利亞微微聳了聳肩，向他擺出格外開朗的表情。

「……這是無所謂啦。畢竟在關鍵的南方各都市贏了。」

「這，能說是勝利嗎？」

「怎麼，上校同志。你明明是軍人，卻連軍事常識也不懂嗎？這能說是軍事上的勝利喔。」

就算讓人恐懼比讓人愛戴來得適當，但只靠恐懼束縛可是笨蛋在做的事。

「同志，我就明說吧。各位同志幹得很好。」

恐懼就像速效藥一樣。適量能有利於圓滑的組織經營，但過剩的恐懼會導致嚴重的副作用危害。

「可是……」

對於仍舊是欲言又止的聯邦軍將校，羅利亞直接說出結論。

「你們在南方各都市擋下了帝國軍的尖鋒。資源地帶是毫髮無傷。」

儘管帝國軍的猛攻無比強烈，但敵人也總算是後勁無力了。也就是說距離的淫威與愛國心的組合，毫無疑問就連帝國軍都能擋下。

對了——羅利亞就在這時於心中補上一個要素。資本主義者送來的物資援助也有盡到很大的作用，這個事實也「物」盡其用了吧。

不管怎麼說，讓敵人的意圖受挫，對黨指導部帶來決定性的心理影響。有辦法對抗帝國……能夠描繪出比尋求屈辱的議和還要更加光明的展望，就只會是最為雄辯的佐證。

「豈止是阻止了敵人的意圖，還有辦法磨耗敵人的裝甲戰力……不過就是失去了一座城市，又有何妨？」

就算失陷的是以總書記同志命名的城市……也不過是失去了一座有名字的城市。僅此而已。

對「續戰能力」造成的影響極為有限吧。

對黨指導部來說，正因為是真心恐懼著南方資源地帶失陷的陰影，所以會因為頂多失去一座「本來就會失去的城市」就吵吵鬧鬧的傢伙「也已經不在了」。

仔細想想，黨也變得相當通風了。

「軍方是判斷守不住才會後退。黨是不會違背承諾的，當然會無條件支持持將軍同志們的判斷。」

「可……可是……失去的城市，是那座『約瑟夫格勒』。」

儘管下面的人會害怕總書記同志的懲罰也有其道理在，不過我早就取得能派上用場的東西全都可以使用的口實了。

「總書記同志那邊我會去說的。各位幹得很好。儘管不多，但我會對現場的各位同志準備一些獎賞的。」

「感……感謝同志！」

對於鬆下肩膀力道、臉色漸漸平靜下來的上校同志鬆了口氣的反應，羅利亞擺出就宛如明理的慈父般的態度微笑著。

「問題是，敵人的B集團。」

在本來應該是要在牽制攻擊、整理戰線後取得微小勝利的中央戰線遭到擊退，是個意外事態。或許該說，對聯邦來說是這樣吧。

不過對羅利亞來說，儘管感到驚訝，但也能夠「理解」。

「那個是叫什麼來著，萊茵的惡魔嗎？是有看到那個肆虐的報告，不過就沒有詳細報告嗎？」

那個是——

我那愛惡作劇的可愛妖精。

我的小惡魔發威了。

這讓下半身忍不住滾燙起來。

啊，就在那裡，就在那裡，沒想到我的妖精就在那裡。

「作為跑來莫斯科搗蛋的傢伙，我們這邊也有在追蹤。」

羅利亞抑制著漸漸激動起來的語調，極力保持著若無其事的態度。甚至對自己都這把年紀了，還對戀愛表現得這麼純情感到丟臉。

「也受到攻勢失敗的影響，難以取得確切的情報。目前最可靠的情報，也只停留在似乎有跟多國部隊交戰過這種未確認的情報上。」

「是由米克爾上校這位同志擔任指揮官吧。」

「是的，我方派出的是米克爾上校。聯合王國方則是派出德瑞克這名海陸魔導中校擔任指揮官。這名海陸魔導中校，似乎跟聯合王國情報部有所勾結的樣子。」

不會構成妨礙嗎？——聽到這種言外之意的詢問，羅利亞就笑了。

「沒問題吧。我們跟聯合王國可是好朋友。既然是朋友，就別去在意出身背景了，而且我們也沒隱瞞什麼被看到會很困擾的事情。」

假如不是這樣的話，就算說有經過篩選，也不可能會允許讓新聞記者入境。要是不讓西方的傢伙們只看到共產主義的「優點」的話就困擾了。

不會在有外人的地方，做出會讓人看到醜態的舉動。當然，要是聯合王國軍的情報部犯下多餘的失誤，也會興高采烈地在派遣記者面前進行抨擊，感嘆他們對同盟做出的不義之舉吧……不過這種事也要先做好面子才會有用。

「總而言之，就重整旗鼓。」

能在南方各都市擋下攻勢，守住資源地帶的影響真的很大。就算要為愛而生，假如在工作上失敗的話，也會欠缺時間讓戀情昇溫，所以真的很感謝軍方能幹得這麼好。

「敵人那是叫安朵美達作戰嗎？」

「是的，是這個代號沒錯。」

「就嘲笑這是空想作戰主義吧。勝利的是受到科學的共產主義所支撐的我們。是掌握在我們的手中。」

「是的！」

端正姿勢敬禮的上校同志是名不錯的職業軍人吧。如果是他們的話，就能成為實現自己戀情的優秀棋子吧。

「上校同志，那麼，儘管辛苦你了……去幫我跟參謀本部問候一聲吧。我想請他們基於純軍事的觀點採取必要措施。」

「我會確實轉達的。」

「還有一件事。那個萊茵的惡魔，果然是麻煩至極。這點你能同意嗎？」

「當然，那是個危險的存在吧……」

是特別的危險吧——羅利亞點頭同意他的說法。

她就像是偷走自己的心的惡作劇妖精。光是想像她會用怎樣的聲音嬌喘，就興奮得不能自已。

難以按捺地想要知道。

她還真是一隻會刺激好奇心的危險怪物。

「所以。我想請軍方稍微準備一批專任的追蹤部隊。」

「……這是命令嗎？」

「不，就只是一名聯邦市民的提案。就請好好考慮吧。要是有這個意思的話，如果能跟內務人民委員部聯手進行追蹤，我會很高興喔？」

東方戰線B集團　臨時前進司令部／舊索爾迪姆528陣地

「提古雷查夫中校，請求入內。」

一走進房間，譚雅的嗅覺就對意外的刺激感到困惑。室內充滿著柔和的香氣。瞬間困惑了一會兒後，譚雅的大腦就想起這是好久沒聞到的紅茶芳香。

啊，對了。這是真正的紅茶。

「辛苦了，中校。對了，我依照約定準備了紅茶。坐下吧。」

「下官打擾了。」

因為約翰牛的海上封鎖而經常斷絕的咖啡因來源。為了沾光，譚雅就興高采烈地答應了傑圖亞中將的邀請。

「我這就叫勤務兵送上。好啦，提古雷查夫中校。在等待的時候，我們就來稍微聊個天吧。追擊戰狀況如何？」

在帶著滿面笑容坐到椅子上的瞬間，迎頭丟來一道就像遭到猛烈突擊般的詢問。譚雅一面在心裡苦笑他還真懂得軟硬兼施，一面以嚴謹耿直的表情回答長官的詢問。

「……沒辦法追上。無奈，光靠下官的兵力……」

如果有加強航空魔導大隊的話，或許會有辦法？

不對，會很困難吧。必須得要老實承認帝國軍已沒辦法擔保品質優勢的現實。光是共匪能在品質上與我方抗衡，帝國的未來就是一面黑暗。

「說到底，軍隊全體的兵力都不足。」

「這也是沒辦法的事。也就是說，既然完全缺乏預備戰力，那打從一開始就無法對擴大戰果的追擊太過奢望了。」

「……沒辦法進行追擊戰的戰力狀況，能稱得上是戰勝嗎？」

就連追擊撤退的敵人都做不到，就跟容許敵人進行組織性後退幾乎是相同的意思。就算這看起來像是推進了前線，或是打破了包圍，也是顧此失彼的結果。

「貴官是怎麼想的？」

「下官的想法嗎？」

中將閣下點頭表示沒錯的回應，把譚雅嚇了一跳。雖然有想過說不定會被徵求意見，但沒預料到會問得這麼直接。

不過，這是在徵求意見。要是不好好運用他所給予的這個機會，就會是薪水小偷吧。遲疑了一會兒後，譚雅就說出打從以前就一直抱持的個人見解。

「敵野戰軍的殲滅失敗了……要是就連追擊的餘力都沒有的話，情況就已是悲慘至極。再這樣下去會是消耗戰。這對帝國軍來說最該避免的現象吧。」

對方可是傑圖亞中將閣下。比起委婉述說，更該單刀直入地切入主題吧。

「恕下官冒昧……儘管如此，帝國軍怎麼看都正在深陷其中。」

「我非常歡迎這種直接的說話方式。不過，就讓我更正一件事吧。」

「咦？」

「帝國軍不是正在深陷其中，而是早就浸泡到脖子了。」

現狀再糟糕也不過了——傑圖亞中將發著這種牢騷，寂寞地向她聳了聳肩。少掉平時從容的喃語甚至散發著無力感，讓譚雅感到恐懼。

「……有到這種程度嗎？」

「我曾是戰務喔？不對，現在也還保有職位吧。而且，還在這裡一頭栽進了前線指導。」

精通後方，還實際栽入現場的人做出的分析。總而言之，就是最為適當的現狀理解。

「就說我在看過兩邊之後所得到的結論吧。中校，狀況很嚴重。就算明說是太過嚴重了，都不算是言過其實。」

就在他朝這裡瞥看一眼時，譚雅感到危險的氣氛。這雖然不是什麼格外危險的狀況，但想避開這種不太好的氣氛。正所謂君子不立危牆之下。

思索起扯開話題的題材，對了──譚雅就在這時破顏微笑。

「……啊，下官這也真是的，實在是非常抱歉。竟然把這件事給忘了。閣下，恭喜凱旋而歸。」

「……沒辦法老實感到高興啊。」

對了──就在這時，傑圖亞中將苦笑起來。

「也就是我也必須得要遵守禮節才行。中校，感謝妳的救援。在危險之際救了我一命。這是我發自真心的感謝喔。」

「咦？」

真心這個字眼，讓譚雅忍不住困惑起來。還以為巧妙避開了，但話題似乎朝著奇怪的方向發展了。

「怎麼了嗎？提古雷查夫中校。」

「下官還以為洩露司令部的位置，是為了擔任誘餌的故意行為……情況有哪裡不同嗎？」

「擔任誘餌的認知並沒有錯。」

傑圖亞中將就這樣以毫無抑揚頓挫的語調狠狠說道。

「不過沒有能獲救的確信與保證。」

捨身擔任誘餌？對譚雅來說，這是難以發自內心感到共鳴的行動。不顧自身安危的擔任誘餌？

「……這對下官來說，有點……難以理解。」

「也是。會困窘到不得不將司令部做為誘餌是出乎意料的事態。儘管有認為這會很艱難吧，但判斷似乎是太天真了。」

傑圖亞中將隨口說道。譚雅深信不疑地認為他是一個理性主義者。甚至是在心中的人物評價項目上，明確記載著他是個能溝通的實用主義者。這種人居然有著會熱血到奮不顧身的一面……這是個重大的疏忽。

一旦開出空白支票陪同，就很可能會被他一路帶往險境——這種警報在譚雅腦中迴響起來。

「正因為如此，才想感謝貴官。追擊戰以及在索爾迪姆５２８陣地防衛之際的陣前指揮，真是辛苦妳了。我就聯絡雷魯根上校，要他提出授勳申請書吧。」

「這只是讓將兵作為肉盾消耗掉罷了。並不是下官的本事。」

「更進一步來說，就是下這道命令的人的責任嗎？真是有趣的挖苦。假如不是這樣的話，該說是沒責任感到讓人害怕吧？」

「基於下官的立場，此時應該要尊重形式上的禮節，保持沉默吧。」

嗯——傑圖亞中將露出苦笑。

「妳還是老樣子，提古雷查夫中校。貴官毫無動搖。」

「下官只是相信自己。」

能夠說謊的對象就只有他人；自己騙自己是愚蠢透頂的行為。在一切都不可靠的時代，唯一該無條件相信的是對自己的誠實性。

要走在自己的道路上。與其將命運託付給像存在X這種莫名其妙的傢伙，更應該相信自己的本領與具備現代性的自己所做出的自我決定吧。

所以不會去做自我保身的存在才讓人害怕。

「是偏重自我決定嗎？」

「做了再後悔比不做而後悔要來得有生產性多了吧。我相信承擔自己的責任，會比將自己的命運託付給他人要來得理想多了。」

「……正是因為如此吧。」

儘管不知道他是在期待著什麼，但譚雅也只能迫切期待傑圖亞中將能認同自己的真正想法。

正因為是這種時代，找機會看清楚自己所跟隨的上司是非常重要的。如果基於曾無數次與傑圖亞中將出現溝通隔閡的情況，能否在這裡徹底確認雙方的共識，將很可能左右今後的命運。

「喔，紅茶送來的時機正好。」

「下官就不客氣了。」

勤務兵送上在適度悶過後，注入適當溫熱過的茶杯裡的紅茶。

是遺忘了許久，宛如開花般香醇的香氣。享用著儘管帶有琥珀色澤卻無酒精性的紅茶，在工作結束後的東方，甚至讓人有種倒錯的喜悅。

「那個義魯朵雅的友人，品味還真不錯啊。」

「是中立國的挖苦吧。不對……作為我們共同友人的他，說不定不是這種個性。」

姑且不論提供者的個性，品味很好是無庸置疑的。就從提供者卡蘭德羅上校個人的氣質來看，這是半分善意，半分打算的社交禮物吧。

然後，也該記住傑圖亞中將會把紅茶茶葉帶到「東方最前線」來的品味。是半分瘋狂，半分風雅吧。毫無疑問是文明氣質的流露。

「他人的善意還真是美味。」

「就是說啊。」

「不過，善意也是最糟糕的要素。有時候，惡意要來得善良多了。」

喔——譚雅抬起頭，打量起傑圖亞中將的表情。

「閣下的意思是，惡意有時會比善意來得善良嗎？恕下官失禮，要是考慮到閣下的立場……這句話很可能會被人以相當奇特的方向過度解讀。」

「貴官要怎麼想是妳的自由。就依常識判斷吧。」

「本國的常識，在東方也很普遍嗎？」

譚雅就像是聽到有趣的笑話般的笑了出來。

「說話小心點，中校。這話不免是太過傲慢了。」

「是的，下官會銘記在心。」

「給我好好注意吧。本官雖然不在意，但這種話很可能會在遭到曲解後傳到意想不到的地方去。」

儘管不清楚本國的善意是怎樣的東西，但至少應該要感謝把傑圖亞中將送來的惡意吧。老實說，這對現場來說是幫了大忙。儘管以長期性來看，說不定會造成其他的影響。

更進一步來講，也沒料到他會發出如此沉重的忠告……到底是怎樣的原因，讓他說出比預期中的還要嚴厲的責備？

「下官完全不知道這竟會是如此嚴重的疏忽。」

「這是有原因的……只要知道剛剛傳來的壞消息，貴官也會有相同的意見吧。」

朝著提高警覺的譚雅，傑圖亞中將隨手丟出了語言的炸彈。

「不好意思，就像在對戰勝潑冷水似的，不過是惡耗……安朵美達挫敗了。」

炸彈漂亮地在譚雅的精神中樞炸開了。就算勉強佯裝平靜，也難以掩飾動搖。

挫敗？這也就是說，失敗了？

「沒……沒能突破南方各都市嗎？」

「是在這之前的問題。在以閃電戰進軍到約瑟夫格勒之後，就因為補給線的混亂陷入停滯。結果讓聯邦軍加強防備，沒有餘力再繼續進軍……如今正忙著防衛脆弱的側面部分，根本不是進軍的時候。」

那麼──這不是詢問，而是確認。

「資源地帶呢？」

「沒到手喲，中校。」

這是足以讓人感慨「我的天呀」的消息。戰爭經濟的根本，資源的確保失敗了。這就只是帝國以國家等級犯下了就像是將僅存的生活費拿去投資外匯卻血本無歸等等，總之就是這一類不該去做的失敗了。

「真是驚訝。盧提魯德夫中將居然失敗了。」

「物資動員沒辦法趕上的影響很嚴重吧。這看起來不像是負責這件事的烏卡中校會犯下的過失，不過……」

「不過？」

「只要重新審視狀況，就會自然得到不同的答案吧。既然是無法運送的問題，一部份的責任就毫無疑問是出在鐵路部門上吧。」

「是軌道的問題嗎？」

由於帝國本土與聯邦領內的鐵路在軌道上的規格不同，所以火車無法駛入的物流瓶頸會集中在一些地方上是已知的事實。

要是有什麼像是問題的地方，頂多就是這件事吧。

「規格的統一問題是個難題，但可別瞧不起烏卡中校他們。」

技術性的問題早就解決了——傑圖亞中將不悅地說道。

「儘管是治標不治本的做法，但有在幹線上對部分路線進行改軌工程，同時熟練運用著以繳獲車輛維持後勤的魔法。」

也就是說，儘管是鐵路部門的問題，卻不是鐵路部門有問題。

「那麼，會是距離太遠的關係嗎？還是說，自治議會他們沒能成功保護住鐵路嗎？」

「不，議會做得很好。甚至建立起某種程度的內政機構，自治也以村莊等級逐漸順利地整合起來了。」

「這樣一來，就只剩下再糟糕也不過了的可能性了。」

「沒錯，再糟糕也不過了。」

傑圖亞中將向她做出肯定的意思十分驚人。

……有路。

但卻沒有物資送來。

理由很簡單。

「是物資本身不足嗎？」

「是不足吧。」

「恕下官失禮，敢問閣下是怎樣維持住收支平衡的？」

「一面壓榨，一面集中投入有限的資源維持生產量。作為協調人也要懂得施壓的方式。」

然後，現在則是待在這裡，被趕到東方來了。

不用說，這會帶給現場怎樣的混亂，就算缺乏想像力也能輕易明白。

協調人會領取高薪，就只是組織學到了經驗法則。在要讓組織全體圓滑地統合運用時，要是沒有人指揮，組織就會沒辦法運作。趕走協調人，把事情全丟給現場處理後，還想像以前一樣毫無問題地經營下去，是只有不懂現場的笨蛋才會幹出的事情。

「請恕下官僭越地說一句話。」

承受著強烈頭痛的侵蝕，譚雅忍不住開口插話。

「就算是烏卡中校，這不免是負擔太重了吧？是一介中校與中將閣下的差異。不論是所擁有的權威、權限，就連威嚇感也不一樣。」

「是該用可替代的個人組成軍組織……我不得不說當初該這麼做吧。那麼，中校。我在東方充分學到了。」

「是的。」

「這不行啊。」

譚雅點頭。

「再這樣下去，不行啊。」

因為無從否定，所以對於傑圖亞中將的獨白，譚雅也很有禮貌地點頭回應。

「結論很簡單。」

「還請閣下指示。」

「……這條路再這樣下去，再照著現在這條路走下去是不行的。」

「咦？」

「曾在心中隱約期待著，也許……只要繼續走在『這條路』上，就能發現到『活路』吧。」

傑圖亞中將帶著悔恨的情感，搖了搖明顯多了不少白髮的頭。

「這是個飄渺的夢。」

帝國軍讓東方戰線的脆弱部分穩定下來了。光看表面上的話，這是足以彌補南方攻勢挫敗的偉大進步吧。

然而，只要熟知帝國這個國家的內情，也會自然看到另一個側面……儘管是不想看到的一面，但還是看到了。

就算邁開步伐，大步向前，甚至伸出了雙手，也還是抵達不了。

只是，那麼閣下這到底是什麼意思？

「在東方南方戰線的攻勢挫敗，在現況下太過致命了。因此有必要做出對策……如果沒發生什麼事，貴官等人的部隊也早晚會轉戰南方吧。」

「丟下這種危險的均衡，全力傾注在東方南方上？這簡直就是瘋了。還不如兼作為戰線整理的跑去直擊莫斯科還比較現實吧？」

「『參謀本部』會同意貴官的見解吧。」

這句有著太多弦外之音的回答，讓譚雅忍不住僵住脊背。

「……下官略有耳聞，之前跟義魯朵雅之間愉快的交涉決裂了。這件事也是嗎？」

「軍方是被這樣命令的。我這樣回答還可以吧，中校？」

譚雅錯愕地回望起傑圖亞中將的表情。軍方被這樣命令？那麼，軍方的意圖是相反？

這也就是說……不對，能夠命令軍方的就只有最高統帥會議。是形式上的事後承認機關失控了，或是輿論這頭怪物襲向了軍方嗎？

「祖國得了依存症。中校，病情重到讓人可悲哩。」

「是勝利依存症嗎？」

沒錯——傑圖亞中將板著一張撲克臉點頭。

「所有一切的問題都只能靠勝利來解決。換句話說，就是對勝利的慢性中毒症狀。居然沒有勝利就看不見明天的太陽，這病情太過末期了。」

傑圖亞中將瞇起眼，以小聲但不會讓人漏聽的音量不悅地喃喃說道。

「祖國想看到夢。偉大的夢。偉大祖國的偉大勝利，不論是誰都希望這個夢能成為現實。」

「既然如此，就只能打破這個夢了。必須要將這群蠢蛋踢出舒適的溫水，丟到冷颼颼的現實之中，讓他們清醒過來。」

「這是賣國發言喔，中校。妳罵祖國是蠢蛋？」

「很遺憾，下官是軍人。本國的軍官課程有教導，該把不去面對現實的人叫作蠢蛋。」

戰爭中的軍隊，把不肯正視現實的傢伙叫作蠢蛋是天經地義的事。

能把蠢蛋稱為蠢蛋，是當軍人的好處。沒有必要委婉說話還真是太棒了。

最重要的是——譚雅開口說道：

「下官深愛著在祖國的和平生活。要是盲目的愛國主義破壞了這份平穩，這些傢伙就完全是似是而非的愛國主義者。必須要有如豬隻般的吊起，為了平穩進行驅逐。」

譚雅・馮・提古雷查夫是深入骨髓的功利和平主義者。對於戰爭，是原則上的反對。特別是除了能輕鬆取勝，讓財政變成黑字以外的戰爭是不惜激烈反對。

假如沒辦法在必勝的戰爭中以低成本輕鬆地，順道一提還要安全地獲得回報的話，戰爭就不可能會是投資的對象吧。

簡單來說，就是推薦這種投資的傢伙不是騙子就是蠢蛋，總之毫無疑問會是個犯罪性的無能。

「愛國並不是肯定魯莽。說到底，既然愛著國家，就該守護國家的和平，更進一步來說，阻止國家滅亡才是愛國者的義務吧。」

「妳說得沒錯。這才是真正的愛國者。」

聽到他愉快似的喃喃說道，讓譚雅不得不注意到話題朝著奇怪的方向發展了。我並沒有這麼特別地在扮演愛國者的角色……可是為什麼會被這麼認為啊？

「那麼，提古雷查夫中校。貴官作為在這種狀況下的愛國者，是怎樣定義勝利的？妳的勝利是帝國的勝利嗎？還是帝國夢想的勝利呢？」

儘管自己並不是愛國者，不過譚雅也能理解要是否定就會造成摩擦這種事。笨蛋才會在軍官面前，而且還是高級將官面前老實報告「我沒有一絲一毫的愛國心」。

不說多餘的話，是為了讓社會圓滑運作的一點潤滑劑；沉默則是為了提示社會全體的摩擦所圖的方便。

正因為如此，以愛國者的觀點要怎麼說才最為適當？——譚雅瞬間想了一下。

我並沒有打算與帝國命運與共，所以帝國不論勝利還是敗北都不關我的事，但要是沒辦法保有自己的生命與財產的話就困擾了。會非常地困擾。

「下官不認為前者與後者有差，也沒辦法認為吧。因為軍規不允許我這麼做。」

就像是戳到他什麼笑點似的，傑圖亞中將看著我微微苦笑。他居然在這種問答中笑了。

「還真是優等生的見解……我放棄過去的生活方式了。」

「放棄了？真是驚訝。」

「如有必要，就不擇手段。到頭來，還是沒辦法以戰術挽回戰略。所以不得不去插嘴戰略層面。妳不這麼覺得嗎？」

怎麼可能說自己覺得啊。儘管僵住了表情，譚雅還是基於自我保身的觀點忍不住插話說道。

「閣下，請問你知道嗎？……我們是軍人。」

職業軍人，或是說軍官。簡單來說就是職務內容會經由相關法規受到明確記載。暴力裝置的管制，是文明地行使暴力的最低條件。

違規會受到嚴格的懲罰吧，也很難因為工作內容違反契約而提出抗議。

「所謂服從軍令是軍人的職責，就只限於有明確定義為是軍務的事。政治並不包含在我們的職務裡。」

「很理想的意見。可悲的是，只要除去不切實際這一點的話，就毫無瑕疵了吧。」

演變成討厭的爭論了呢——譚雅在心中嘆了口氣。儘管不是「完全」想像不到傑圖亞中將到底在打什麼主意……但要是表現出自己有察覺到的話，他很可能會像是要同舟共濟似的，把我捲進麻煩的事情之中。

「提古雷查夫中校，到頭來，士氣就像是鹽巴一樣。要是沒有鹽就只有死路一條，但只有鹽也活不下去。」

有別於傑圖亞中將那就彷彿是在宣告重要事情的態度，說出口的卻是極為平凡且理所當然的常識。

對譚雅來說是莫名其妙。

「恕下官失禮，但這就像是公理吧？只有鹽的話就連料理都沒辦法。這種事就連三歲小孩都知道，我們也沒有理由要特別對此感到不安。」

「提古雷查夫中校，下次妳也去追一下世俗流行吧。帝都最近可正瘋狂流行著使用鹽巴的鍊金術喔。」

「……帝都人民是想成為鹽之鍊金術師嗎？打算製造賢者之石嗎？」

譚雅隱忍不住，不掩嘲弄地笑起。鍊金術！又不是魔導科學尚未體系化之前的蒙昧社會。

老實說，這就算是比喻……也比喻得不太好。

「這種蠢事有誰會去做啊」這句多餘的話，不知道是該吞回去，還是該吐出來。

「有人相信能做出來。而且還是盲目地深信不疑，不論賭上多少財產都有辦法回收本金。」

「有成功的把握嗎？」

「是零。就只會嚴重失敗，把我們的萊希變成醃製品。」

所多瑪與蛾摩拉，或是說鹽城。

腦海中閃過討厭的詞彙，譚雅立刻否定這種可能性。這又不是因為蒙昧無知所誕生的神話世界。儘管確認到像存在X這樣的邪神確實存在，沒辦法完全否定這件事是很可惡……認為目前沒有遭到干涉而放心下來，是我太大意了嗎？

「……閣下，後方，最高統帥會議有這麼派不上用場嗎？」

「極為善良的人們，『被死者所支配了』。」

突如其來的話語，讓譚雅的腦袋沒能掌握到對話的關聯性。譚雅並沒有這麼清楚後方的氣氛，無法解讀在詢問最高統帥會議的內情時，被回說「極為善良的人們，被死者所支配了」這句話的意圖。

「提古雷查夫中校？」

「咦？下……下官失禮了。請問被死者所支配是指？」

要老實坦承自己難以理解，還真是件難受的事啊。可恨的是，這瞬間讓我深感自己在前線、擔任前線勤務太久了。

「有聽過『至今以來所付出的犧牲』這句話嗎？」

「以前，曾聽烏卡中校稍微提起過。」

「既然如此，說起來就簡單多了。烏卡是怎麼說的？」

還記得曾在本國的桌前極力主張停損的必要性。當時烏卡中校所提出的反駁，是由於犧牲太大，所以要求補償的意見太強烈了。這是太過協和號效應的感情論，老實說，我有大半難以理解。在浪費掉寶貴的人力資本後，還沒辦法選擇損害極小化，這甚至是殺人般的作為吧。

真想問他們究竟是把人命當成什麼了。沒想到會從烏卡中校這般可信的證人口中聽到這種話——這種難以置信的心情還比較強烈。

「老實說，我認為不該在私下毀損烏卡中校的名譽。」

「哈哈哈，大致上是在主張不合理的感情論太過根深蒂固了吧？」

「是的。」

譚雅沒能理解烏卡中校的話語。

或是該說她太過相信「再怎麼說，也不可能蠢到這種程度」吧。就算早就知道人是會變蠢的，卻不知道會變成超無畏級的大蠢蛋。

這種事會有可能嗎？

「作為看過帝國軍最高中樞的人，我就在此斷言吧。烏卡中校說的是真的。假設有問題的話，那不會是太過誇示，頂多就是說得太過低估吧。」

「……下官非常難以置信。我們可是在戰爭喔！」

驚慌失措，還出現動搖的譚雅大叫起來。

對身為和平主義者的譚雅來說，和平有著任何事都無可取代的價值。人力資本可是最難恢復的資源。

「我們可是在做著把人命當成薪柴不斷地投入戰火之中的愚蠢行為喔！」

這種就像是把受過教育的勞動人口隨便挖掉的活動，要是讓世界銀行的經濟學家看到肯定會暈倒。這就跟伊波拉病毒和愛滋病一樣。就算說治療藥物的成本很高，但要是置之不理，就結果來說將會讓社會全體揹負起治療藥物以上的成本。

就算再貴，就算再苦，既然有著能用來解決問題的處方籤，我們就必須得認同這張處方籤。

「不斷消耗著寶貴的人命，最後還沒辦法做出無法回收的停損判斷？無法想像這會是有著一般知性的人所會有的言行。」

和平基本上一項是能確實獲利的投資。

沒錯，或許初期費用說不定很高。但是，比勉強維持著不斷虧損的事業要來得明智多了吧。

面對譚雅近乎慘叫的反駁，傑圖亞中將揚起曖昧的乾笑。沒有反駁，沒有訓誡，也沒有否定，而是無言的沉默。

這樣還不如隨便說點什麼好了。

要是身為理論之僕的參謀將校玩弄起文字遊戲的話，就還有一絲的可能性……這是他無言以對的意思。

對於說不出口的事情，沉默是正確的對應。

這是語言的極限，或是說理論的極限。

「……後方逃避起浪費、虧損，而且還非生產性的現實了？」

傑圖亞中將不發一語地拿出雪茄，突然剪起雪茄頭來。他緊接著劃起火柴，緩緩抽起雪茄的模樣，乍看之下就跟平時沒有兩樣。

「在戰爭中追求名譽與榮耀的浪漫主義，說不定總算是殺光了。然而，尋求報復的報復心理想要符合犧牲的成果，卻又是另一種感情。宛如奇美拉般混合起來的怪物，正逐漸從輿論之中誕生。」

「這種怪物就該用機槍的一齊掃射幹掉。鐵與血會替我們解決的。」

物理法則會粉碎蠢話。

就算再怎麼堅定地相信，世界都不會「依照你所相信」的方式運作。這對像存在X那樣的傢伙來說是不利的真實也說不定，但世界就是如此。並不是能特意介入的存在。

「要是所有人都跟貴官有著相同的思考模式，這也會是一種權宜之計吧。不得不承認，我們是無可奈何的少數派。」

「會是深信天動說的多數派與相信地動說的少數派吧。下官認為我們要成為教導愚昧大眾何謂現實的先驅者。為了勝利，或許有必要進行意識改革吧。」

「提古雷查夫中校。作為實際的問題，貴官的意見甚至有著值得研討的價值喔……應該要承認，帝國必須戰勝內在的問題。」

雖是自己說出口的話，但譚雅不得不對事態的可疑發展感到困惑。

「要軍人在內務上勝利？難道有掌握主導權的把握嗎？」

「傷腦筋的是，我一直以來都只有作為誠實的軍務官僚在認真工作。姑且不論軍事機構的運作方式，對政治機構的運作方式可是一竅不通。是連一個能用的手段都不知道的初學門外漢。」

「所以，要從現在開始？」

「要學習，中校。就去學習邪惡的手段吧。首先，貴官也要成為共犯。」

譚雅的身體微微顫了一下。

討厭的字眼。

「閣下是說『共犯』嗎？」

「……沒錯。」

「下官不得不感到困惑。」

對身為一名合法且富有守法精神，屬於善良模範的現代市民的譚雅·馮·提古雷查夫來說，這是怎樣都難以點頭答應的邀請。

犯罪可不是譚雅的興趣。

所謂的法律，就只是用來毆打他人的道具。要說的話，就算會是便利的刀械，也不該作為會讓自己被定罪的達摩克利斯之劍。考慮到正是對法律的信賴擔保了市場信用的話，就唯獨不能犯下公然違反法律的行為。

要是現代社會真有著能讓大眾意見一致的禁忌，就只會是「違反」法律吧。

「……貴官是經驗最為豐富的前線指揮官之一。最重要的是，具備著作為參謀將校的才幹。我不認為妳會沒辦法理解現狀。」

「閣下，請恕下官直言，正是因為理解，所以才會遲疑。」

帝國軍參謀本部是個很嚴謹的上司。儘管分內工作嚴苛到殘酷的境界，也絲毫不會考慮員工所希望的配屬單位。

不過，這就是綜合職的命運。

只要下令前往，不論天涯海角都要前去赴任；只要下令去做，如果是合法的行政命令的話，不論任何事情都不得不去做。

然而，這要基於一個大前提，也就是下達命令的上級是個明理的人。

由於換了一個傻瓜來當經營者，所以得一面幫他，一面還要同時做著自己的日常業務，是會讓大多數的社會人士舉雙手投降的難題吧。要是被告知戰爭中的領導層拋下理智，還研討起不合法的對策的話？

這對譚雅常識性的神經來說是件非常難以忍受的事。

「恕下官失禮，還請閣下考慮到階級差距。」

「唔？」

「下官只是個肩負著服從合法命令之義務的軍事機構的一員。」

雖說是工作，但我可不奉陪一起闖紅燈。

對譚雅來說，她終究深愛著合法的社會生活，並沒有想要犯罪，更何況是被拉攏成共犯，成為正式的犯罪同夥，她可受不了這種事。

法律是要讓他人違反的，而不是自己要去違反的。

儘管知道傑圖亞中將這名大人物的話中含有許多言外之意，不過一旦做起問心有愧的工作，這輩子就只有這條路可走了。組織人一旦弄髒雙手，就要繼續「髒著手」度過一生可是大原則。

不過，這跟日系企業的道理不太一樣也說不定。

會是萊希內部的人事準則對非法工作很寬容嗎？……也就是說，具有能在必要時下令無視法律的結構在？

對自負是正義之人的譚雅來說，這還真是個極為遺憾的世界。

「閣下，就請容下官再說一次。下官就只是一名受法律義務約束的軍人。不論是基於怎樣的意圖，違反法律規範的行為，就結果來說會是對帝室與祖國的反叛。」

雖說這不是指法的精神，而是只限於條文。畢竟，沒有明文規定就跟不存在是一樣的意思。

「非常好。話說回來，貴官的義務難道不是『防衛帝國』嗎？」

「是的，閣下。」

這是名目上的義務。

對譚雅來說，這只不過是契約上的注意義務。這該說是禁止兼差規定吧，除了帝國勝利以外的追求，從「契約」的概念來看會非常矛盾。

「那麼，不好意思，我要下一道命令。提古雷查夫中校，去以貴官的自我裁量，摸索出一個妳相信是『最好』的方法來吧。」

「只要有閣下的『命令』。」

「很好。那麼，嗯，也是。那我就下令吧。」

對於擔心著「不知道會是怎樣的命令」而在心中感到恐懼的譚雅，傑圖亞中將像是要讓她安心似的輕輕投以微笑。

「是嶄新的做法。是新的活路。儘管邪門歪道至極，但對軍人來說，就某種意思上說不定會是夙願。」

「還請閣下說明。」

傑圖亞中將就像在說「很好」似的從容點頭。

「貴官喜歡預防性的外科處置嗎？」

以這種發展。

以這種對話。

說出預防性處置。

外科的？

這一串太過耐人尋味的話語，讓譚雅看出最初在傑圖亞中將身上感到的危險氣息的根本。

高級軍人會順口說出這種話來，可是相當不妙的狀況。

「……恕下官冒犯，下官可是『帝國軍的軍人』。」

場面話很棒。

場面話很安全。

因此，作為譚雅．馮．提古雷查夫魔導中校的譚雅，逃向了理想的標準答案。一方面宣稱自己是一名軍人，會盡到作為將校的義務，另一方面則是斷然拒絕做出違規行為。

對於拚命起來的譚雅，傑圖亞中將微微綻開笑容。

「回答得非常好。要是妳說出不同的答覆，我就不得不槍斃貴官了。既然妳能明白這點，當然也會去採取適當的外科處置吧。」

「……您到底要下官做什麼？」

儘管不想聽，但要是不事先知道，風險就太高了。

「為了能專注在東方上，在西方的戰爭也必須得要贏才行。」

「是指西方空戰嗎？」

儘管我也知道這是太過樂觀的推測，不過也沒辦法立刻放棄可能性的懇求著。

「還要再稍微東邊一點喔。」

啊，該死。能想像到了。果然會變成這樣嗎？

比西方還要東邊的話，不就只有譚雅至今為止想要回去想得不得了的美好本國了。能退回後方，原則上是很高興。然而，只不過……要因為這種原因回去，似乎會讓人感到遲疑。

「高興吧，中校。這是某種和平的戰爭。能在本國充分享受到喔。」

「既然是軍方的命令，下官就只能盡微薄之力了。」

我是軍人，是隸屬於組織的軍人——譚雅不斷強調著。向上司暗示自己的立場，是在自我保身上所不可欠缺的行為。只不過，就不知道會有多少效果了。

畢竟，盯著自己的傑圖亞中將可是個「軍政」專家。藉口的專家只要認真起來，就能找出達

成目標的必要道路。

「那就好。」

「是。」

「就向萊希獻上黃金時代吧……就算是黃昏，太陽也依舊會升起，我們必須要表明這件事。我很期待妳喔，中校。」

「向萊希獻上黃金時代。」

「很好！非常好！就做好覺悟吧。我們恐怕不得不這麼做。」

「……就做好覺悟吧。」

譚雅小聲地附和著。肯定不會被命令去做什麼好事。這會被正當化成是必要的行為吧，但成為同夥還真是讓人非常遺憾。

但既然逃不了，就不得不做好覺悟……為了不論發生什麼事，都不會再感到驚訝。

（《幼女戰記⑧ In omnia paratus》 結束）

Appendixes

附錄

【歷史概略圖】

歷史概略圖

①

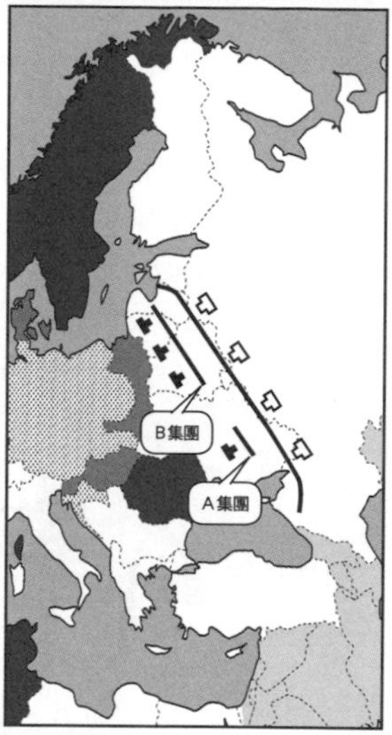

統一曆一九二七年五月下旬以後

1 圍繞著東方戰線與外交方針的問題，帝國軍方與政府間的對立在水面下擴大。消極派的漢斯・馮・傑圖亞中將榮昇至東方方面擔任「檢閱官（兼任副戰務參謀長）」。該中將前往指導防衛線的重建等事項。

2 帝國軍參謀本部展開對聯邦南方資源地帶的大規模攻勢——安朵美達作戰。

3 聯邦軍實施與同盟國間的強化合作策略。接受報導相關人員，走向國際協調路線。

②

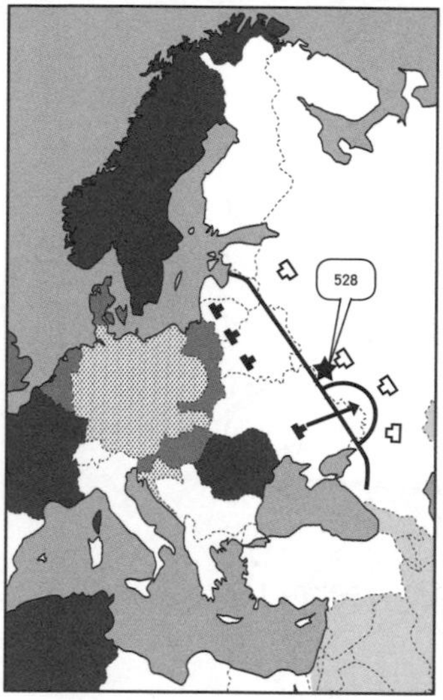

雷魯根戰鬥群前往索爾迪姆528陣地緊急展開部署，開始野戰築城

1 帝國軍發布安朵美達作戰命令，A集團開始對南方發起正式攻勢。作為應對形式，聯邦軍以東方戰線整體為範圍，展開兼作為牽制的反攻作戰。與帝國軍B集團對峙。

2 B集團摸索前往救援在前線孤軍守城的雷魯根戰鬥群的方法。儘管陣地本身由身經百戰的戰鬥群維持住，包圍仍逐漸縮小。

3 另一方面，展開的安朵美達作戰進展不順。進擊速度低於預期，陷入恐怕難以成功的狀況。

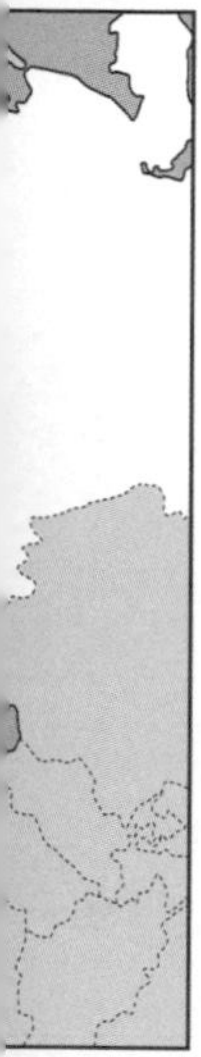

統一曆一九二七年六月十八日

③

1 帝國軍A集團儘管確保了南方各都市的一座戰略要衝，也已達到進軍極限；同一天，B集團司令部展開針對雷魯根戰鬥群的「緊急救援作戰」。

2 在救援軍與守城軍臨機應變的合作之下，擊破包圍部隊。儘管只有單翼，也依舊對包圍部隊形成半包圍局勢，轉為追擊戰。

④

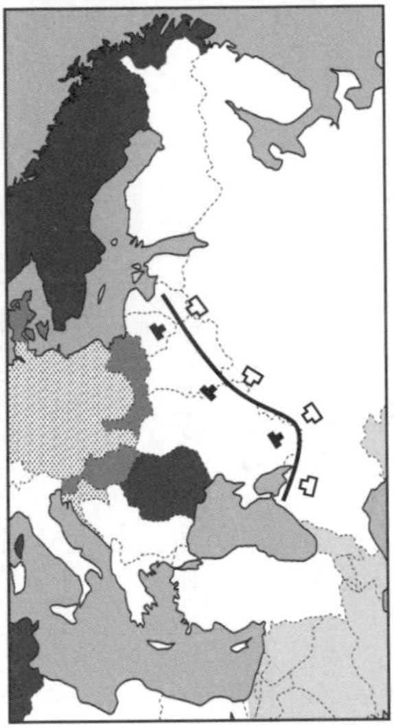

統一曆一九二七年六月二十二日

1 帝國軍與聯邦軍一起停止主要的軍事行動。帝國軍放棄安朵美達作戰；然而，帝國軍最高統帥會議以戰線的局部性推進與防衛成功為由，宣布在東方大獲全勝。

總評

帝國儘管達到攻勢極限，也堅決地成功保住戰線。
另一方面，聯邦則是政軍合作的反擊體制開始發揮機能，漸漸能與帝國軍進行勢均力敵或更具優勢的交戰。
對帝國來說，所剩的時間已如沙漏裡的沙了。

後記

有勇者是因為動畫一次買齊整套作品的嗎？聽到這種謠言，我雖是半信半疑，不過還請注意不要把勇氣與匹夫之勇搞混了。

初次見面，你好，或者是好久不見了。我是カルロ・ゼン（@sonzaix）。

感覺集數就快被漫畫版給追上了。到底為什麼會變成這樣啊？試著思考原因後，覺得是因為動畫相關的事實在很耗費時間；不過再仔細想想，也覺得是因為我老是拖稿的緣故。在此要再次向跟往常一樣深具耐心地等待新書的各位同志諸賢，表達我深摯的謝意。

該說是集體智慧吧，以讓許許多多的人發現《幼女戰記》各種享受方式的意思來說，動畫版可說有著幸福的結果吧。非常承蒙各位動畫工作人員的關照。再來，只要我能經常做到「永恆不變地持續推出新書」這個非常簡單的作業的話，就很足夠了吧。

不可思議的是，只有工作進度沒辦法趕上預定這件事是我的煩惱來源，不過就這點來說，原稿與暑假作業說不定是相同類型的存在。我邊想著這種事，邊在心中發誓，今年夏天就以寫暑假作業的計畫性來工作吧。

雖然也覺得自己小學、國中、高中合計約十二年間都發過相同的誓，不過換句話說，就是我有著將十二年來都毫無動搖的堅定想法貫徹始終的誠實性，還希望各位能夠認同。

這樣的我能持續寫作並出版成一本書，全都要感謝提供協助的各位。擔任設計的椿屋事務所、校正的東京出版服務中心、責編藤田大人及玉井大人，還有插畫的篠月大人，感謝各位的協助。

然後，要再次感謝購買作品的各位讀者，感謝各位一直以來的陪伴。如果不介意的話，今後還請各位多多指教。

二〇一七年六月　カルロ・ゼン

衷心期待
觀看幼女戰記的
各位能夠永遠
奮戰下去！
動畫版的譚雅
好可愛

這次為了了解槍械的結構與歷史，請Chicago Regimentals股份有限公司提供了有關無可動真槍的取材協助。
真是非常感謝。

國家圖書館出版品預行編目資料

幼女戰記. 8, In omnia paratus / カルロ.ゼン作 ; 薛智恆譯. -- 初版. -- 臺北市 : 臺灣角川, 2018.07
面 ; 公分
譯自 : 幼女戦記. 8, in omnia paratus
ISBN 978-957-564-295-2(平裝)

861.57 107007889

Kadokawa Fantastic Novels

幼女戰記 8
In omnia paratus

（原著名：幼女戦記 8 In omnia paratus）

2018年8月16日 初版第1刷發行
2021年1月11日 初版第3刷發行

作　者：カルロ・ゼン
插　畫：篠月しのぶ
譯　者：薛智恆

發行人：岩崎剛人
總編輯：蔡佩芬
編　輯：陳書萍
美術設計：胡芳銘
印　務：李明修（主任）、張加恩（主任）、張凱棋

發行所：台灣角川股份有限公司
地　址：105台北市光復北路11巷44號5樓
電　話：（02）2747-2433
傳　真：（02）2747-2558
網　址：http://www.kadokawa.com.tw
劃撥帳戶：台灣角川股份有限公司
劃撥帳號：19487412
法律顧問：有澤法律事務所
製　版：巨茂科技印刷有限公司
ＩＳＢＮ：978-957-564-295-2